TOM CLANCY'S

THE DIVISION

BROKEN DAWN

ディビジョン ブロークン・ドーン

トム・クランシー

アレックス・アーヴァイン〔著〕
ALEX IRVINE
北川由子〔訳〕
YUKO KITAGAWA

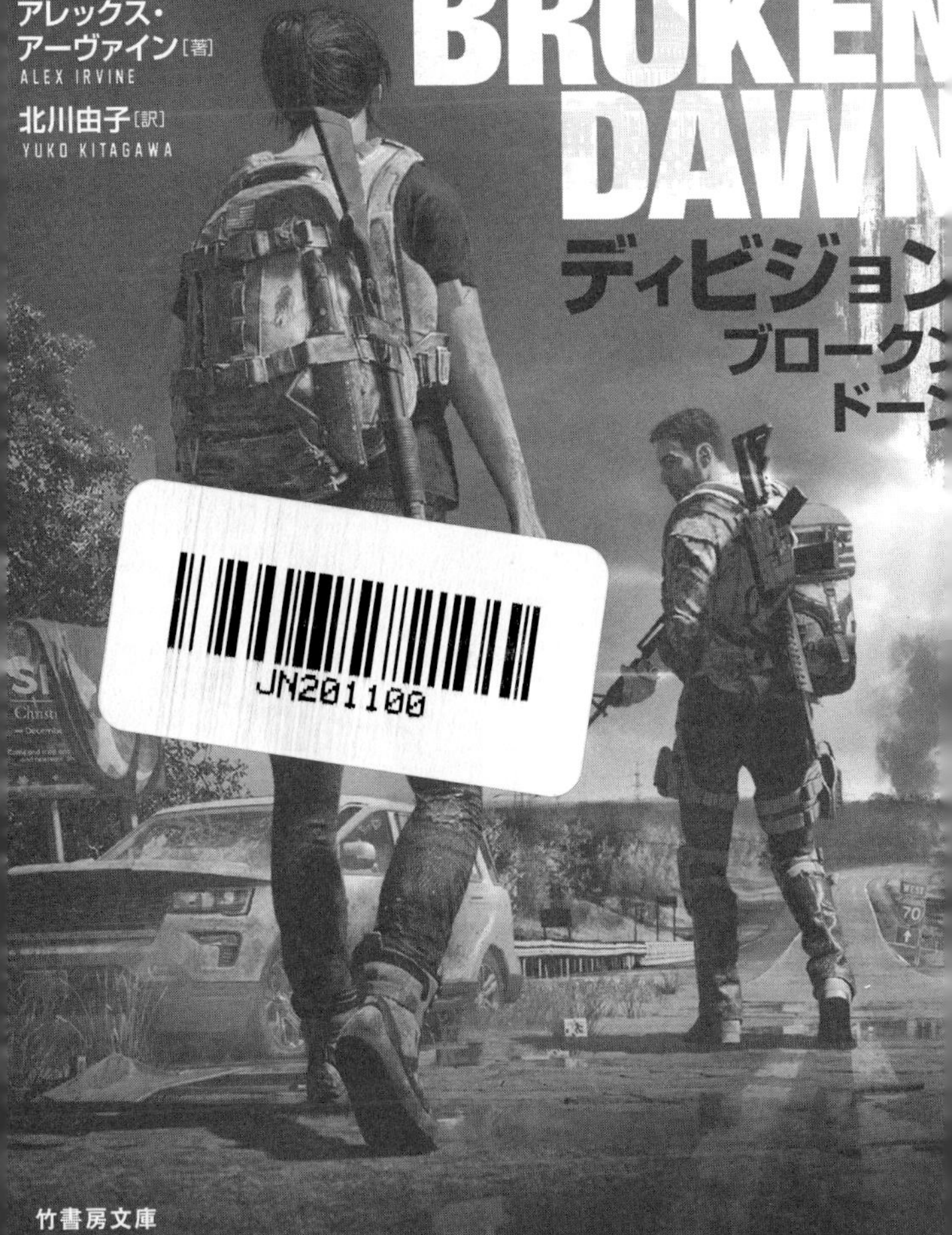

竹書房文庫

TOM CLANCY'S THE DIVISION®
BROKEN DAWN
by ALEX IRVINE

Japanese translation rights arranged with UBISOFT® Entertainment through Japan UNI Agency, Inc., Tokyo

日本語出版権独占
竹書房

ディビジョンブロークンドーン

CHAPTER 01 ヴァイオレット

ヴァイオレットは冠水した区域の端に立ち、ブーツのつま先で土を押し潰した。百五十メートルほど離れた先にはホテルが立っている。〝ドルインフル〟のウイルスが――それか〝グリーンポイズン〟……なんだって好きに呼べばいい――誰も彼も殺し始めてからしばらくのあいだは、友人たちと一緒にあそこにいた。当局はホテルを避難所に変え、〝JTF〟の監督下に置いた。そのときは、JTFが何を意味するかは知らなかった。ただなんとなく、彼らは軍に関わること全般を請け負っていることはわかっていた。食料と医薬品の配給もだ。ホテルにいたときはすべてがそれなりに安定していた……死にかけていた者たちがみんな死んだあとでは。その中にヴァイオレットの両親も含まれている。

いまそれを考えるのはやめよう。

「あそこに戻りたいな」そっと口にした。

友人たちはヴァイオレットのまわりにひとかたまりになって立っていた。「うん」サイードが言った。「そうだね」双子のマータ兄弟、ノアとワイリーがうなずいた。グループのほかの三人――シェルビー、アイヴァン、アメリア――はただ見ている。アイヴァンはアメリアに寄りかかった。アメリアはアイヴァンの姉だ。ヴァイオレットは、避難所にいる子どもたちの中で親や兄弟姉妹がまだ生きている子たちが、無性にうらやましくなるときがあった。

本当は、薬草や食べられる野草を摘みに来ていたのだが、もう住むことができなくなったホテルを見に行こうとみんなで決めた。疫病の大流行直後、政府のエージェントは子どもたちをそこへ避難させた。感染が下火になると、ヴァイオレットと生き残った子どもたちはホテルの中庭に菜園を作るのを手伝った。いまでは種はすべて流れてしまっただろう。このあたりは何もかも水没してしまったのだから。

だが、ここへ来てみんなで落ち込むほうが、ナショナルモールの草が伸び放題になっている区域へ行って、食べられる野草を探すよりはましなはずだ。本当はそうしているべきなのだが。スミソニアン協会本部――通称スミソニアン・キャッスルには、すでに菜園ができているので、そこへ野草を植えなければならないのだ。ナショナルモールは避け、別の公園かどこかへ行ったほうがいいかもしれない。博物館やそういう場所には、いまでは悪人たちがたくさんいるらしい。キャッスルの大人たちも、きっと理解してくれる。

それでもヴァイオレットは落ち着かなかった。普段、ルールは守ることにしている。ドルインフルがワシントンＤＣに蔓延したときに、怖い思いを何度もしたからだ。みんな、同じ経験をしている。グループにいる九歳から十二歳までの七人の子どもたちは、全員が少なくとも片親を亡くした。兄弟姉妹や友だちを亡くしたのは言うまでもない。それもあって七人は集まって、一緒に行動することにした。そのせいで避難所のほかの人たちからは、〝面倒を見てやらなきゃいけない子どもたち〟としてひとくくりにされがちで、むっとするけれど……大人たちのやさしさにほっとさせられた。ただし、避難所にいるほかの子どもたちからはよく避けられた。ヴァイオレットたちに触れると、自分たちまで親を亡くすと思っているかのように。

洪水が起きるまでは、およそ百人の人たちとマンダリン・オリエンタルホテルの下の階で暮らしていた。ホテルは外壁に板を打ちつけて要塞化され、ＪＴＦの兵士が安全確認のためにちょくちょく立ち寄っていた。水は雨水の貯留タンクから得られた。ほかと比べると、かなり安全な場所だった。少なくともそう見えた。冬のあいだのワシントンＤＣで、状況が少しずつ改善しているように感じたのと同じだ。花が咲き、草木が緑に色を変えると、気持ちが明るくなりやすいからというだけかもしれない。

ところが四月になると、氾濫した川が堤防を越え、ホテルからも避難しなければならなくなった。

いま、ヴァイオレットたちはスミソニアン・キャッスルで暮らしている。ホテルにいた人たちの大部分がそこへ移ったため、ずいぶん窮屈だ。一部の人たちはナショナルモールの反対側のどこかにいるはずだ。いくつかのグループは川を越えて東側へ向かうと決めた。そこなら軍の基地が近いから、状況がもっと安定しているはずだと期待したのだ。基地の名前はなんだっただろう。「サイード」ヴァイオレットは呼びかけた。「川の向こうにある軍の基地って、なんて名前だっけ？　ポトマック川じゃないほうの川」

「ジョイント・ベース・アナコスティア＝ボリング」サイードが答えた。彼はこの手のことならなんでも知っている。JTFは統合任務部隊《ジョイント・タスク・フォース》の頭文字だということも知っているし、軍の部隊と警察、消防機関から多大な死者が出たために、残った者たちに市民のボランティアを加えて再編成されたことも詳しく説明してくれる。それにドルインフルとは、実際にはニューヨークから感染が広がった天然痘だということも。サイードがいてくれてよかった。彼がいると、インターネットがあるのと同じだ。ほかのものと一緒にインターネットはなくなったけれど。

　アナコスティア川を渡った向こう側のほうが本当に安全なのだろうか。ヴァイオレットは考えをめぐらせた。問題は、あっちとこっちのあいだには悪人たちがいるとわかっていることだ。連邦議会議事堂《キャピトル・ビル》の周辺全体は、子どもの立ち入りが禁止されている。その点に関しては、避難所にいる全員の意見が一致した。洪水の前からそうだったし、いまでは大人たちから毎朝のように気をつけるよう言われる。子どもたちだって疫病の大流行を生き抜き、その後のいやなできごとも全部乗り越えてきたのに。大人はわかっていない。子どもたちも、大人たちと同じく、死なないように頭を働かせている。

とはいえ一定の範囲内なら、大人たちは子どものグループがほぼどこでも好きなところへ行くのを許してくれた。今日、ヴァイオレットたちはその範囲を押し広げている。ナショナルモール沿いで野草を摘む代わりに、別の道へ向かったのだ。南側の七丁目からハンコック・パークに入ると、そこから西へは道路の上に鉄道線路が架け渡されている。子どもたちは線路の上を歩いて西へ進んでみた。線路は徐々に降下し、地面と同じ高さまでさがったところで、水の中へ消えていた。そこから先は冠水した区域だ。

ヴァイオレットはまわりにそびえ立つ空っぽのオフィスビルを見あげた。南に目を向けると、すらりと背の高いマンション群が川岸に沿って水の中から突きでている。その周囲で泥水が渦を巻き、ケーキのアイシングみたいに白く泡立っていた。ヴァイオレットは上着の襟を立てて風に背中を向けた。川辺まで来ると肌寒い。

「いつになったら水が引くのかな」シェルビーがぼやいた。彼女はグループの中で最年少だ。

「まだ水位があがってるね」アメリアが言った。「この前来たときはホテルのそばまで行けたもの」

たしかにそうだ、とヴァイオレットは思った。どこまで水位が上昇するのだろう。キャッスルは標高が低くはないが、そこまで高いわけでもない。また避難することになるのだろうか？

ワイリーとノアが同時に口を開いた。「もう戻ろうよ」ふたりは一卵性双生児ではないのに、見た目はそっくりだ。それに、同時に同じことを思いつくなど、一卵性双生児に特有の性質をたくさん共有している。

「そうだね」アメリアが言った。「でも、キャッスルに戻る前に野草を少し集めなきゃ」ほとんどの場合、大人たちにいちいち何か言われることはないものの、指示されたことはやるよう期待されていた。

「ナショナルモールのリンカーン記念堂の向こう側に沿って探してみようか」ヴァイオレットは提案した。

「ここからじゃ遠いな」アイヴァンが言った。シェルビーも同意する。

結局、リンカーン記念堂とワシントン記念塔のあいだにある、憲法庭園で妥協することにした。だが、まずは冠水している区域をぐるりと迂回して、インディペンデンス大通りまで行かなければならない。がらんとした幅の広い道路を渡ってナショナルモールに入り、そこで足を止めて、見知らぬ大人たちはいないかと見回す。十二月と一月の状況が最悪で、二月と三月がかなりましだったとしたら、これまでのところ、四月はその中間くらいだ。冬のあいだみたいに、至るところで人が死に、ひっきりなしに銃声が聞こえるわけではない。けれど、三月の一時期のような穏やかさもなかった。あの頃、ホテルにいた大人たちは、政府はまだ機能していて、すべてはもとに戻るのではないかと考え始めていた。

いまは誰が大統領なのだろう？　メンデス大統領は死亡したという噂だが、それって、新しい人を選ばなければならないってこと？　もしかして、すでに選ばれていて、誰もそれを知らないのだろうか？　電話やインターネットはもう存在しない。ヴァイオレットと子どもたちは、大人たちの話を立ち聞きしたことしか知らなかった。

「ヴァイオレット、来ないの？」サイードが振り返っている。ほかの五人はナショナルモールの南端に沿って先へ進んでいた。

ヴァイオレットは小走りで追いかけた。ナショナルモールに来ると変な気分になる。ここは何もかもが博物館だ。本物の博物館だけではなく、すべてがそうなってしまったのだ。観光案内所に公衆トイレ……どれも別の世界のために作られたかのようだ。ヴァイオレットは十一歳にして、あまりに大きなできごとを生き抜き、世界がそれ以前に戻ることは二度とないのを感覚的に悟っていた。

アイヴァンはナショナルモールのあちこちに目を向けていた。彼はいつもグループの見張り役で、危険そうな大人がいないか目を光らせている。カウンセラーが話していたが、トラウマを経験した子どもの多くがそんなふうになるらしい。四六時中警戒していると か、緊張状態が続く、過覚醒と呼ばれる症状だ。だからアイヴァンのそばにいるのは疲れるときもあるけれど、役にも立つ。ワシントンＤＣには悪人がまだ大勢いる。政府も、軍隊も、警察もなくなった。洪水は誰にとっても大きな打撃となった。ようやく身を落ち着けて状況に慣れ始めたとき、突如としてふたたび避難しなければならなかったのだ。

誰もが自分で自分の面倒を見なければならない。特殊機関〝ディビジョン〟のエージェントだとしても、すべてのことに手が回るわけではないのだから。

ヴァイオレットがグループに追いついたとき、サイードは彼女の後方を眺めていた。彼の視線が自分へ移ったところで、ヴァイオレットは言った。「航空宇宙博物館へ行きたいんでしょ」

サイードはうなずいた。「うん」彼は宇宙飛行士なるのが夢だ。ヴァイオレットは二年前、たしか四年生のときに遠足で行ったのは覚えているが、宇宙船についてはあまり記憶がなかった。宇宙にはあまり興味がない。生物学のほうが好きだ。将来は獣医になりたい。それか詩人。

だが、広々とした入口ホールでアポロ11号司令船を見たのは覚えている。まわりにはいろいろな飛行機が宙吊りにされていた。あれはまだあそこにあるのだろうか。航空宇宙博物館は子どもたちが立ち入りを禁止されている場所のひとつだ。悪人たちに占拠されたということなのだろう。

「ヴィー、どうかした?」アイヴァンがヴァイオレットの腕をつついた。「元気のない顔してる」

博物館のことを考えたせいで、昔のものについての記憶がよみがえった。過去を忘れないよう、博物館には昔のものが展示されている。そして疫病の大流行以前の暮らしは、そんな展示物と同様に昔のものになってしまった。遠足、両親との週末のお出かけ、人々のなんでもない日常のすべてが……。

アイヴァンの前で泣いてはだめだ。

「行こう」ヴァイオレットは言った。「サラダを探さなきゃ」

CHAPTER 02
アウレリオ

　ちょうど正午を過ぎた頃、ストラテジック《S》・ホームランド《H》・ディビジョン《D》——通称〝ディビジョン〟のエージェント、アウレリオ・ディアスはひとりの民間人がダークゾーンへ入っていくのに目をとめた。彼は五十八丁目と五番街を見おろすビルの屋上にいた。ウィリアム・テカムセ・シャーマン将軍の像の向かいだ。緊急任務でニューヨークのほかの区域へ呼びだされない限り、ここにはいつもパトロールで立ち寄っている。このビルは必要ならば通りに急行できる程度に低いが、ダークゾーンに立ち入らないよう張りめぐらされているバリケードを一望できる高さがある。

　女性はバリケードを乗り越えると、〝ダークゾーン〟のすぐ内側で立ち止まり、周囲をうかがった。アウレリオは反射的に彼女の顔をインテリジェント《I》・システム《S》・アナリティック《A》・コンピューター《C》の顔認識データベースで照会しようとした。コンタクトレンズに内蔵されたカメラで彼女の姿をとらえ、それをスマートウォッチに送って3D映像に変換するのだ。ディビジョンのエージェントのバックパックにはオレンジ色の輪《サークル》が表示された通信装置が装備され、全エージェントはディビジョンの人工知能《AI》ネットワーク、ＩＳＡＣ《アイザック》に常時管理されている。
　問題は、女性が横を向いているため、ここからではデータを照会するための映像がうまく撮れないことだ。いずれにせよ、彼女の行動はアウレリオの注意を引いた。セントラル・パークの南西の角からブロードウェイを二十三丁目まで南へくだり、そこからぐるりとめぐって北上し、グランドセントラル駅を通過して六十五丁目までを囲む一帯は、ダークゾーンと呼ばれている。ディビジョンのエージェントは、ダークゾーンの周辺に配置された検問所から出入りすることになっていた。原則として、ほかの者はいかなる状況であれ足を踏み入れてはならない地帯だ。疫病が広がったときに市内で真っ先に隔離された場所のひとつであり、対応に出遅れたＪＴＦは、一帯を封鎖して市のほかの区域を救おうと試みた。

　疫病発生《アウトブレイク》から五ヶ月が経ち、ダークゾーンは以前よりは静かだが、いまだ民間人がひとりで立ち入る場所ではなかった。往々にして、ディビジョンのエージェントがひとりで行く場所でもない。ニューヨークのその他の地域はほぼ暮らせるようになったものの、ダークゾーンは完全な無法地帯だ。単に無法なだけではない――街で最も危険な狂人どもを引きつける場所と言える。とりわけダークゾーンの北端はそういう連中のたまり場になっていた。市の南側ではディビジョンとＪＴＦが活動しており、ダークゾーンの南端周辺はほぼ正常化したとはいえ、こちら側はいまだに戦場だ。いいや、戦場よりなお悪い。集団発狂したサイコ野郎が揃って重武装しているようなものだ。残留しているウイルスから、新たな致命的疫病が発生する危険が常にあるのは言うまでもない。

あそこにいる女性は、そんな場所へバリケードを乗り越え、ひとりで入っていった。アウレリオは、六十丁目で彼女が東へ向かうのを眺めた。女性は落ち着き払い、俊敏に動いている。自分の行き先がわかっているのだ――あるいは、自分を監視している者にそう思わせようとしているのか。

アウレリオは通りにおりて尾行した。「ダークゾーンへ進入」とISACのAIが知らせた。ああ、わかっている。アウレリオは胸の中で言い返した。ほかに通りにいるのはゴミを漁ってうろつく連中ばかりだ。

その日の朝、アウレリオはパトロールを終えたらJTFの指令所となっているマディソン・スクエア・ガーデンにほど近い中央郵便局へ行き、自分はまだここで必要かどうか確認しようと考えていたところだった。もちろん、これまでだって離れたいときにニューヨークを離れることはできた。ディビジョンのエージェントは大統領令第五十一号【訳注】により、ほぼ無制限の権限を与えられている。交戦規則は適用されず、軍の指揮系統に従う必要もない。エージェントは採用後、秘密裏に訓練され、アメリカ政府と社会秩序が崩壊の危機にさらされた緊急時にのみ始動する。ドルインフル発生以前、アウレリオはワシントンDCでジムのインストラクターをしていた。子どもがふたり、妻は銀行勤務。

そのすべてがあの "ブラックフライデー" を境に一変した。毎年恒例の大安売りが行われた十一月末のあの日、ひとりの狂人科学者が天然痘を改造した細菌兵器をここニューヨーク市で解き放った。数週間のうちにウイルスは世界中に蔓延し……アウレリオの妻、グラシエラは死亡。ウイルスは百貨店で使用された二十ドル紙幣をここニューヨーク市で解き放った――そ──その紙幣は百貨店で使用された二十ドル紙幣を介して広まった──それゆえ "ドルインフル"、もしくは紙幣の色から "グリーンポイズン" などと呼ばれる。

グラシエラはその紙幣の一枚に触れたのかもしれない。それとも紙幣に触れた誰かから感染したのだろうか。いまとなってはわからない。はっきりしているのは、ほかの数百万の者たちとともに彼女が死んだということだ。

あれから五ヶ月が経ち、ニューヨークは秩序を取り戻したとは言えないまでも、春は新たな希望をもたらした。じきにニューヨークを離れて自分の街へ戻れるだろうとアウレリオは考えていた。子どもたちがいるワシントンDCへ。アウトブレイク後の混乱と暴力の最中、ディビジョンのエージェントの第一波がニューヨークへ送り込まれたが、その多くは死亡するか、任務を放棄して敵対行動をとる "ローグエージェント" と化した。アウレリオはワシントンDCで動員され、第二波としてニューヨークへ派遣された。当時、ニューヨークは助けを必要としており、それに比べて、ワシントンDCの情勢は安定しているように見えた。いまもそうかはわからない……どちらにせよ、彼は子どもたち、アイヴァンとアメリアのもとからあまりに長いこと離れている。JTFがふたりの面倒を見ることになっているものの、自分の目で確かめたかった。

ワシントンDCに戻る計画は変わらない。だが、四十五丁目とブロードウェイが交差する角にあるJTFのセーフハウスに報告し、ダークゾーンを離れる前に、あの女性がなんの目的でどこへ向かうのかを調べなければならない。ひとりで勝手にうろつかせておくわけにはいかなかった。

女性は六十丁目をマディソン街まで進み、そこで南へ折れた。このあたりは火事で焼かれ、ほとんど人けがない。五番街とパーク街では状況はがらりと変わる。境界線は変動するものの、五十二丁目、あるいは六十丁目にはさまれた区域は、暴徒の集団に丸ごと占拠されていた。

女性を尾行しながら、アウレリオはふと確信した。彼女は五番街とパーク街の危険な一帯を避けている。ダークゾーンのこの部分について知っているのだ。いよいよ興味深い。興味深いと言えば、女性が右肩にさげているベネリM4スーペル90ショットガンもそうだ。銃と一緒に担いでいるバックパックは、ディビジョンのエージェントに支給されるものと同じに見える……スーペル90も一部のエージェントが好んで使う標準の散弾銃《ルームスイーパー》だ。だが女性の腕にはスマートウォッチがなく、バックパックには通信機がついていなかった。ということは、エージェントではない。では何者だ？

五十四丁目で女性が西へと引き返したところで、アウレリオの頭の中で警報が鳴りだした。五番街と五十五丁目の角には長老派教会があり、そこは世界の滅亡を唱える狂信者どもの巣窟になっていた。彼女が近づけば、連中はピラニアのように襲いかかってくるだろう。アウレリオは足を速めた。女性の背後三十メートルに近づいたとき、彼女は気配に気がつき、首をさっとめぐらせた。まわりの状況がよく見えているな、とアウレリオは感心した。女性は彼が身につけているディビジョンの装備に目をやり、敵ではないと判断した様子だ。なるほど。つまり、彼女はディビジョンのエージェントとトラブルになるようなことは何もしていないと考えているのか。

女性は顔を前へ戻すと、教会のほうへどんどん進んでいった。

アウレリオは先回りをするため、マディソン街へ急いで引き返し、そこから五十五丁目に入った。アウトブレイク後に焼かれたレストランの残骸をよけて進む。裏手にある細い路地は、教会とそのすぐ北にある超高層ビルのあいだを通っている。アウレリオはフェンスを越えて、教会の正面に回った。

教会の中庭に絞首台があり、新しい死体がぶらさがっている。アウレリオはその事実を心にとめた。自分か、別のディビジョンのエージェントが、カルト信者どもをなんとかしなければならないだろう。だが今日の彼には別の任務がある。五番街に面した重厚な木製扉が開かれ、信者たちの一団が彼の姿を目にとめた。アウレリオは彼らのほうを向いたまま、G36アサルトライフルを低く構えた。特定の者を狙うのではなく、相手の方向に漠然と銃口を向ける。

「騒ぎは無用だ」アウレリオは低い声で彼らを制した。

男たちは五十四丁目を歩く女性に気がついた。女性も彼らに目をやり——それからアウレリオを見た。

女性の反応はさらに彼の興味を引いた。彼女は教会から距離を空けるようにして五番街を横切りながらも、あわてることも、走ることもない。並みの民間人でないのだけはたしかだ。女性は五十四丁目にとどまり、六番街のほうへ進んでいく。アウレリオはそちらへあとずさりした。男たちは教会の前の短い階段へ足を踏みだした。その視線がアウレリオに突き刺さる。こういうまなざしは見たことがある。こいつも縛り首にしてやろうという目だ。G36の引き金を引けば多くの問題は片づくが……相手が敵対的な行動を取るまで、それを正当化することはできない。大統領令第五十一号があるのだから、相手を掃討しようと、誰も何も言うわけがないものの、それはアウレリオ・ディアスの——ストラテジック《S》・ホームランド《H》・ディビジョン《D》の——信条ではなかった。彼はゆっくりと後退した。

「そのままだ」そう言ってあとずさりを続ける。男たちは誰ひとり追ってこなかった。アウレリオが五十四丁目までさがると、女性が六番街にたどり着いたのが見えた。驚いたことに、彼女は北へ曲がった。どこへ向かっているのかは知らないが、たいした遠回りだ。

五番街を避けたのは正しい判断とはいえ、この区域について熟知しているわけではないらしい。そうでなければ教会のそばを通るはずはない。

それなら、彼女はどこへ向かっているのだ？

答えは五十八丁目だと判明した。そこへたどり着くと、女性はしばらく通りを東へ進んで立ち止まった。北側、駐車場ビルに隣接する目立たない店舗を長いこと眺めている。店先に張りだした日よけはずたずたに裂けてはためいていた。店内はまるで工事中さながらの荒れっぷりだろうが、アウレリオからはよく見えなかった。

女性は店に近づき、中へ入った。ここはなんだ？　アウレリオは首をひねった。このビルに関する情報は何もない。隣の駐車場ビルもどこも変わったところはなかった。店が入っているビルの上階にはなんの変哲もない窓が並んでいる。そのひとつに明かりが見えた気がしたが、同じブロックにある超高層ビルの別の窓明かりが反射しただけかもしれない。

アウレリオはしばらくここにとどまり、成り行きを見守ることにした。直感が研ぎ澄まされていく。人が悪事をたくらんでいるときは即座に気づく――この感覚なしに、この荒廃したニューヨークで生き抜くことはできない――が、この女性からは不穏なものを感じなかった。だが彼女はダークゾーンに入ったあと、目的地の周辺五百メートル以内にいながら、優に二キロ近く遠回りしたのだ。その事実がアウレリオの好奇心をかき立てた。

女性がすぐに姿を見せたら、ダークゾーンを出るまで追跡しよう。彼女が護衛を必要とするかもしれないからだが、アウレリオはその行動に興味を引かれてもいた。普通、ダークゾーンには入ろうとするのではなく、出ようとするものだ。彼女は何をしようとしているのだろうか？

【訳注】正式名称「国家安全保障大統領令第五十一号／国土安全保障大統領令第二十号」、通称「大統領第五十一号」。大統領令とは、議会の承認を得ることなくアメリカ大統領が連邦政府や軍に対して発令する行政命令のこと。この第五十一号は、壊滅的非常事態発生時の大統領および行政機関の権限を主に述べたもの。一九九八年、ビル・クリントン大統領がソ連による核攻撃を想定して「大統領第六十七号」を制定したが、二〇〇七年、ジョージ・W・ブッシュ大統領がより広義の脅威に対する内容に変更し、置き換えたのが「第五十一号」である。

CHAPTER 03
エイプリル

冬のあいだにつなぎ合わせた手がかりをたどり、エイプリルはダークゾーンの探索にひと春を費やした。ダークゾーンをほかの区域から切り離しているバリケードを、この数週間ですべて頭に入れた。どこに抜け穴があるかは知っている。地下鉄への通路がどのビルからどのビルにつながっているのかも。ただし、どの抜け穴も通路も永久に通れるわけではない。ＪＴＦが封鎖したり、犯罪分子が支配したりするからだ。だがそれらの入口が使用できなくなるのと入り替わるように、ほかの入口が出現した。ダークゾーンほど広大な区域を完全に封鎖し続けるのは不可能だった。

問題は、エイプリルが行かねばならない場所は、ダークゾーンでも最悪の地域、セントラル・パークのすぐ南だということだ。街の南側なら少しは容易に動き回れる。危険ではあるものの、ダークゾーンの南端近くにはＪＴＦの本部基地がある。ドルインフルによるニューヨーク崩壊から数ヶ月が経ち、ＪＴＦ——それにディビジョン——のおかげで、三十四丁目あたりから南側では治安らしきものが回復し始めていた。だが、北側ではそうはいかない。ここではディビジョンのエージェントは滅多に見かけず、ＪＴＦがいるのはセントラル・パークの外周とその近隣に散らばっている安全なセーフハウスに限られている。エイプリルは、ディビジョンのエージェントが所持する特徴的な装備を見かける頻度で、そのエリアの危険度を判断するすべを身につけた。オレンジ色のサークルがついたバックパック、目や耳につけられた装置。そして何よりも彼らを特徴づけるのは、その自主性だ。彼らは義務や交戦規則に縛られず、社会が完全に崩壊するのを防ぐため、必要な行動を取り、行きたい場所へ行く。彼らを見かける頻度が高いほど、危険なエリアと言える——さらにエージェントが単身ではなく、チームで活動している場合は最も危険なエリアだった。

ダークゾーンの北側はそういったエリアのひとつだ。

だからエイプリルは観察し、冷静にふるまい、チャンスが訪れたら逃さずつかんだ。日中のみ進入し、信用しているグループから離れず、状況が危うくなるとすぐさま退いた。ダークゾーンへの進入が不可能な日もあった。ディビジョンのエージェントやＪＴＦのパトロールに追い返されたり、発砲や……火事があったり。アウトブレイク後、雨後のタケノコのように出現した〝クリーナーズ〟と呼ばれる狂信的な集団は、浄化と称してすべてを焼き払った。いまでは区域全体が焼け、ビルの骨組みしか残っていないようなありさまだ。

ダークゾーンに入り、目的のビルへ近づくチャンスがあっても、どうかするとそこでトラブルが起きた。暴力沙汰はたいてい回避できた。ディビジョンのエージェントには三度か四度命を救われている。人に向かって発砲せざるを得ない状況に二度直面した。避けられなかったのはわかっていても、相手の死は胸に重くのしかかった。死と暴力があたたかい食事と同じくらいありふれている世界なんかに生きていたくはなかった。

しかしそれが現在の世界の姿だ。少なくとも現在のニューヨークの姿である。以前よりましになったのはたしかだが、正常からはまだまだほど遠い。いまでも正常なものとはなんだろう……数百万人が死に、政府が崩壊し、通信手段が絶たれ、いくつもの大都市が廃墟と化し、農場が放置されたいまでも……。彼女にはその答えはわからなかった。しばらくすればなんであれ、朝目覚めたときの状態が〝正常〟の基準となる。人は順応しなければならない。エイプリルは順応した。

疫病とその後の大混乱は、それまで想像だにしなかった順応性を彼女に叩き込んだ。六ヶ月前、ノートパソコンの前に座っていた頃は、崩れかけたバリケードを乗り越え、地獄のような隔離地域へ進入するなど考えたこともなかった。だが、いまのエイプリルには使命がある。それは執念に近く、疫病とその後のおぞましい混乱状態を生き抜く中で沸々とたぎり続けた。凍える夜を、飢える昼を耐え忍ぶ力となり、前だけを見させて、生きる目的を与えた。

エイプリルが手にした最も重要な手がかりはとある住所だった。

西五十八丁目117番地

今日、ついにそこへたどり着いた。ディビジョンのエージェントが、尾行してくれたおかげだ。セントラル・パークの角で屋上にいるエージェントの姿を発見したとき、エイプリルは彼の注意を引くように行動した。ダークゾーンへはそこから進入することにして、彼に引き止められるか、あとをつけられることを期待した。彼が尾行してくれたから、こちらは前方に集中してすばやく移動できた。エイプリルは胸の中で彼に感謝した。名前はなんというのだろう。

西五十八丁目117番地には店舗があり、ドルインフルに襲われたときは工事中か何かだったらしく、入口が開いている。中は散らかり、一見したところ自転車専門店だったようだ。エイプリルは中に入り、乱れそうになる呼吸を整えた。ここだ。

行動を起こす前に、しばらく耳を澄ませた。ビル内に人がいればさまざまな気配がするものだ。単に物音だけではない。すっと息を吸い込む音や、体重を移し替えるかすかな音以外にも、意識の奥で知覚される人の気配というものがある。無人のビルには無人の気配がある。エイプリルはいつしかその違いを学んでいた。

前方は店舗の裏側で、上階へ続く階段があり、その奥の防火扉はこじ開けられていた。

そこから見える廊下はビルの奥へ消えている。右手には別の短い廊下があり、奥のドアは開いた状態で固定されていた。懐中電灯をつけると、開いたドアから下へおりる階段が見えた。

西五十八丁目１１７番地　地階

階段をゆっくりくだり、耳に神経を集中させた。聞こえるのは自分の足が階段の滑り止めをこするかすかな音だけだ。地下にたどり着いたが、まだ何も聞こえてこない。そこは狭い廊下が迷路のように入り組み、ボイラー室に掃除用具入れ、現代の高層ビルにとっての循環系や神経系である電気制御盤へ通じていた。エイプリルはひとつひとつの部屋をすばやく調べ、先へ進んだ。やがて大きな部屋に突き当たり、戸口で足を止める。

室内の手前には大型サーバーラックが置かれていた。電源は入っていないらしく、作動していない。床にはマットレスと潰れた段ボール箱のほかに、食料の入った箱とたばこが散乱していた。どちらも貴重品だ。ここにまだ人がいるとしても、この部屋には長いこと入っていないのだろうか。

それはつまり……。

心臓が胸骨を乱打するのを感じながらも、エイプリルは思考の流れを断ち切り、室内の入念な観察を続けた。部屋の中央には折りたたみ式のテーブルがあり、マンハッタン島の地図と何か走り書きされたメモ用紙が散らばっている。奥の壁際にあるホワイトボードにはいくつかの名前が並び、それぞれ緯度と経度の座標が書き込まれていた。

そのひとつは彼女自身の名前だった。

場所はここで合っている。合っていた、と言うべきか。エイプリルが探し続けていた男はここにはいない。部屋のにおいと、空気のよどみ具合からして、しばらくここにはいなかったのだろう。争った形跡はない。床に血痕はなく、壁に弾痕もない。足に当たってカラカラと転がる薬莢もなかった。

彼がここにいないのはわかったが、居場所はそう遠くないだろう。客を迎えるためにそこにいないのなら、どうして招待状を送るだろう?

エイプリル　わたしは潜伏する　西五十八丁目117番地　地階へ来てくれ

エイプリルはその指示に従った。いまはパズルの最後のピースを見つめている。オーケー、まずはわかりきっていることからやりましょう。彼女は階段をあがり、開いているドアまで戻った。ゆっくり動いて、あらゆる気配を警戒する。ドアから廊下へ出たところでふたたび足を止めた。

このビルは――少なくともこの地階は――無人だと感じた。エイプリルはかつて一階部分を占めていた店舗跡を横切った。壊れた防火扉の裏はカーペット敷きの廊下で、黴と尿のにおいが鼻をついた。廊下の端に別の防火扉がある。エイプリルは店舗スペースへ引き返すと、そこにある階段を見あげた。あがり始める前に、ショットガンを肩からおろして体の前に低く構える。依然として物音はしない。見られているような視線は感じない。

二階へあがり、階段から顔を突きだして人の気配はないかと耳をそばだてた。

何も聞こえない。だがこのビルのどこかにいるはずなのだ。エイプリルは次の階へあがった。

階段から三階をのぞくなり、誰かがここに住んでいると断言できた。いくつかのドアは開けっぱなしで、廊下の左側半ばにある戸口から電子機器のかすかな作動音がする。ビル自体の設備から電力が供給されているはずはない。電気制御盤が焼き切れていたのは、さっき確認した。つまり、ここには違法の電力供給ラインがあるのだ。それはとりもなおさず外部とつながっていることを意味している。ただし、誰とつながっているのかが問題だ。見張りがいないところを見ると、つながっている先は犯罪組織ではないだろう。ああいうやからは往々にして、自分たちの力を見せびらかすものだ。

ここがディビジョンの施設の可能性は？　ダークゾーン内の隠れた場所に？　それならありそうだが……さらなる疑問も生じる。

エイプリルはドアまで進んで足を止めた。何ヶ月もの探索が自分をこの瞬間へ導いた。もしも間違っていたら……。

間違っているはずはない。エイプリルはスーペル90を腰だめに構え、戸口の中へ足を踏み入れた。

ドルインフルの蔓延以前、ここは診察室だったようだ。壁には診察器具が並び、その向かい側、南向きの窓のそばにはデスクがふたつあった。南側にそびえる超高層ビルの隙間から、まぶしい春の日射しが差し込んでいる。医療機器と窓のあいだの壁には本棚が据られていた。疫学や細胞生物学、ウイルス遺伝学に関する書物が並ぶ中で、ひとつの本のタイトルがエイプリルの目に飛び込んできた。

『ニューヨーク崩壊』

ビルからプレゼントされた同じ本はなくしてしまった。〝都市災害のサバイバル・ガイド〟という副題がつけられたその本を、エイプリルは生き抜くための参考にし、疫病発生後の数週間は本の余白に日記をつけた。何度も読むうちに、本にいくつもの手がかりが隠されているのを発見し、それらが彼女をここへ、片方のデスクに向かっている男のもとへ導いた。年齢はおよそ六十歳、波打つ黒髪には白髪がまざり、鼻梁《びりょう》の下のほうに老眼鏡がのっている。男はノートに記述する手を止め、デスクの上のコンピューター画面に目をやった。

エイプリルは戸口から声をかけた。「あなたがロジャー・コープマン？」

男がこちらに顔を向ける。彼女の顔を見る前にショットガンに気づいたらしい。「ここには価値のあるものはない」

「ウォーレン・マーチャントと呼ぶほうがいいかしら」

男は彼女に目を凝らした。その顔に奇妙な表情が広がる。絶対に会うことはないと思っていた相手に遭遇し、どう感じればいいのかわからないかのようだ。

「わたしはエイプリル・ケーラー」彼女は言った。「長いことあなたを探したわ」

CHAPTER 04
ヴァイオレット

午後も遅くなる頃、子どもたちのグループは疲れて腹を空かせていたが、買い物袋はタンポポの葉でいっぱいになっていた。憲法庭園にある池の周辺に自生しているたくさんのガマの草も見つかった。ホテルにいた女性のひとり、ルイザが、探すべき野草を子どもたちに教えてくれた。ルイザはガマの茶色い穂を集めて挽き、粉にした。ガマのパンケーキはいまではキャッスルでの食事メニューに入っている。ガマを食べるなんて、それまで子どもたちの誰も考えたことはなかったけれど、まあまあの味だ。

決められた場所には行かなかったかもしれないが、ルイザやほかのみんなが期待している以上の収穫を持ち帰れる。

川の上空は雲で覆われ、いまにも雨が降りだしそうだ。「帰ろう」アメリアが言った。「どうせもうこれ以上は持てないんだし」

ナショナルモールを横切ってリフレクティング・プールの脇を通り、その南側から離れないようにしてワシントン記念塔を通過した。憲法庭園北側の建物周辺には、気味の悪い男たちがたむろしている。子どもがさらわれることもあるという噂だ。ヴァイオレットたちはホワイトハウスにも近づかないようにしていた。あそこには銃を持った人たちが常駐している。大統領を警護しているのかもしれないし、大統領はまだほかの場所にいるのかもしれない。子どもたちにはわからなかった。ＪＴＦとほかのグループは見分けがつくよ、とサイードとアイヴァンはいつも言うが、ヴァイオレットには銃を持った男たちはみんな同じにしか見えなかった。どのみちほとんど男ばかりだ。

ほかにも、装備にオレンジ色のサークルがついたディビジョンのエージェントがいる。彼らはどのグループにも属していないように見えた。パパはディビジョンのエージェントなんだ、とアイヴァンとアメリアは言うが、本当かどうかはわからない。子どもたちはみんな片親か両方の親を亡くしている。そして親がまだ生きているみたいな作り話をして自分を慰めた。ヴァイオレットだってそうだ。両親とも死んだのを知っているのに。ふたりが死ぬのをこの目で見たのに。

いまそのことを考えるのはやめよう。

インディペンデンス大通りにたどり着き、農務省のビルの前を歩いていると、南からディビジョンのエージェントが走ってくるのが見えた。彼は子どもたちが十二丁目の交差点に差しかかるのに気がつき、腕を振った。「ここから離れろ！」

どうすればいいかわからず、子どもたちは凍りついた。

どこへ行けばいい？　どの方角に向かえば安全なの？

「うわっ」ワイリーが声をあげた。「あれを見ろよ」

ワイリーが指さした南へヴァイオレットが顔を向けると、ハンコック・パーク上空で黄色い雲が渦巻いているのが見えた。

黄色い粉――その噂は耳にしたことがある。それがなんなのかは知らないが、悪いものなのは知っていた。

「どうしよう」ワイリーは言った。ディビジョンのエージェントが近づいてくる。「ぼくたち、ついさっきまであそこにいたんだよ。あのまま残ってたら……」

死んでいた。そう続ける必要はなかった。全員が同じことを思っていたのだから。

「とにかく、もう行かないことだ」エージェントは言った。「きみたちはどこへ行こうとしてるんだ？」

彼はヘルメットを脱ぐと、額と髭の汗を袖でぬぐった。パパも髭を生やしていたな、とヴァイオレットは思い起こした。ディビジョンのエージェントは背の高い細身の白人男性で、髪は黒く、髭には白いものがまじっている。パパによく似ていた。

「キャッスルよ」シェルビーが答えた。

「スミソニアン・キャッスルのことかな？」

「うん」ノアが言った。「前はホテルにいたんだけど、水に浸かっちゃったんだ」

ディビジョンのエージェントはうなずいた。「ああ、あそこはいい場所だったんだが。

まあ、川の水が引いたら、戻れるかもしれないぞ」

「ほんとにそう思う？」

「ああ、遅かれ早かれ水は引く」エージェントはヘルメットをかぶり直し、西へ顔を向けた。「もうすぐ暗くなる。早く帰りなさい。ここは日が暮れたあとに出歩く場所じゃない。それからよく聞くんだ。何をしようと、あっちの方向へ行ってはだめだ」

「これからずっとだめってことですか？」サイードが尋ねた。「あれって、放射能とかそういうもの？」

「いいや、そういうものじゃない。ウランの粉末は黄色いって本で読んだことがあります」

「それに、ずっとかどうかはわからない。とにかく、しばらくは行かないほうがいいとだけ言っておこう。JTFに連絡して、立ち入り禁止区域に指定するよう言ってみるが、彼らも手いっぱいなんだ」エージェントは唐突に遠くを見る顔つきになった。イヤフォンで何か聞いているのだと、少ししてからヴァイオレットは気がついた。

「おれは行かなきゃならない」彼は言った。「ちゃんと帰るんだぞ」

「はい」ヴァイオレットは返事をした。ガマと野草でいっぱいの袋を反対の手に持ち直し、空いた手を開いたり閉じたりする。

「おじさん、じゃなくて、エージェント」アイヴァンが声をかける。

「何かな、相棒《バディ》？」

「ぼくのパパを知ってる？」

「パパの名前は？」

「アウレリオ・ディアス。パパもディビジョンのエージェントなんだ」

エージェントは破顔した。「ああ、知ってるとも。治安が崩壊しだしたときに、何度か任務で一緒になった。彼はニューヨークへ行った……一月か、二月だったかな？　あっちの状況はここよりはるかに悪かった。おれの知る限り、彼はまだニューヨークにいるはずだ」

「じゃあ、パパは生きてるんだね」

「坊主、約束はできない。だが最後に見たときは生きてたし、元気だった。そのあと異変があったとは耳にしてない」エージェントは子どもたち全員を眺めた。「みんなで協力し合うんだぞ」

彼は子どもたちが来た方向、北西へと走り去った。

「ね？」アイヴァンが言った。「パパはディビジョンのエージェントだって言っただろう」

「かっこいいな」ワイリーが応じた。

アメリアはエージェントのうしろ姿を見送っている。「パパ、本当に生きてたんだ」泣くのをこらえようとしているが、うまくいかなかった。

ヴァイオレットはねたむ気持ちを抑え込んだ。

「行こう」彼女は言った。「戻らなきゃ」

キャッスルで避難所の運営を任されている年配女性ジュニーは、子どもたちが前庭を通って戻ってくるのに気がついた。スミソニアン・キャッスルは前庭の真正面にあり、美術館がふたつ、前庭をはさんで両側に立っている。前庭はほぼ一面が掘り返され、野菜が植えられていた。ニワトリたちがコッコッと鳴きながら歩き回り、虫や、なんであれ口にできるものをついばんでいる。

「遅いから心配し始めてたところよ」ジュニーが言った。「だけど、どうやらちゃんと野草を摘んできたようね。キッチンへ持っていきましょう。まあ、ガマじゃない」袋をのぞき見て付け加える。

「ディビジョンのエージェントに会ったよ！」アイヴァンが言った。「パパを知ってるんだって」

「ディビジョンのエージェント？」ジュニーは前庭越しに南を見渡した。「それって、あそこにあった黄色い雲と何か関係があるの？」

全員が顔を向ける。雲はもう消えていた。ヴァイオレットは不安になった。黄色い粉が少しついただけでも危ないのだろうか。風は川のほうへまっすぐ吹いているから、粉がこちらへ運ばれてくることはなさそうだ。でも、粉のことを考えると、いますぐお風呂に入って服を着替えたくなった。

　ジュニーがこちらを見ていた。「ヴァイオレット。どうかしたの？」

「黄色い粉は危険だって、ディビジョンのエージェントが言ってた。もうあっちへ行ってはだめだって。あっちは何もかも汚染されてるとか、そういう感じだった」無意識のうちに感情が高ぶって、ヴァイオレットは言葉が止まらなくなる。「わたしたち、さっきまであそこにいたの！」そう言って彼女はわっと泣きだした。

「落ち着いて、ね」ジュニーは老いたやわらかな腕の中にヴァイオレットを抱え込んだ。残りの子どもたちはふたりのまわりに固まり、少しだけ体を寄せた。「いまは子どもにとって大変な時期よね」ジュニーが言った。「まったく、誰にとっても大変だわ。でも、あなたたちはちゃんとやってる」

　ジュニーはヴァイオレットを気がすむまで泣かせるつもりだったが、そう長くはかからなかった。ヴァイオレットは感情を表に出すのは好きではない。けれど、今日は彼女にとってさえいろいろありすぎた。実際には、悪いことは何ひとつ起きていない。でも、ホテルを見て、そのあと黄色い粉を見て……危ないからと、立ち入り禁止の場所がどんどん増えるのを知り……。自分たちの世界が縮んでいくような気がした。じきにどこも行き場がなくなる気がした。

だが、そんな不安を全部ぶちまけることはできない。ヴァイオレットは気持ちを落ち着かせると、涙をぬぐった。ジュニーが抱擁を解く。「みんなで野草をキッチンへ持っていきなさい」彼女は促した。「それから何か食べるといいわ。一日じゅう外にいておなかが減ったでしょう」

「うん」シェルビーが応じる。子どもたちは一緒にキャッスルへ向かい、中に入った。みんながまだ自分のまわりに固まっているのにヴァイオレットは気がついた。まるで守ってくれているみたいだ。守る必要があるなんて思われたくないけれど、うれしかった。

ここではみんな仲間だ。

CHAPTER 05
エイプリル

「エイプリル・ケーラー」コープマンは言った。その顔に大きな笑みが広がる。前歯の一本は茶色に変色していた。「そうだろうとも」彼は立ちあがり、握手を求めて手を差しだした。「ついに会えるとは……。うれしいよ、それにこれは驚きでもあるな」

「たいして驚くことじゃないはずよ」エイプリルは言った。「あなたがわたしをここへ招いた」

「あれは……三ヶ月前になるのか？　わたしは希望をなくしていた」コープマンはふたたび腰をおろした。コンピューターの電源を消し、記入していたノートを閉じる。それからエイプリルを見あげて、身ぶりで椅子を勧めた。「どうぞかけてくれ。お互いに話すことは山ほどあるはずだ。この場所については申し訳なかった。たどり着くのが大変だったのは承知している。ここにいるのにはわたしなりの理由があるが、きみを煩わせることになり、すまないと感じていた」

　エイプリルはオフィスチェアを引き寄せて座った。「たいして大変じゃなかったわ。ダークゾーンへの進入口を何ヶ月も見張って、最善のルートを考えだし、銃弾をいくつかよけただけ。それでほら、このとおりたどり着いた」一拍置く。「というわけで、あなたにいろいろと質問があるの」

コープマンは両腕を広げた。「どうぞ」

「ひとつ目は、人探しのポスターをどうやって残したのかってこと」エイプリルはバックパックからポスターを取りだして開いた。解像度の悪い彼女自身の顔写真の上に〝この女性を見ませんでしたか？〟と書かれ、下には電話番号がある。手がかりをたどって最初に探し当てた住所でこのポスターを初めて見たときは、驚きのあまり心臓発作を起こすかと思った。『ニューヨーク崩壊』に隠された手がかりを彼女が追うのを、何者かが見張っていたことを意味するからだ。そして電話番号のパズルを解いたとき、自分を監視しているのはほかでもない、著者のウォーレン・マーチャント自身だと判明した。本名はロジャー・コープマンだ。

「わたしはきみの行動を把握していた」コープマンは即答した。「要所要所で見張らせていたのだ。そこへやってくるのは、本の中にちりばめておいた暗号メッセージを発見した者だけだとわかっていた。そして姿を見せたと報告があったのはきみひとりだった。それ以降はきみだけを監視するようにしたが、容易ではなかった。きみは移動を続け、その後コンドミニアムで不幸なできごとがあった」

不幸なできごと。

コープマンが言っているのは、エイプリルと彼女の友人ふたり、ミコとドリューが、ライカーズ島の刑務所から脱走した囚人たちに監禁されたときのことだ。囚人たちを追跡していたディビジョンのエージェントが銃撃戦の末に解放してくれたが、ミコとドリューは死亡した。助けてくれたエージェントも。ドルインフルがニューヨークにまたたく間に広まってからというもの、つらい経験の連続だったが……あれは最悪のできごとだった。いや、二番目に最悪だ。

「彼の名はダグ・サットン」コープマンが言った。「きみを救出したエージェントだ」

「――ダグ・サットン」エイプリルは繰り返した。「彼に家族はいたの？」

「それは知らないな」コープマンは気まずそうに見えた。ディビジョンのエージェントが家族を持つ普通の人間だとは考えたくないようだ。エイプリルは彼が何かほかのことを話すのを待った。

コープマンが黙っているので、彼女は切りだした。「ビルについて話して」

ビル――ウィリアム・トーマス・ケーラー。六年前にエイプリルの夫となり、五ヶ月前に亡くなった。ビル――彼女が愛し、ともに人生を築き始め、そして彼女が見ている前で射殺された。ビル――エイプリルに『ニューヨーク崩壊』をプレゼントし、その本がドルインフル蔓延の最初の数週間を彼女に乗り越えさせ、最終的にここへ導いた。

ここに来るまで、ビルの名前を声に出すことはほとんどなかった。ありとあらゆる記憶に染みつき、口にするたび、彼の思い出があふれだして止まらなくなりそうで怖かったからだ。命がけで手がかりを追ったのも、ダークゾーン内に入るすべを模索したのも、すべてはビルのためだ。マンハッタン島が隔離されたあの日、エイプリルは夫のビルを探しに行き、勤め先のバイオテクノロジー企業の前を通る道で彼が射殺される瞬間を目撃した。人生最悪の瞬間だった。あれ以来、コープマンを見つけだすことと、ビルの死の真相を探りだすことは、彼女の目的となり使命となった。

エイプリルは答えを求めていた。

コープマンはため息をつき、がくりと顎を引いた。「彼が殺された理由のことだろうか？」

ほかに何があるとでも？

「ええ。ビルが何をしていたのか、なぜ殺されたのか。何かウイルスと関係あるの？」

「そうとも言える。だが、きみが想像しているようなこととは違うだろう。ビルは新たなワクチンの設計を研究するチームの一員だった。わたしはウイルス学者ではないから、詳細を知っているふりはしないが、結論として、彼らが開発していたワクチンは、特定のウイルスのさまざまな変異型に対して、免疫を作ることが可能となる。このワクチンの名称はBSAV、ブロード・スペクトラム・アンチウイルス、もしくは広域スペクトル抗ウイルス剤だ」コープマンはノートを開いてメモと図を彼女に見せた。それが分子化合物の構造式なのはわかるが、それ以上はさっぱりだ。「経営側に移るまでは、わたしも試験所の研究員として、新規ワクチンの開発を追っていたのだ。ご主人が勤めていたシークエント・バイオテック・グループはBSAVの研究でワクチンのサンプルを簡略化したのある者として、水質問題に取り組んでいた。それでいわば関心ものだ。このワクチンならゴードン・アマーストのウイルスに対抗できる」図は別の研究者がSBGxの研究成果を用いて開発したワクチンのサンプルを簡略化した

「アマースト」エイプリルは繰り返した。「彼がドルインフルを作りだしたの？ ひとりで？」

「信じがたいが答えはイエスだ。しかるべき設備を有する優秀なウイルス学者は奇跡と惨事の両方を生みだすことができる。アマーストは極めて優秀だった。幸い、優秀さでは彼に引けを取らない研究者たちがいまも生き残っている。しかし、アマーストのウイルスは変異してふたたび拡散する恐れがある。アマーストはまさにそうなるようウイルスを設計し、単一のワクチンでは根絶できないようにしたのだ」

次の疫病。ひとつ目の疫病は文明社会を崩壊寸前まで追い込んだ。二番目——そして三番目、さらにもっと？——は確実に人類を滅ぼすだろう。

「これがどれほど重要な研究かはわかっただろうか」短い沈黙のあと、コープマンは言った。

「つまり、ビルはこの新種のワクチン開発に携わっていた。彼が殺害された理由はそれなの?」

「断言はできない」コープマンは答えた。「アマースト、もしくは彼のウイルスのことを知っていた研究者のヴィタリー・チェルネンコが、ワクチンの完成を阻もうとしたのかもしれない。あの頃は情報が錯綜していた」

「ほかにもビルのように殺害された人がいるの?」これらの質問は、『ニューヨーク崩壊』が単なるサバイバル・ガイド以上のものだと最初に気づいてから何ヶ月も頭の中で繰り返してきた。ペンネームの裏に隠れた人物を想像しては、彼を見つけた暁には何を尋ねるか考えてきた。

「理解してほしい」コープマンは言った。「わたしも身を潜めていたのだ。あの本を記したのは、アマーストが何かたくらんでいるのを知っていたからだ。彼はひとりでウイルスを作ったが、ああいうことはほかの終末論者たちの関心を引くことなしにはできない。同じウェブサイトを頻繁に訪れるとか、連中はそういうことをするものなのだよ。それに、誇大妄想狂は多少なりとも大口を叩かずにはいられないのでね。そういう次第で、わたしはアマーストの行動を不審に思い始めた。彼が何をしているのか具体的につかんでいる者はいなかったが、彼が何かをたくらんでいると知っていた者は大勢いた。そして彼らはアマーストを支持していたのだ。声をあげれば、わたしはその瞬間に殺害されていただろう」そこまで一気に話すと、コープマンは黙り、こちらをじっと見つめた。そしてため息をひとつつき、再び口を開いた。「童話の『ヘンゼルとグレーテル』では、ヘンゼルが帰り道の目印としてパンのかけらを落としながら歩いていた。ヘンゼルのように、わたしは本のあちこちに手がかりというパンのかけらを落としておいたんだ。それを誰かがたどってくれるよう期待しながらね。いずれは誰かがあのできごとの真相を学んでくれるだろうと」コープマンは彼女に微笑みかけた。「だから、きみがパズルを解いているのを知り、わたしはちょっとした助け船を出した」

「それが人探しのポスターね」

彼はうなずいた。「きみのたどっている道が間違っていないことを教えようと思ってね。だがビルや、ほか者のたちに起きたことを見たあとでは、わたしのほうから姿を現し、きみを探す危険は冒せなかった。きみがわたしを見つけるのを待つしかなかったのだ。わたしを見つけてくれてうれしいよ」

エイプリルが感じているのはうれしさではなかった。コープマンを怒らせたり、警戒させたりすることを言わないよう、彼女は口を閉ざし続けた。真相を知るためにここまで来たのだから、少なくともそれが達成されるまでは相手の気持ちを逆撫でしてはだめだ。

「こうして来てくれたのだ」コープマンは続けた。「きみにひとつ教えよう。ビルがサンプルの開発に関わっていた抗ウイルス剤だが、あれは存在する」

「存在するですって？」そんなことがあり得るだろうか？　「どこに？　どうして製造さ
れてないの？」

「現在あるのはごくわずかな量だ。ワクチンの製造が可能な施設はほとんど残っていな
い。だがドクター・ジェシカ・カンデルは、ここニューヨークにあるJTFの研究所で、
現存する天然痘の亜種、つまりドルインフルに対抗する抗ウイルス剤のサンプルを完成させ
た。
　彼女はミシガン州アナーバーに残っていた研究所へサンプルを送ることに成功し、ア
ナーバーでは次にそれを、加えてきみのご主人が手がけた抗ウイルス剤を使って、ドルイ
ンフルの変異種と戦うワクチンを開発した。このワクチンはこれまでに確認されたすべて
の変異種に対して有効だ……少なくともわたしはそう聞いている」コープマンは両腕を広
げてふたりのまわりのスペースを、さらにはダークゾーン内での自分の孤立を示した。
「JTFはわたしにはあまり情報を与えてくれなくてね。それに当然ながら、わたしはミ
シガンでの状況を把握できる立場にはない。しかし噂が伝わるのは速いものだ、さまざま
なルートからワクチンの存在がわたしの耳に入っている。少なくとも、いくつかサンプル
は存在するようだ」

「アナーバーに」エイプリルはつぶやくように言った。
　コープマンはうなずき、それからふたたびノートを閉じた。「アナーバーの研究施設
は、ウイルスがそこまで広まる前に対策を講じる時間があった。
　開発を続行できるよう、

研究員はみずから施設を隔離したのだ」

新たなワクチンの存在はエイプリルに希望を与えた。これは事実だろうか？　研究者たちはワクチンをどうしているの？　アナーバーの状況はニューヨークよりもそんなにいいわけ？　もしそうなら、なぜＪＴＦはマンハッタン島を隔離し続けているの？

国内のほかの地域はなんて遠くなってしまったのだろう、とエイプリルはしみじみ実感した。ホーボーケンがどうなっているのかさえわからないのだ、アナーバーやデンヴァー、サンフランシスコの状況などわかるはずもない。大統領が誰なのか、大統領がいるのかどうかもわからない。連邦議会が存在するのかも……それどころか、アメリカ合衆国がまだあるのかすらわからなかった。

「それで、アナーバーにいるその人たちは」エイプリルは言った。「ビルを知っていたの？　彼らはビルに何が起きたかを知ってるの？」

コープマンは肩をすくめた。「おそらくは。彼らはＳＢＧｘと提携していた。きみのご主人を知っていても不思議はないし、襲撃を生き延びた者が携わっている可能性さえある。とは言っても、噂が事実かは不明だ。すべては希望的観測かもしれない。抗ウイルス剤など、はなから存在しないことだってあり得る」

話の続きを聞く前に、エイプリルの口から言葉が飛びだしていた。「アナーバーへ行くわ」

コープマンは礼儀をわきまえ、笑いださなかった。思案げに彼女をじっと見つめてから口を開く。「こう言っては失礼だが、エイプリル――エイプリルと呼んでもいいかな？」

「かまわないわ」

「ではエイプリル、それは正気の沙汰ではない。アナーバーへ行くのは無理だ。千キロとか、それぐらいの距離があるんじゃないか？　ほかの州で何が起きたかわかっているのか？」

「いいえ。あなたは知ってるの？」

今度はコープマンも苦笑いをもらした。「わたしは十四丁目で何が起きているのかさえ知らない」

「知らないんだったら」エイプリルは言った。「あっちはそこまで悪い状況じゃない可能性もある。だからいまだにマンハッタン島は隔離されたままなのかもしれない」

「それを裏づける情報は皆無だ」コープマンが言った。

「だけど、ＪＴＦはあなたと情報を共有しているわけじゃないんでしょう。だったら、あなたにはわからないわ」エイプリルは立ちあがり、バックパックを背負い直した。「わたしはこの謎を追いかけてきた、人がそこまでやるとは想像しがたいできごとをいくつも乗り越えて。いまは春で、ウイルスの拡散は止まった。わたしは最後まで謎を追うわ」

普段は思いつきで決断するタイプではないが、この決断は正しいと感じていた。これでビルの仕事と死の真相がどこにあるかはわかった。ミシガン州アナーバー。彼女が知っているのは、そこはミシガン大学の所在地ということだけだ。

一千キロは確かに遠い。しかし道のりの大半は無人だろう。ここへ来るのに通過したダークゾーン十ブロックのほうがよほど危険かもしれない。

「あの本を書いたときは」コープマンが言った。「最後まで手がかりをたどってくる者がいようとは思わなかった」

「あの本について、わたしはこう思ってるわ」エイプリルは続けた。「たぶん、わたしはあの本のおかげでいまも生きている。あれはビルからの誕生日プレゼントだった。彼は冗談のつもりだったけど、あの本がわたしを生かしてくれた。だから、お礼を言っておくわ。でも、あなたがあれを書かなければ――書く代わりに誰かに話していれば、あんな本が必要になることは最初からなかった。それであなたが殺されていたとしても、大勢の人たちがいまも生きていた」

コープマンは長いこと彼女の言葉について考えていた。「ある観点から見れば、わたしの行為は卑怯と呼べるだろう。それは理解している。だが、わたしのこれまでの説明でまだ足りないのなら、ほかにも理解してもらわねばならないことがある。わたしはさまざまな情報コミュニティから集めた証拠にもとづき、生物工学によって生みだされたウイルスをばらまく計画が進行中であることを察知した。しかしそれ以上のことは何ひとつわからなかった――誰がやっているのかも、いつ実行されるのかも。わたしが知っていたのは、計画が存在すること、そして政府内のグループも計画に気づいていること――さらに信じられないことに、彼らがそれを支持していたことだけだ。公に警告を発すれば、アマーストの計画が成功したうえに、パニックを引き起こしていただろう。アマーストはおそらく別の研究施設へ身を隠したはずだ。それに、危険がつきまとった……きみはビルに何が起きたか知っているではないか。殺されたのは彼だけではない。さっきも言ったが、政府と軍の中には、大規模な疫病を利用して権力を掌握しようとする者たちがおり、わたしは容易に始末されかねなかった。だからわたしは別の方法を取り、誰かが興味を覚えて真相を追うことを期待した。その後ウイルスが解き放たれ、アマーストの計画を察知するできる限り発あった大勢が死んでいき……きみに話したとおり、わたしは身を潜めた。でき得る限り発見されない場所、ダークゾーンの奥に。わたしの居場所を知っているのはディビジョン内の特定の者……それにわたしが本の中に残した〝パンのかけら〟をたどってきた者だけだ。そしてきみはそれをやり遂げた」

「五ヶ月遅かったわ」エイプリルは言った。「そのあいだに何百万人亡くなったと思ってるの?」

コープマンは長いこと押し黙り、やがて口を開いた。「わたしにそれを変えることができたとは思わない。だが、わたしは何かやろうとしたのだ」

相反する思いを抱え、エイプリルはコープマンを凝視した。薄れゆく外の光に照らされて、彼の目の下と顎に沿って影が伸びてゆくかのようだ。頭の中では、コープマンの言い分を理解していた。だが心の中では、彼を責めていた。ビルが死に、〝ウォーレン・マーチャント〟へ導くヒントを追って死にゆく街の中をひたすら捜索し、彼に会えばドルインフルの裏にある巨大な秘密を解明できるのではと信じていたせいだ。

しかし、自分の感情は関係ない。コープマンから得るべきものは得た。その中には答えがあり、さらなる謎があり、前へと続く道があった。エイプリルは立ち去りかけて足を止めた。何かほかに言うべきことがある気がした。本を通じて、彼女とコープマンには親近感にも似た絆が生まれていた。もっともそれは、わざわざ口に出さずともコープマンも感じているはずだ。

結局、エイプリルはこう言った。「マンハッタンから脱出する方法を知ってる？」

「ある者と連絡を取ることはできる」彼女が拒否されるのを確信したほど長い沈黙のあと、コープマンは言った。「だが朝までは無理だ」外は夕暮れどきだった。彼が付け加える。「いくら強い意志と知性を持っていようと、暗くなってからこのエリアを出歩くのはやめたほうがいい。朝になっても、まだアナーバーへ行くつもりなら、きみに力を貸せる者に連絡を取ろう」

　夜のとばりがおりるまで、アウレリオは五十八丁目の店舗跡を見張った。女性は出てこない。通りがかった者たちが店に入ろうかどうしようか思案して立ち止まるのを二度目撃した。彼らが入っていたら、アウレリオはそれに続いただろうが、どちらもそのまま立ち去った。一ブロック北側、ダークゾーンをセントラル・パーク南端から切り離すバリケード付近で、銃の連射音がつかの間あがった。ほどなく銃声が一発こだました。今度はショットガンだ。

　アウレリオはＪＴＦの最寄りのセーフハウス――場所はマディソン街だ――に連絡した。「こちらディアス。五十九丁目ダークゾーンのバリケード沿いで複数の発砲。ＪＴＦが関わってるのか？」

「違う《ネガティヴ》」この声はあのセーフハウス勤務の情報部員、エド・トランのものだ。「そのエリアにＪＴＦはいない」

「了解だ、エド。ディアス、通信終了」アウレリオは店舗に視線を戻し、それからビルの上階に目をやった。三階にぼんやりとした明かりがある。ビルの奥側の一室で照明がついているように見えた。

この状況にはどこか引っかかるものがあるが、それがなんなのかはっきりしない。アウレリオはもう一度セーフハウスを呼びだした。「エド、調べてほしい住所がある。西五十八丁目117番地」

JTFのさまざまな施設は、それが科学関係であれ、技術関係であれ、兵站《へいたん》関係であれ、詳細な位置が把握されている。JTFの施設がダークゾーン内にあるのは控えめに言っても異例だが、中にいる者が誰であっても、目につくところに警備を置いていない説明にはなる。内部に警戒要員がいるか、防犯機器が設置されているかだろう。

「ロジャー・コープマンの所在地として記録されてる」エドが応答した。「詳細は不明。何者で、なぜJTFの監視対象になっているのかも不明だ」

「調べられるか？」

「もちろんだ」

「ありがとう、エド。またあとで連絡する」アウレリオは体重をうしろに移し、これからどうするか選択肢を思案した。バリケードのそばから新たな銃声が聞こえた。自分で作った酒に酔っ払ったやつや、工業用シンナーを吸ってハイになったやつが、空に向かって発砲しただけということもあるが……たいていの場合、銃声はトラブル発生の合図だ。

何者かわからないものの、あのビルの中の女性が夜間にダークゾーンへ出ていくことはないだろう。日中に観察したこのエリアでの彼女の動きから、その程度のことは予測できた。彼女はそれが危険なことも、どう行動すればいいのかも知っている。朝までは、隠れているか、ロジャー・コープマンとよろしくやるかしているだろう。

そうでなければあとは女性自身の責任だ。ふたたびショットガンの発射音が轟き、アウレリオは考えた。近くで銃撃戦が始まったのであれば、この場所に居座り続けてドアを見張っているわけにはいかない。

アウレリオは潜伏場所から抜けだすと、Ｇ36を低く構え、六番街の角へすばやく移動した。五十九丁目の西の角へ近づいたところで、さらに銃声があがった。

角にたどり着き、左へ顔を向ける。コンタクトレンズに内蔵されているヘッドアップディスプレイ《HUD》が、西へ向かって走る人影をひとつ捕捉した。男性、確認できる武器はなし。アウレリオは反射的に銃を向けたが、そのまま男を行かせた。男が銃撃に関わっていたのかどうかが不明だからだ。

ダークゾーンの境界のすぐ内側に複数の遺体があった。一体はバリケードの基部を成すコンクリートの防護柵にだらりと寄りかかっている。防護柵の上部は波形スレートとベニヤ板で補強され、てっぺんには有刺鉄線が張りめぐらされていた。ダークゾーンのほかの区域では、輸送用コンテナや、その他の建築用資材を並べてバリケードが築かれている。どれも十二月にＪＴＦがダークゾーンを隔離したときに設置したもので、そのとき調達できたありあわせの資材が使われていた。

通りの中央では、さらに遺体が二体、隣り合って倒れている。四体目はそこから六メートルほど離れ、全焼したホテルの前で縁石をまたぐように横たわっていた。まだ動いているようにも見える。アウレリオは前進した。銃創の処置に必要な野戦医療キットは携帯していなかった。それでも、何か自分にできることがないか確かめないと。負傷者が助かれば、彼女から——相手が女性だとわかるくらい近づいていた——何が起きたかを聞けるだろう。民間人同士の小競り合いはディビジョンの関知するところではないが、新たな犯罪グループや市民軍ともなれば話はまったく別だ。

女性まであと六メートルほどのところで、背後の舗道からかすかな物音がした。アウレリオはかろうじて頭を引っ込め、左へ体重を移し始めた瞬間、何かに背中の右側上部を強打された。衝撃の一部はバックパックが吸収したものの、ガクンと両膝をついた。それから右へ転がる。襲撃者は右利きだと直感した。ならば右へ転がって次の一撃を回避だ。アウレリオの読みは当たった。一瞬前まで彼がいた舗道に金属音がガツンと響く。見あげると、禿頭に髭面の巨漢が立っていた。ダークゾーンに住み着く社会病質者《ソシオパス》のひとりだろう。男は手に持ったバールをすでに振りあげていた。

舗道に座り込んだまま、アウレリオはG36を持ちあげた。短い連射を放ち、反動を抑えながら標的の両脚から胸部へと銃弾を浴びせる。標的の手からバールが落下し、再度舗道を叩いた。巨漢は体を折り、立っていた場所に崩れた。

アウレリオは立ちあがり、通りの四方を見回した。コンタクトレンズ内蔵のＨＵＤに表示される人影はほかにない。自分が撃ったばかりの男に視線を戻し、相手がそのままでいるのを確認した。こいつが立ちあがることはもうないだろう。背中にあるふたつの射出口がそれを物語っている。仮にまだ生きていたとしても、連射の一発目は左膝の真上を撃ち抜いていた。

こいつは反対方向へ走り去った男とは別人だ。体がでかすぎるし、こんなに速くブロックひとつ分をぐるりと回り込み、アウレリオの背後から襲えるはずはない。つまり、銃撃戦の目撃者は少なくともほかにまだひとりいるわけだが、そのことはひとまず置いておこう。アウレリオは女性へと歩み寄り、かたわらにしゃがみ込んだ。

死んでいる。胴体の左側、レザージャケットとフランネルシャツの下は、大粒の散弾でずたずたにされていた。彼女のそばにある溝の中に、黒い自動小銃が落ちている。

アウレリオは向き直ってほかの遺体を調べた。どれもユニフォームらしきものは着ていない。通りに横たわっているふたりは互いに向き合っていた。ひとりはショットガンを、もうひとりは警察の支給品らしきグロックを持っている。見たところ、相撃ちだったようだ。ダークゾーンの境目で柵に寄りかかってへたり込んでいる男は、アウレリオの後頭部をとらえかけたのと同じバールによってあの世に送られたのが明白だった。頭部が二箇所、深くへこんでいるのが見える。ひとつは左側、耳の真上に沿って。もうひとつは頭部に沿って。どっちも致命傷だっただろう。

おそらく、これはダークゾーンに住み着いた敵対するふたつのグループの抗争だったのだろう。こういうことは四六時中起きている。アウレリオの到着が数分早かったら、事態は違っていたかもしれない――だが一方で、彼も殺されていた可能性もある。いずれにしても、どちらのグループも麻薬の運び屋か人買いの輩《やから》だろう。

ダークゾーンにいると気が滅入るときがある。街のほかの場所では、ディビジョンの働きと犠牲により、変化の兆しが見られた。だがここでは、目に見える変化は何ひとつない。

アウレリオは五十九丁目を進むと、セントラル・パーク東端沿いに立つウィリアム・テカムセ・シャーマン将軍の像の北側にある検問所を通り、ダークゾーンの外へ出た。「通信機の筐体にひびが入ってるぞ」ＪＴＦの警備員のひとりがすれ違いざまに声をかけてきた。

「ありがとう」アウレリオは応じた。「あとで確認するよ」

三十分後、彼は九十二丁目のＹＭＣＡが入っていたビル内にあるＪＴＦのセーフハウスにいた。仕事の礼儀上、ＪＴＦの当直兵士に到着を報告し、食事をとった。そのあとG36を掃除し、バックパックに取りつけているＩＳＡＣの通信装置を調べた。やはり筐体にひびが入っている。バールで叩かれたせいだが、機能に問題はなさそうだ。

アウレリオは長々と息を吐いた。マーリー・ヒルにあるJTFのセーフハウスを出てから十六時間が経っている。ロジャー・コープマンのもとを訪れた女性のことが気になった。銃撃戦から逃げ去った男のことも。そして何よりも、アイヴァンとアメリアがどうしているのかが気がかりだった。ワシントンDCへ戻るまであと少しだ。

思考が働いたのはそこまでだ。アウレリオはブーツを脱いで簡易ベッドの上に体を伸ばした途端、眠りに落ちた。

CHAPTER 07
ヴァイオレット

食べられるものはなんでも食べるのがキャッスルのルールだ。窓が並ぶ二階の大きなホールにみんなで集まり、少人数のグループで小さなテーブルを囲むか、床に皿を置いてまわりに座って食事をする。ヴァイオレットと子どもたちはホールの片隅にいた。ここなら大人たちの中心グループから少し離れているが、会話の一部がもれ聞こえる程度には近い。大人が自分たちには教えてくれないことを知るにはこうすればいいのだと子どもたちは学んでいた。

今夜の夕食は軍からもらった戦闘糧食《MRE》で、タンポポの葉で作ったサラダつきだ。葉っぱは苦く、子どもたちの誰も好きではなかったが、それでも皿の上のものはきれいにたいらげた。ドルインフル蔓延後の数週間で、子どもたちは飢えを知った。かつては好き嫌いがある子がいたかもしれないけれど、いまはひとりもいない。

ジュニーはギャラリーの大きな窓のそばにあるテーブルにつき、ほかの三人の大人たちと話し込んでた。そのうちのひとりのマイク・ウォーカーは、洪水のあと、マンダリン・オリエンタルホテルからキャッスルまでグループを引率した。あれから三週間近く経つ。

ヴァイオレットはふと気がついた。自分はもうキャッスルをわが家だと思い始めている。「慎重にならなければな」マイクが抑えた声で話している。「キャピトル・ビルがあるほうはもともと脅威だったが、いまじゃ航空宇宙博物館まで占拠された。連中がここまで来る日も近い」

「そうかもしれないし、そうじゃないかもしれない」ジュニーが言った。「ここには連中がほしがるものは何もないわ」

「あいつらはただの強盗じゃない、ジュニー。われわれから何か盗みたいわけではないんだ。あいつらは力を欲する狂人だ。だから自分たちが力で支配できる相手を探してやってくる」マイクは学校の先生みたいなしゃべり方をする。なんでも少しずつ順に説明するのだ。ヴァイオレットはそれにイライラした。きっとジュニーもイライラしているのではないだろうか。

「どういう連中かは知ってるわよ、マイク。こっちが静かに自分たちのことをやっていれば、JTFが治安を維持してくれると信頼しましょう」ジュニーは子どもたちにちらりと目をやった。ヴァイオレットはあわてて視線をそらしたが、じっと見ていたのをジュニーに気づかれてしまった。「とにかく、この話はまた別のときに」

マイクも子どもたちのほうに目を向けた。「あなたがそう言うなら……。ぼくは子どもたちにも知る権利があると思うがね」

　ジュニーはわざと大げさにフォークを置いた。「あの子たちはつらい現実をすでにたくさん知っているわよ。わたしたちは大人でしょう。できるときには守ってやらなきゃ」

「ジュニー、窓の二百メートル先は集団墓地になっているんだ。子どもたちを何から守ると言うんだ?」マイクは話しながらジュニーに顔を寄せたが、まだ横目でヴァイオレットたちのほうを見ている。

「場所を移ろう」アメリアがささやいた。ワイリーとサイードは皿をまとめ始めた。ほかの子どもたちもそれに続いた。ヴァイオレットはできるだけ長くとどまろうとしたが、マイクはほかには何も言わず、ジュニーは彼をにらんでいた。ジュニーがカンカンに怒っているのがヴァイオレットにはわかった。

　ふたりの会話を聞いていると胸の中が苦しくなるけれど――両親が言い争うのを見ると不安になるのと同じだ、ただしここには誰の親もいない――ヴァイオレットはまだここを離れたくなかった。自分たちのまわりで何が起きているのかをもっとよく知りたい。ここが安全でなくなったら、新しい場所へ引っ張っていかれるのは、なんと言っても自分たちなのだから。街にいくつものグループがあるのは知っている。彼らはグループ同士で衝突していた。なんでも壊したがるおかしな人たちがでたらめに集まっているだけに見えるグループもあるが、ユニフォームを着たグループもあった。彼らは少なくとも同じような格好をしている。そして目的を持っていた。それは力だとマイクは言っていた。

ヴァイオレットは大統領のことをふたたび考えた。いまは誰が国の責任者なのだろう？誰か責任者はいるの？

シェルビーがヴァイオレットの袖を引っ張っていた。「行こうよ、ヴィー。上にあがろう」

子どもたちは三階の東側の一番奥にある広い部屋へ行った。彼らが寝室に使っている部屋で、そこの窓からは三つの方角が望める——北側はナショナルモール、西側はキャピトル・ビル、南側はランファン・プラザだ。全員が横になれるだけのソファはないものの、寝袋や枕を持っていたし、ほかの部屋からラグマットを引っ張ってきて、石の床に敷いていた。それでまずまずの寝心地になる。毎晩眠りにつくとき、ヴァイオレットはしばらくのあいだ、アレクサンドリアのスクール通りにあるわが家の懐かしい子ども部屋を思い返したものだったが、そうやって思いだすことも次第になくなっていた。とはいえ今夜は家のことが頭から離れない。いまは誰か住んでいるの？　誰かほかの子どもがわたしのベッドにいて、わたしはもう遊ぶことはなくなったけれど、いまも置いてあるぬいぐるみたちで遊んでいるの？

たぶん、そんなことはない。おそらく家は空っぽだ。窓は割られ、どの部屋も空き巣に引っかき回されてしまっただろう。伝染病が爆発的に広まりだしてから数日のうちに、ヴァイオレットの両親はみずから隔離施設へ向かった。母親はすでに発病していて、父親もその後すぐに感染した。ブラックフライデーから二週間後、ふたりはともに亡くなった。隔離施設の職員はそれからさらに二週間、ヴァイオレットをほかの子どもたちと一緒に施設内にとどめた。孤児のグループとして。彼女はあえてその言葉を使うようにした。それは事実で、彼女は事実と向き合わなければならないのだから。両親は死んでしまったのだ。

サイードもその最初のグループにいた。親戚に引き取られていった子もいたが、ヴァイオレットとサイードは隔離期間を終えるとマンダリン・オリエンタルホテルの避難所へ移された。ほかの子どもたちとはそこで出会った。それからはずっと一緒にいる。

子どもたちはほとんど押し黙って食事を終えた。誰もがマイクとジュニーが話していたことを考えていたが、それについて口を開く心の準備は誰もまだできていなかった。

ノアが全員の皿をキッチンへ運び、子どもたちはみんな歯を磨いた。歯磨きは必ずするようにと、大人からやかましく言われている。ここでの暮らしでは、歯科医にかかることもできないからだ。それに、虫歯を放っておくと、ばい菌やウィルスに感染して死ぬこともあるらしい。ヴァイオレットはそんなことはまったく知らなかった。

全員が顔や体を洗った頃にはすっかり暗くなっていた。子どもたちの部屋にはロウソクが二本置いてあった。寝床に入る前に火を消す規則で、破ればロウソクは没収される。アメリアがロウソクの管理係だ。彼女はほかの子どもたちが毛布にくるまるか、寝袋に入るかするのを待ってから、ロウソクを吹き消した。そして自分はソファに体を伸ばした。

そのあと遅かれ早かれおしゃべりが始まる。ヴァイオレットは話をしたい気分だったが、自分から話しだすのはいやだった。だからアイヴァンが口を切ったときはほっとした。「ほかのところへ行っちゃったら、パパがぼくたちを見つけられなくなるよ」

「パパは絶対に見つけてくれる」アメリアが言った。「だから心配しないの」

「ここを出ることにはならないと思うな」とサイード。彼はいつだって最善を信じている。「出るとしても、水さえ引けばホテルに戻れる」

「ホテルは滅茶苦茶になってるよ。何もかも三十センチぐらい泥をかぶってて、あっちこっち黴《かび》が生えてるんだ」ワイリーはニューオーリンズに親戚がいて、ハリケーン・カトリーナが起こした洪水の話を聞いていた。

「じゃあ別の場所だ」サイードが言った。

「そうだけど」シェルビーが声をあげる。「どこへ行くの？」シェルビーの両親は中国から来た外交官か何かだ。おじさんが北京から迎えに来るとたまに言うけれど、来ることがないのはみんな知っていた。航空機を飛ばそうにもガソリンはない。ごくたまに軍用機やヘリコプターを見かけるぐらいだ。中国は月と同じくらい遠い。

「ヴィー、ここもどんどん危険になるのかな？」またシェルビーだ。彼女はヴァイオレットを姉のように頼りだしていた。たいていの場合はそれでかまわないものの、いまはなんと答えればいいかわからなかった。

「どうかな」黄色い粉のこと、それにナショナルモールの向こう側から聞こえる銃声が二週間前より近づいている気がすることを考えながら、ヴァイオレットは言った。この付近でJTFの兵士が増えているのはいいことだ。彼らはみんなを守ってくれるのだから。でも、同時に悪いことでもある。なぜなら、JTFがもっと警備を強めるべきだと考えているということだから。「ここを出ることになっても平気だよ」ヴァイオレットは言い添えた。「みんなで一緒にいよう。一緒にいれば平気だよ」

そのあとは誰も何も言わなかった。そのうちみんなの規則的な深い寝息が聞こえてきた。考えたくないことばかりが思い浮かんで、ヴァイオレットはしばらく起きていた。西側の窓から、キャピトル・ビルのそばで火が燃えているのが見えた。あれがこちらへ広がったらどうしよう。どこへ逃げるのだろう。

ヴァイオレットにはわからなかった。ここにいる誰にもわからない。揺らめく火を見つめて彼女は思った。いつか普通の生活が戻ってくるのだろうか。

CHAPTER 08 アウレリオ

　アウレリオは早朝に起床すると、七時には身支度を終えて卵で腹を満たしていた。あの女性とロジャー・コープマンのことをまだ考えている。出発前に、朝の状況共有《ブリーフィング》に顔を出した。そこで耳にすることのほとんどはいつもどおり――三十四丁目以南は多かれ少なかれ治安が保たれ、そこからダークゾーンの北端とその周辺地域へ北上するに従い、治安が悪化していた。偵察の報告では、マンハッタン島の北端は比較的安全のようだ。主な理由は住民のほとんどが退避したからだ。ＪＴＦの施設はハドソンヤードと郵便局にある本部基地周辺に集中しているため、疫病を生き延びた者の多くはそこへ逃げているという。

　ワシントンハイツとハーレムでかなりの数の任務をこなしているアウレリオは、まだ待避せずに残っている者たちもかなりいる気がした。もっとも自分の経験からそう感じるにすぎない。ＪＴＦの偵察、それにディビジョンのほかのエージェントは、自分より幅広い情報を得ている可能性がある。そう考えて自分の意見は胸にしまい、ブリーフィング後はエド・トランのもとへ行った。

　いつものごとく、エドは二階にある作戦室の中で通信機器とコンピューター画面に囲まれていた。太い電力ケーブルの束が彼のワークスペースから廊下を通ってビルの裏手に続いている。ケーブルが続く非常階段か屋上では発電機がうなっていることだろう。アウレリオが来ると、エドは顔をあげた。「なんとかってやつの情報をまだ探してるのか？」

「ああ、コープマンだ」エドがＪＴＦのさまざまなデータベースを調べるあいだ、アウレリオは待った。

「あちこちで名前が出てくるな」しばらくしてエドは言った。「ほとんどはカンデルと彼女のグループが抗ウイルス剤の研究に使っている複数の論文の共著者や編集者としてだ。コープマンが直接関係していることを示すものは何も……おや、ちょっと待てよ」さらに画面をタップしてスワイプする。「作戦記録に例の住所に関する注記がついてる。防犯機器を設置し、二十四時間監視すること……ふむ」彼は背中をそらした。「なんのことだかわからないな。ぼくの権限ではこれ以上は調べられない。とにかく、この男はダークゾーンに隠れているのにもかかわらず、どこかの誰かがこいつの身の安全を確保したがったってことだろうな。ほかに何か調べたいことは？」

「コープマンは科学者というわけか。カンデルと彼女のグループと一緒に何かやっていたのか？」

「そうは見えないな。少なくとも直接的には。だけど、作戦記録そのものにはアクセスできないんだ。郵便局の研究施設にドクター・リュウという人物を訪ねていっているのはわかる。彼はカンデルの研究者グループのひとりだ」エドは画面に視線を走らせ、最後はあきらめた。「ぼくにわかるのはそれだけだ。悪いな」

「感謝する、エド」アウレリオはミッションボードに目をやり、その日の犯罪多発地域を確認した。クイーンズボロ橋のマンハッタン側にあるJTFの支部基地では、マンハッタン島からの脱出を試みるグループによる敵対行為が増加していたが、そのすぐ南にあるミッドタウン・トンネルが冬のあいだに冠水した。噂では、マンハッタンからの脱出口は数が多くて監視が大変なため、JTFが意図的にそうしたと言われている。ハドソン川とイースト川の下を通る地下鉄トンネルすべてと、ブルックリン＝バッテリー・トンネルも、現在は閉鎖されている。ホランド・トンネルは陸上補給ルートを保つために、いまも開通していた。それも当然だ。なにせトンネルのマンハッタン側入口は、JTFのハドソンヤード本部基地からほんの数ブロックなのだ。

状況は落ち着いているようだ。アウレリオはさらにミッションボードに目を走らせた。ひとつの疑問が頭の片隅から消えない。女性がひとりでダークゾーンへ入っていくなんて、ロジャー・コープマンにどんな用事があるのだろう。コープマンがJTFの協力者であれば、彼女の訪問について新たな解釈ができる。いまからダークゾーンへ引き返しても、彼女はとうに去っているだろう。それでも行って、いったい何があったのかコープマンに尋ねてみたい気がした。その一方で、ニューヨーク市にはほかに優先すべきことが山ほどある。ロジャー・コープマンは誰かを殺そうとしているわけではないのだ。結局、アウレリオは忘れることにした。自分の好奇心と、命を救う任務を両立させることはできない。人はあらゆるたぐいの奇妙な行動を取る。思えば昔からそうだったし、ウイルス蔓延後は人々を押しとどめる理由が減ったのだろう。

「やることを探してるなら」エドが部屋の向こうから声をかけた。「今日中に〝灯台〟に届けなきゃならない資料がある」

「重要なものなのか？」ほかのエージェントたちが交戦しているときに、配達係をやって一日を潰すのは気が進まない。資料が人命に関わるものでない限り。だが、JTF本部が置かれている郵便局の作戦基地――通称〝灯台〟――宛であれば、おそらく極めて重要なものだろう。

「ああ。昨日の任務で得た情報だ。準軍事組織がトライボロー橋の下からマンハッタン島へ進入しようとしてるって情報をつかんだ。上層部はただちに内容を知りたがってるが、この情報を持ち込んだエージェントは持っていくことができない」エドは封をされた分厚いビニール封筒を掲げてみせた。

アウレリオは受け取ろうと手を伸ばした。「それはなぜだ？」

「ゆうべ死亡した」エドが言った。そのときアウレリオは封筒に乾いた血がついているのに気がついた。誰かが適当にぬぐったかのようだ。

「誰だ？」

「ライラ・カーン。知り合いか？」

アウレリオはかぶりを振った。「いいや」

だが、命を落としたエージェントなら山ほど知っている。射撃チームとの作戦においては、ＩＳＡＣはそれぞれのメンバーの生命兆候《バイタルサイン》をモニターし、エージェントが重傷を負った場合にはチームの衛生兵に救助を要請する。また手遅れの場合には、メンバーの死亡をチームに伝える。「深刻な外傷を検知」「早急の医療処置が必要」「生体信号が危険領域」「生体反応なし」「エージェント死亡」といった具合に、ＡＩの音声が状況に応じて教えてくれるのだ。

アウレリオは封筒をバックパックにしまい、任務で〝灯台〟へ向かうとＩＳＡＣに知らせた。コンタクトレンズ内臓のＨＵＤに周辺地域を俯瞰した地図と最適ルートが表示される。セントラル・パークを横切り、八番街をまっすぐ南下するルートだ。基地はマディソン・スクエア・ガーデンの真向かいに位置する古めかしい郵便局にあり、アウレリオがニューヨークで最初の任務のひとつを遂行した場所でもある。当時マディソン・スクエア・ガーデンにあった野戦病院が暴徒に占領されたため、ＪＴＦは医療スタッフの救出に手を貸すよう彼に要請した。アウレリオは二日前にニューヨークへ到着したばかりだったが、医療スタッフを避難させるための安全なルートを確保する手助けをした。自分が逃がした医者の中にジェシカ・カンデルもいたのだろうか。彼は作戦終了時には疲弊しきり、スタッフの名前も見た目もまったく覚えていなかった。通りでジェシカ・カンデルとばったり会っても気がつかないだろう。

そうだ、医療棟に立ち寄って、ドクター・カンデルにロジャー・コープマンについて尋ねてみようか。だがその前に、資料をしかるべき場所へ届けなければならない。

アウレリオはボトルを水で満たしてから装備を確認し、まぶしい春の朝、九十二丁目へ足を踏みだした。ここはJTFがいる区域であることから、キッチンカーやほかの出店が集まり、クーパー・ヒューイット・スミソニアン・デザイン・ミュージアムのまわりと貯水池の角にはちょっとした市場ができていて、ほぼ一日じゅうにぎわっている。アウレリオは露店に並べられた料理を目と鼻で楽しみながら、のんびりと歩いた。焼きたてのパンの香りに、思わず足を止める。「いいにおいだね」パンと交換できるものはないかとポケットに手を入れた。マンハッタンでは紙幣や硬貨が使われなくなって数ヶ月経つ。

「ありがとよ」顔をあげた店主が、アウレリオの装備に目をとめる。「オレンジ・サークルの騎士じゃないか」そう言いながらパンを手に取って差しだす。小麦粉まみれの黒髭の下には笑みが広がっていた。「おれのおごりだ。でも、お仲間に言いふらすのは勘弁だぜ」

「ありがとう」アウレリオは笑みを返した。ものをもらうのは気が引けるが、受け取るのも一種の義務だと思い直した。自分を殺しにかかる連中を毎日のように相手にしていると、世の中には親切心と寛大さも満ちあふれていることを容易に忘れる。ディビジョン・エージェントの活動を知っている人たちは感謝の念を抱いてくれていた。その気持ちを悪用することなく、受け入れるのは大切なことだ。アウレリオはそう理解するに至っていた。

アウレリオはパンをちぎって香りを嗅いだ。「そうだ、次に来るときに何か持ってこよう。何が必要だ？」

「何が必要かって？　そりゃあ、言う必要もねえだろう。安定した電力にアイスクリーム、テレビの野球中継だ。だがな、おれが心から恋しいものをひとつ教えてやるよ。前は毎週ブルックリン橋を歩いて渡ってたんだ。しかしこんなことになっちまってからは、ユニオン・スクエアの南側には行ってねえ。ブルックリン橋って表記があるものを見つけてくれたら、道路標識とか、なんだってかまわない、ここに掲げたいもんだね」店の上に張りだした日よけをポンと叩く。「それであんたにはパンを永久に無料にする」

「魅力的な取り引きだな」アウレリオは言った。「探してみよう」最後に市庁舎やブルックリン橋の近くへ行ったのはいつだっただろう。たぶん二月か。

別れの挨拶にパンを掲げ、頬ばりながら貯水池の南端まで歩いて八十六丁目の横断道路に入り、セントラル・パークの西側へ向かった。公園内の地面のおおかたは集団墓地を継ぎ合わせたようなありさまだ。そんな中でも、そこかしこに菜園が作られ始めている。乗馬道沿いでは、山羊でいっぱいの囲いまであった。どこで山羊を見つけたのだろう？ニューヨークは謎に満ちている。

アメリカ自然史博物館の前にはまた別の市場があり、そこからダークゾーンの北西の角に当たるコロンバス・サークルへ近づくにつれて、人けがまばらになっていった。アウレリオはG36のグリップにかけた指を動かし、体の緊張を解きながらも警戒は怠らない。いまのところISACは敵を検知していない。しかし、ISACにすべてが見通せるわけではなかった。ISACのシステムは、敵対する犯罪グループやカルト集団などの位置情報が入力されたJTFの最新データベースに連動する顔認識とユニフォームの検知が頼りだ。おおむねのところ、特定エリアの全般的特徴を伝える点ではISACは優秀だが、やはりエージェント個人の観察眼と状況認識能力の代わりになるものはない。結局は目と耳が頼りだ。

コロンバス・サークルのすぐ南にはJTFのパトロールがいた。ダークゾーンとの境界線となるバリケードはその先でブロードウェイへ曲がるが、アウレリオは八番街を進み続けた。焼けたバスとうつろな目をした浮浪者たちが、ポート・オーソリティ・バスターミナルを取り囲んでいる。連中はアウレリオをひと目見るなり離れていった。

マディソン・スクエア・ガーデン前の吹きさらしになっている広場では、別の大きな市場がにぎわいを見せている。向かいにJTFの作戦基地があるこの場所は街で最も安全だ。周辺ブロックにあるビルは、このエリアに安心を求めて集まってきた人々でどれもいっぱいだった。ここはニューヨークの中でどこよりも正常に近いと言えるだろう。それでも、日没後はみんな屋内へ引っ込むし、店主やぶらついている歩行者の多くが武装していることをアウレリオは知っていた。ここでさえ、文明社会は薄っぺらなうわべだけのものだ。

ディビジョンの装備を目にし、郵便局の警備員はアウレリオに手を振って中へ入るよう合図した。アウレリオは当直の兵士を探しに行った。警備員によると、ヘンドリックス中尉という兵士だ。彼女は防衛棟で見つかった。きまじめそうな五十代前半の黒人女性で、髪は白髪まじりの短いドレッドヘア。目下、作戦地図となんらかのチェックリストにかかりきりで、邪魔されるのを快く思っていなかった。

「ご用件は?」アウレリオをちらりと見て、視線を地図に戻す。

「九十二丁目のYMCAから来た」アウレリオは封筒を見せた。「情報部員へ届けることになっている」

アウレリオはヘンドリックスが血痕に目をとめるのを眺めた。「誰かが命がけで入手したもののようね」彼女は言った。

「命と引き換えに入手したものだ」

一瞬沈黙し、ヘンドリックスは手を伸ばした。「直接手渡すことになっているの？　それともわたしが預かってかまわない？」

それについてはエドから何も言われておらず、アウレリオは彼女に封筒を渡した。「早急に届けるわ」彼女は請け合った。

奥のオフィスへ歩み去るヘンドリックスのうしろ姿を見送りながら、アウレリオは心の中でつぶやいた。

ウイルス発生後、アメリカ合衆国の崩壊を食い止めるために命を落としたディビジョン・エージェント全員の名が、いつの日か記念碑に刻まれることだろう。

自分の名がそこにないようアウレリオは祈った。

CHAPTER 09 エイプリル

エイプリルは朝遅くまで眠った。こんなに眠ったのはマンハッタン島が隔離されてから初めてだった。夢を見たかは覚えていない。起きあがると、何時間も同じ姿勢で横たわっていたせいで体がこわばっていた。目的を果たすまで執念を燃やして進み続けるのも、こんな感じだろうか。いつしか心がこわばってしまうのだろうか。自分にはわからない。これまで執念を持ったことがなかったから。

そしていまの自分に、本当の意味の執念はない。だが目的ならまだある。アナーバーへ行き、抗ウイルス剤の真相を探りだし、ビルを知っている人がそこにいたら、彼に関する真実を見つけだす。いずれにせよ、これは夫の追悼旅行のようなものになるだろう。ビルが関わった最後の医薬品をこの目で見て、自分の人生における彼の存在に区切りをつけるのだ。エイプリルはその決断に心が軽くなるのを感じた。

彼女がいる部屋はなんらかの小さなオフィスとして使われていた場所で、廊下をはさんだ向かいには、コープマンが寝室兼仕事場にしている部屋がある。立ちあがって背伸びをすると、関節が音をたてた。ああ、本当にぐっすり眠った。

荷物はすべてエイプリルが置いたそのままの場所にあった。念のためにスーペル90の弾倉を取りだし、中の銃弾を確認した。問題なし。銃を携帯するのは好きではないが、こういう世の中では仕方がない。それに、このショットガンには思い入れがある。彼女を救って絶命したディビジョンのエージェントが持っていた銃だ。それとバックパックも。彼の名はダグ・サットン。アウトブレイク以前の彼は何者だったのだろう？　生き残っている家族や恋人はいるのだろうか？　エイプリル以外に彼の死を心にとめる人は？　コープマンも名前以外の情報は知らないようだった。疑問の答えがわかることはおそらく永遠にないのだろう。

朝一番からいやに重苦しい方向へ思考が流れたものだ。頭を切り替えるために廊下へ出ると、開いている向かいのドアからコープマンの姿が見えた。

「おはよう」彼が声をかけてくる。「よく眠れたかね。洗面所は廊下の突き当たりだ」

重力に感謝を。トイレを流してエイプリルは思った。ニューヨークでは重力を使い、標高の高い山地にある貯水池から水が供給される。さすがに高層ビルの上層階は難しいだろうが、低層階なら水圧だけで水が押し上げられるという。そのため、低いビルの大半ではいまだに水を使えた。国内のほかの地域では水をどうしているのか想像もつかない……だが、それはこれからすぐにわかることだ。そうでしょう？

コープマンの部屋に戻ると、彼はコーヒーポットとマグカップふたつを並べていた。

「えっ？」エイプリルは声をあげた。「コーヒーなんてどこで手に入れたの？」

「わたしはＪＴＦのあちこちとつながりがあってね。それに、ものを手に入れる方法を知っている住民たちにも顔が利く。そういう者たちが、たまにささやかな贅沢品で貸しを返してくれるわけだ」

エイプリルは香りを吸い込んだ。コーヒーの芳香が湯気とともに顔のまわりを漂うに任せると、このなんでもない行為とともに、思い出が押し寄せるのを感じた。コーヒーを飲むことは、平凡でありながら、同時にかけがえのないことだったのだ。毎日やっていながら、毎日楽しみにしていたこと。いまとなっては奇跡のようなこと。いつまたコーヒーを堪能できるかは神のみぞ知るなのだから。

ひと口飲んで、泣きだしそうになった。おいしかったから。アマーストと彼の狂気のせいで失われたものすべての象徴に思えたから。だが彼女は泣かずに、もうひと口飲むとこう言った。「ありがとう。思いがけないもてなしだわ」

「自分にできることをするのはわたしの喜びだ」コープマンは応じた。「きみはつらい経験をたくさんした」

「わたしは幸運なほうよ」エイプリルはそう言ながらダグ・サットンのことを思った。それにミコとドリュー、この数ヶ月に彼女の目の前で死んでいったすべての人々。それにビルを。

「それで」エイプリルは切りだした。「わたしをハドソン川の向こうへ連れだせる人を知っているかもしれないと言ったわね」

コープマンはマグカップを置いて咳払いした。「わかっているだろうが、これはろくでもない考えだ」

「わたしにわかってるのは、あなたがろくでもない考えだと思っていようといまいと、どのみち実行するってことだわ」エイプリルは冷静な声音を保った。最後にもう一度コープマンの助けが必要だ。それには彼を怒らせないぎりぎりのところで自分の立場を固守しなければならない。彼女はコーヒーを飲み、純然たる感覚の喜びにもう一度浸った。

「それならば」少し間を置いてコープマンは言った。「わたしにできるのはリバーサイド・テンプル騎士団へメッセージを届けることだ」

コープマンの言葉は、彼が書いた手紙をエイプリルに運ばせるという意味だとわかった。「彼らは疑い深いが善良な者たちだ」コープマンは言った。

「手紙を見せる前に向こうから発砲してきたら、彼らがどれほど善良だろうと関係ないわ」エイプリルは指摘した。

「それはないと約束しよう」コープマンは手紙を書き終え、きちんと三つ折りにした。それをエイプリルに手渡す。「これはろくでもない考えだと言ったが、わたしは本気でそう思っている。しかし、きみならばうまくやれるかもしれない。その手紙がきみの旅のはじまりとなるだろう」短い間のあと、付け加える。「角にあるＪＴＦの検問所に、きみを通すようわたしから連絡しておこう」

エイプリルはコーヒーを飲み終えた。出発のときが来た。必要なものは常に持ち歩いている。二十八丁目の古い土産物屋の裏手にある、ダウンタウンの部屋はそのままにしてあるが、いまはあそこへ戻る理由はなかった。彼女はバックパックをつかみあげて背負った。ここを立ち去る前に、最後にもうひとつ、胸から吐きだしておきたいことがある。「マーチ」それは『ニューヨーク崩壊』に隠されたパズルを、ひいては作者の動機を理解しようとして、頭の中で作者と長い会話をしていたときにエイプリルがつけたニックネームだ。彼が用いたペンネーム、ウォーレン・マーチャントは、最後の手がかりのひとつだった。コープマンはオランダ語で商人《マーチャント》を意味する。エイプリルはニューヨーク公共図書館へ行く危険を冒してそれを調べたのだ。

コープマンはデスクに戻り、コンピューター端末を参照しながらノートに何かを書いていたが、顔をあげた。「マーチ？」

「マーチャントの略よ。あの本を解読するあいだにあなたにニックネームをつけたの」エイプリルは言葉を切って、自分が本当に伝えたいことを考えた。「あなたには感謝している、それを伝えておきたかった。あなたの本のおかげでわたしは生きてこられた。あの本にはサバイバルのノウハウ以上のものが隠されているとわかり始めてからは、それが進み続ける力となった。あなたがあの本を執筆する代わりにCNNに連絡していたら、ビルがいまも生きていたかどうかはわからない。たぶん永遠にわからないと思う。でも、自分がここにいなかったのはわかる。だから、ありがとう」

コープマンは立ちあがると、お辞儀をするかのように頭を傾けた。そのたたずまいはどこか貴族的に見える。「礼を言うのはわたしのほうだ。きみはわたしが本の中で試みたことをすべてやり、ここへたどり着いてくれた。幸運を祈る、エイプリル・ケーラー。きみが探し求めているものが見つかるよう祈っている」

コープマンは自分の潜伏場所から最も近いJTFの検問所へ行くようエイプリルに指示した。六番街が五十九丁目にぶつかる突き当たりだ。人目につくようスーペル90を携帯してきびきびと移動し、トラブルに遭うこともなくそこへたどり着いた。ダークゾーンのバリケードの切れ目に貨物コンテナがひとつ置かれ、上部に土嚢《どのう》が積まれている。それが検問所のゲートだ。まだ通りの真ん中にいる彼女に向かって、JTFの守衛が怒鳴りつけた。「近づくな！　撃つぞ！」

エイプリルはショットガンを肩にかけ、両手を前に出した。「わたしはエイプリル・ケーラー。この検問所に行くよう指示されたわ」

「誰の指示だ?」

「ロジャー・コープマン。ほんの数分前よ」

「ゆっくり前進しろ」

彼女はその言葉に従い、守衛ふたりを見あげた。ひとりが言った。「人相の特徴と合致する」

もう片方がバリケードの裏側を見おろし、声をあげた。「ゲートを開けろ」

きしみをあげてゲートが開き始める。エイプリルは歩み寄り、通り抜けられるだけの隙間ができるのと同時に中へ滑り込んだ。そこにはＪＴＦの兵士がさらにふたり、壁の前に立っていた。彼らはエイプリルに銃口を向けたまま、彼女が通過すると、そのうしろでゲートを閉ざした。エイプリルは西へ向きを変え、セントラル・パークの南端に沿って進みながら、ダークゾーンへ出入りしたほかのときのことを思い返した。運がよければ、そうする必要は二度とないだろう。

自然史博物館前の市場で朝食をとり、それからあとは北へ歩き続けた。百十丁目まで公園の端沿いに進み、リバーサイド・ドライブで西へ折れると、あとはマンハッタン島の最北端まで延々と歩いた。川沿いにいるほど、ＪＴＦのパトロールを頻繁に見かけた。トラブルに出くわしたときのために、彼らから見える場所にいるほうがいい。

しかし何も起きず、一時間後には百九十丁目の地下鉄駅を通り過ぎ、蛇行した舗道をたどってフォート・トライオン・パークに入った。ここはマンハッタンの中でも屈指の景観を誇る場所で、これまで一度しか目にしたことがなかった。背の高い森に覆われた左手の断崖はハドソン川へと徐々に傾斜し、川の向こうには高層マンションが立ち並ぶニュージャージーの絶壁《パリセイズ》が見えた。眼下の川沿いを走るヘンリー・ハドソン・パークウェイはがらんとして静かだ。歴史的な要塞そのものを通り過ぎ、それからさらに数分後、エイプリルは誰かに跡をつけられているのに気がついた。

振り返ると、やはり尾行者が三人いた。五十メートルほど距離を取り、彼女のうしろから公園道をついてくる。エイプリルは立ち止まり、彼らの風貌を観察した。男が三人。白人がふたり、黒人がひとり。三人ともふさふさとした顎髭をたくわえ、手作りされた揃いのチュニックには、中世の十字架の一種とおぼしきしるしが描かれていた。三人ともライフル銃を携帯している。

「ここいらの者ではないな」黒人が問いかけてきた。

「違うわ」

「そうだと思った。近隣の者ならここへは入ってこない。ここは神聖な場所だ。よそ者の立ち入りは許されていない。われわれの仲間になりたいなら、話は別だ。管区長《マスター》に話をしなさい」男は彼女の背後を――おそらく修道院《クロイスターズ》の塔を――顎で示した。そこはどのみち彼女の目的地だ。

「悪いけど、仲間にはならないわ」エイプリルは言った。「でも、そのマスターに話があるの」

「わたしはマイケル修道士だ。マスターに会えるかどうかはわたしが決める。用件はなんだ？」

エイプリルはバックパックを肩からおろしかけて思い直した。コープマンからの簡単な説明によると、リバーサイド・テンプル騎士団を驚かすのは得策ではなさそうだ。代わりに彼女はこう言った。「彼宛の手紙を持ってるわ」

男の眉が吊りあがる。「手紙を？　誰からだ？」

「手紙はマスター宛よ。わたしを彼のもとへ案内してちょうだい」

男は少しのあいだエイプリルの目を見据え、それから言った。「いいだろう」

白人のひとりがエイプリルからショットガンを取りあげ、もうひとりが衣服の上から彼女の体を軽く叩いてボディチェックをした。その後、彼女をはさんで歩きだし、マイケル修道士の先導でクロイスターズへ向かった。前に一度だけ、ここへ来たことがある。大学を卒業し、ニューヨークへ移り住んだばかりの頃で、すべての観光名所をできるだけ早く観ようと意気込んでいた。ニューヨークの基準からすればここは当時も静かで、車道を行き交う車の騒音は木々に消され、たいていの人はピクニックをしたり、犬を散歩させたり、グループで観光をしたりしていた。車も人もいなくなったいま、鳥のさえずりと葉ずれの音を背景に自分たちの足音だけが聞こえた。

クロイスターズとは、百年前にヨーロッパから中世の修道院を移築して建てられた美術館だ。参加したツアーで聞いた説明の中で、エイプリルはそれだけ記憶している。いまでは本物の修道院として復活した様子だが、リバーサイド・テンプル騎士団は、日がな一日、写本や聖歌の合唱をして過ごす隠者のような僧たちではなかった。美術館の外の広場に目をやると、彼らが活動する姿が見られた。僧たちは砦を築き、戦闘訓練をし、パトロールを送りだしている。女性の姿もちらほら見えるものの、ほとんどは男性だ。ここが静かなのも当然だとエイプリルは思った。いかなる犯罪グループや強盗集団も、彼らを敵に回す間違いは犯さないだろう。

マイケル修道士は入口の両脇に立つ番人にうなずきかけ、エイプリルを中へ通した。屋内のどこかにカフェがあったと記憶しているが、見つけられないまま、どんどん奥へ進み、やがて中庭に出た。庭は手入れが行き届き、石畳の歩道はきちんと掃かれている。

マスターは中庭の中央近くにひとりたたずみ、水を張った大きな水盤を見おろしていた。細身で長身、頭部は剃っているが、暗褐色の肌と対照を成す豊かな白髭が目を引いた。「マイケル修道士」近づいてきた一行に声をかける。「こちらのお方は？」

「彼女はあなたへの手紙を携えていると申しております、マスター」マイケル修道士が答えた。

マスターはまだ一行の誰とも目を合わせない。「ではその手紙を見せてもらいなさい」

エイプリルはバックパックを石畳におろして手紙を取りだした。マイケル修道士がそれを彼女の手からつまみ取り、マスターのもとへ進みでる。手紙を受け取ったマスターは、中身を確認するとこう言った。「ありがとう、マイケル修道士。彼女と話をしよう」

そこで初めて一行に視線を向け、騎士団のひとりが銃をふたつ抱えているのに目をとめた。「そのひとつは彼女のものだろうか、ハヴィアー修道士？」

「はい」

「彼女に返してよい」

ハヴィアー修道士はスーペル90のスリングを持って差しだし、エイプリルは銃を受け取った。マスターに銃口を向けようとしている印象を持たれないよう、細心の注意を払って肩にかける。

「あなたたちはさがりなさい」マスターが言った。

三人の修道士は会釈をして屋内へ引き返した。

マスターはふたたび手紙に目を落とした。「ロジャー・コープマン。彼とはどのようなお知り合いだろうか、ミス・ケーラー？」

「エイプリルでかまわないわ」彼女は言った。「あなたのことはなんと呼べばいい？」どんな状況であれ、儀礼的な敬称は鼻につくし、戦う修道士をアピールするあれやこれやのふるまいが癇《かん》に障り始めていた。結束のためには必要なのだろうが、それにつき合う気分ではない。

「生まれたときにつけられた名はアンドリュー・バーソロミュー・ローズだ」マスターは言った。「合衆国海兵隊、元大佐。博士でもある。軍にいるあいだに中世ヨーロッパ史の博士号を取得した」

これで状況が少しはっきりしてきた。文明社会の崩壊に直面した、中世史に関心を持つ元海兵隊員。そんな人物なら、かつて中世ヨーロッパ人がそうしたように、失われゆくものを保護するために修道会を設立するのは自然な流れだ。

「じゃあ、ローズ博士か、ローズ大佐でいいかしら？」エイプリルは尋ねた。

彼は微笑した。「いまはアンドリューで結構だ。しかし、あなたはわたしの質問に答えていない」質問を繰り返すことはしなかった。

「ロジャー・コープマンは、わたしの夫、ビルの死に関する重要な情報をいくつか持っていた」エイプリルは言った。「コープマンが知っていることをつかむために、わたしは彼を見つけだした。そして、今度はほかの人たちを見つけだす必要がある。そのためには、川を渡らなければならないの」

「コープマンもそう説明している」マスターは言った。「さて、今度は彼がなぜわれわれに支援を求めるよう提案したのか説明すべきだろう。われわれ、リバーサイド・テンプル騎士団は、アメリカ合衆国がいまもなお存続しているのか否かが明確になるまでのあいだ、無辜《むこ》の民を守るために立ちあがった。ＪＴＦの影響力はここ北の端までは滅多に及ばず、われわれなしでは、ジョージ・ワシントン橋の北部エリア全体が無法の荒野と化していただろう」

それはすでにエイプリルが推測したことと一致していた。「あなたたちはいい働きをしているんでしょうね。このあたりは平和だわ」

マスターはうなずいた。「われわれは平和を維持している。また、ＪＴＦの一部の行いは、われわれが守るべき無辜の民に必要以上の苦難を強いていることも認識している。もちろん、人々には食料と医薬品が必要だ。しかし、この島の外にいる愛する者たちの知らせも必要なのだ。それに、あなたと同じように、川を渡る必要が生じることもある」

戦う修道士は密輸業者でもあるわけだ、とエイプリルは思った。ドルインフルが生みだした奇妙な新世界だ。「理解したわ」

「あなたならそうだろう」マスターは応じた。「この手紙でコープマンはあなたを褒めている。そして彼はそうそう人を褒めるたちではない」

マスターは手紙をたたむとチュニックの内側にしまった。それから空を仰いだ。ニュージャージーの上空には重たげな雨雲が垂れ込め、最初の雨粒が石畳の歩道をすでにポツポツと濡らし、水盤の水の表面に波紋を広げている。「日没までまだ五時間ある」彼は言った。「われわれがあなたを対岸までお連れしよう。しかし暗くなってからだ。それまでのあいだ、あなたはリバーサイド・テンプル騎士団の客人だ。あなたを歓迎する。どうぞ休んで、疲れを癒しなさい。お望みなら風呂に入るといい」彼の視線がエイプリルの背後へと移り、彼女が振り返ると、マイケル修道士がふたたび現れるのが見えた。

「客人を部屋へ案内するように、マイケル修道士」マスターは命じた。「必要なものの世話をお願いする」エイプリルに向かって言い添える。「十時ぐらいにあなたを呼びに行かせよう。準備をしておきなさい」

「ありがとう」彼女はそう言うと、マイケル修道士のあとから屋内へ向かった。

CHAPTER 10 アウレリオ

午後遅くに雨が降りだしたとき、アウレリオはミートパッキング・ディストリクトのマンションから密輸グループを一掃する任務についていた。階段を走り回ったせいで汗にまみれ、撃たれた壁から飛び散る粉塵のせいで埃にまみれ、右足首に当たった跳弾のせいで足を引きずっていた。弾の威力はすでに弱く、ブーツに穴を開けさえしなかったが、それでもバットを振りおろされたかのように感じた。

だが密輸人たちの末路よりはましだった。

アウレリオ個人としては、マンハッタンの至るところで行われている一部の闇取り引きは必要悪だと考えていた。生きていくには物品が必要だし、食料、医薬品、さまざまな生活用品を運び込んでいる商人は数十にのぼる。アウレリオに言わせれば、彼らは誰にも害を与えていない。しかしながら、銃や違法薬物を持ち込んでいるグループも存在した。中には隔離地域の外へ出る手伝いをすると称し、脱出手引き《コヨーテ》サービスを提供する場合もある。そういうグループは、ニュージャージーや西へなんとしてでも行きたいと願う人たちから、搾れるだけ搾り取ることを専門とした。だが彼らの客は目的を果たせないまま、最後には川に浮かぶ。隔離地域の外へ出たがる者たちは戻ってくるつもりなどないので、悪徳グループの噂は広がらなかったが、マンハッタン島の南側を担当するＪＴＦのパトロールが、喉をかき切られた水死体を発見するようになった。ＪＴＦは組織を追い、十四丁目の西端にそびえるマンションにたどり着いた。

ＪＴＦの第一機動部隊《ストライクチーム》は困難な状況に直面し、支援射撃を要請した。ヘンドリックス中尉に配達物を無事渡し終えたところだったアウレリオは、救援のためにハイラインを南へ急いだ。チェルシー地区の高架鉄道跡に設けられた公園、ハイラインの散歩道は、十四丁目南端でビルの地下へ潜り、高架上は小さな広場になっている。彼はそこからマンションへ通じる入口に発砲しながら突入し、階段にいた敵を排除して、密輸人に占拠されているフロアへくだった。アウレリオが防火扉を蹴り開けたとき、ＪＴＦチームは十字砲火を浴びる寸前だった。チームは廊下の奥にいる敵と交戦していたが、アウレリオが階段口から出るのと同時に、彼のすぐ近くのドアから新たな敵が四人、躍りでたのだ。四人はＪＴＦチームのほうを向いていたため、アウレリオは即座に撃ち倒した。そして彼らが出てきた戸口へすばやく身を隠し、Ｇ36の弾倉を交換した。部屋から部屋へ行き来できるよう、壁に穴が開けられているのに気づいたのはそのときだ。

アウレリオは廊下を走り、突き当たりの部屋に開けられた穴に入った。中は浴室だ。そこから主寝室に出ると、おびえた民間人が三人、ベッドの奥で壁に身を寄せていた。アウレリオはじっとしているよう身ぶりで指示した。ＩＳＡＣが、近くに敵がいることを彼に告げる。広いオープンリビングをはさんで向こう側の玄関付近だ。

アウレリオが壁に体を張りつけてリビングをのぞくと、六人の敵が見えた。身を隠しながら玄関へ近づくＪＴＦチームに全員が気を取られている。アウレリオは寝室へさがり、手榴弾のピンを引き抜いた。寝室の戸口からリビングの向こうへ放り投げる。

ゴツン、と木製の床にぶつかる音がした。続いてひとりが叫ぶ。

「くそったれ！」

そのあと手榴弾が炸裂した。

まだ耳鳴りがする中で、アウレリオはふたたびリビングへ顔を突き入れた。煙越しに四人が倒れて動かないのが見えた。ＩＳＡＣが残りふたりを追跡する。ひとりは手榴弾をよけるために廊下へ逃げたが、ＪＴＦの視界へ飛び込む形となり、始末された。

最後のひとりは玄関脇の洗濯室からいきなり現れた。ＴＥＣ‐ＤＣ９らしき自動拳銃を撃ち放たれ、アウレリオはガクンと右脚を折った。

だが、床に膝をぶつけながらもアウレリオは反撃した。長い連射が洗濯室のドアを粉砕し、敵を突き飛ばす。男は戸口に体をぶつけて沈み込み、尻が床に着いたときには死んでいた。

アウレリオは立ちあがった。「敵は全員死亡！」廊下の先へ声を張りあげる。彼は右脚を動かしてみた。痛みがあり、足の外側の感覚がないものの、立つことはできる。

手榴弾で倒れたふたりはまだ動いているが、床と壁を汚す血の量から判断して、長くはもたないだろう。手当てをするかどうかはＪＴＦに一任することにした。

「そっちの身元を明らかにしろ！」ＪＴＦの兵士のひとりが怒鳴った。ＩＳＡＣは戦闘配置情報を検索し、男の名はフランクリンであることをアウレリオに教えた。

「ディビジョンのエージェント、アウレリオ・ディアスだ」彼は叫び返した。「フランクリン軍曹か？」

「なんでおれの名前を知ってる？　そこを動くな。こっちから行く」

こういうやつはよくいる、とアウレリオは思った。支援を要請しておきながら、助けに行って手を貸すと不審の目を向けるのだ。「主寝室に民間人が三人いる」アウレリオは言った。フランクリンがＭ４カービンを彼のほうへ向けながら入ってくる。アウレリオはむっとしないよう努めた。銃撃戦後は神経質になるものだ。

アウレリオは自分の背後を示した。「あっちだ」

フランクリンは銃口をさげ、敵の死体を見おろした。ひとりはまだ息があるが、かろうじてというところだ。軍曹はアウレリオに視線を戻した。「これで全員かどうかわかるか？」

「ハイライン側の入口と階段にも見張りがいた」アウレリオは答えた。「どっちも片づけた。廊下の先にも四人いた。そいつらも始末済みだ。それからこいつらだ」

　アウレリオはそこまで言って言葉を切った。〝そうだ。おたくらが廊下を三部屋分進んでいるあいだに、こちらは十数人の敵を排除したんだ。少しは敬意を表したらどうだ〟そう心の中でつぶやいたが、声には出さない。

「了解した」フランクリンはそう言ってから、背後の廊下へ報告する。「民間人が中にいる！　衛生兵をよこせ！」アウレリオに顔を戻して付け加える。「ここから先はわれわれがやる。支援に感謝する」

「どういたしまして《デ・ナーダ》」アウレリオは言った。ＪＴＦの衛生兵が彼の脇をすり抜け、まだ息のある最後の密輸者を無視して寝室へ行く。それを見送ってから、アウレリオは足を引きずりながら部屋をあとにし、階段をあがって外に出た。雨が降っている。途中でＪＴＦの兵士二名の遺体の前を通った。

　アウレリオはすっかりびしょ濡れになり、草が伸び放題の高架公園でしばしのあいだたたずんだ。ＪＴＦは、ガンズヴォート通りからジェイコブ・ジャヴィッツ・コンベンション・センターへ続くハイラインが閉鎖されないよう目を配り、比較的安全に保っていた。ここを通れば、ハドソンヤードからグリニッジ・ヴィレッジまで、マンハッタン西端全域を容易に行き来できるうえ、公園の散歩道沿いの通りを見晴らせるからだ。ハイラインの問題は、道が高架上にあることだ。そのため、JTFチームは出動のたびにスナイパーの標的にされた。いまは雨と風のおかげでそれもたいした問題ではない。まあ安全だろうと感じて、アウレリオは手すりに寄りかかり、十四丁目の誰もいないビルの谷間を見おろした。八番街から先は雨の奥へ消えている。

足首を動かしてみた。足の感覚は戻り、骨や筋肉を損傷した感じはしない。だが、一度ブーツを脱いだら、次に履くときに苦労するだろう。足首が腫れあがるのは必至だ。

それはまだ先の問題だ。アウレリオはマンションにいた三人の民間人のことを思い返した。うちひとりは少女で、年齢は十二歳か十三歳だった。こうして考えてみると、三人は家族だったのだろう。もっとも、恐るべき死亡率を考えると、ひとつの家族が欠けることなく疫病を生き抜いた確率はゼロに近い。アウトブレイク後に親同士が一緒になったのかもしれない。そして三人でニューヨーク脱出を試み、アウレリオが現れなければ――もちろん、JTFの功績も認めよう――三人とも今夜遅くにはハドソン川に浮かんでいた。

アウレリオの娘、アメリアはもうすぐ十二歳になる。約ひと月後、六月三日だ。それを考えた瞬間、胸がうずき、娘の誕生日には一緒にいようと心に決めた。アイヴァンは八月で十歳だ。そのときもワシントンDCにいるぞ。

ホームグラウンドへ戻るときが来た。ニューヨークではディビジョン・エージェントの仕事が途切れることはないだろうが、ワシントンDCでもやるべきことは山ほどある。郵便局で小耳にはさんだ噂によると、政府はいまだに安定していない。ウォーラー大統領が死去したのは知っている。報告によると、一月のどこかでウイルスに屈したのだ。副大統領のメンデスがワシントンDCをひとつにまとめようとしているはずだが、苦戦を強いられているらしい。あまりに多くの利害が衝突し、あまりに多くの者たちが疫病が去ったいまこの瞬間を権力の座にのしあがるチャンスと見なしていた。

アウレリオにはワシントンDCへ戻る理由がもうひとつあった。冬が去って、人々は順応した。変化し、再興しつつあるいま、国の首都の安全と安定を確保するときが来た。それこそがディビジョンの責務だ。それに、アイヴァンとアメリアをもっと近くで見守ってやれる。

手すりに手をついて体を起こし、北へ向かって歩きだした。三十丁目にたどり着いたところでハイラインは西へ曲がり、アウレリオは下の通りへおりた。長いブロックをふたつ、東へ進み、八番街で左へ折れて、およそ七時に郵便局の中へ戻った。

かつては仕分け場所でいまは間に合わせの兵舎になっているところに、自分の装備一式をかけて真っ先に乾かした。それからタオルで体をぬぐうと、ヘンドリックス中尉を探して防衛棟へ行った。

ちょうど仕事を終えた彼女に五分だけ時間をくれと頼み、もう一度座らせた。「礼儀として伝えに来ただけだ。おれはワシントンDCへ戻る。聞いた話では、向こうは状況が悪化しているらしい。それに比べると、ここのところニューヨークはかなり安定している」

「比べれば、そうかもしれないわね」ヘンドリックスは言った。「あなたにどうしろと指図する権限がこちらにないのは、わたしもあなたもお互いに知っているわ、エージェント・ディアス。だけどあと三日いてくれたらありがたい。JTFは市庁舎周辺およびブルックリン橋への道路を奪還するために、大規模な作戦を計画している。召集できる人員はひとり残らず必要よ。それにはあなたとディビジョンのエージェント仲間も含まれる」

市庁舎の復活が大きなアピールになることは、アウレリオにも理解できた。規模は違えど、ニューヨーク市民にとって、安定した地元行政の存在は、安定したホワイトハウスと連邦議会のそれと同じ意味を持つ。

彼は思案した。ニューヨークに来てから四ヶ月が経った。あと三日か……。「いいだろう」彼は言った。「ただし――」

「わかってるわ」ヘンドリックスはさえぎった。「ただし、ほかにもっと重要なことがあるとあなたが判断しなければ、でしょう。大統領令第五十一号はわたしも目を通したわ、エージェント・ディアス」

彼は立ちあがった。「お時間をありがとう、中尉。この作戦は三日後に開始するのか、それとも三日後に終了するのか？」

「現在の計画では……」腕時計をちらりと見る。「五十九時間三十分後に開始よ」

「了解した」アウレリオは言った。「もうひとつ。ワシントンＤＣの情報にアクセスできるだろうか？」

「全部の情報には無理ね。何を知りたいの？」

「アメリアとアイヴァン・ディアスについて。ＪＴＦがマンダリン・オリエンタルホテルを避難所に指定したときにそこへ収容された。まだそこにいるか知りたい」

「あなたのお子さん？」

アウレリオはうなずいた。

「オーケー」ヘンドリックスはタブレット端末の画面を次々とスワイプしてタップした。その後、画面上で指を止め、調べた結果にじっと視線を注ぐ。「街のそのエリア全体が現在は水没している。三週間前にポトマック川が氾濫し、堤防が決壊した。ワシントンＤＣにいる後方支援の作戦記録によると、ホテルにいた人たちの大半はスミソニアン・キャッスルにある別の避難所へ移動したようね。ほかの人たちは北側にふたつある別の避難所へ向かっている」彼女は顔をあげた。「残念だけど、誰がどこへ行ったのか、具体的な情報はないわ」

アウレリオはいますぐ立ちあがって装備をつかみ、ワシントンＤＣへ向かいたい衝動と戦った。深呼吸をひとつして気持ちを静め、それから質問した。「避難所での死傷者報告はどこまで詳細に記載されている？」

「悪いけど、エージェント・ディアス」ヘンドリックスは言った。「そういう情報は一切ないわ。ただ、JTFの記録にはホテルで大規模な交戦があったという記述はない。スミソニアン・キャッスルでもね。だからたぶん……」彼女はタブレットを置いてため息をつくと、長いこと目をつぶった。「ごめんなさい。あなたに教えられるのはここまでよ」

得られた情報から考えると、アメリアとアイヴァンはいまも元気にしている可能性が高い。ふたりが最初のアウトブレイクを生き延びたのはわかっている。その後、どちらの避難所でも多数の死傷者が出るようなできごとは起きていない。

いまはそれだけわかればよしとしよう。

あと三日、とアウレリオは思った。どれほどの距離を徒歩で移動するかにもよるが、ワシントンDCに着くまでさらに三日。

それでワシントンDCに戻れる、内外のすべての敵からこの国を守るために。そのかたわら、子どもたちを探そう。

午後七時四十分。食事を済ませ、睡眠を取る時間だ。何が起きるのであれ、明日に備えなければ。アウレリオは自分の簡易ベッドに戻った。壁にかけたコートからはまだ水がしたたっている。彼はベッドに腰かけた。腹が減り、足は痛むが、この世のどんなことよりも、子どもたちの目を見つめて〝パパは戻ってきたぞ〟と言ってやりたくてたまらない。

だがアウレリオはそんな思いを振り払った。あと三日。自分にはやるべき仕事がある。

CHAPTER 11 ヴァイオレット

一日じゅう雨だった。夜明け前からザーザー降りだして、途切れることなく夜遅くまで降り続けた。二月に最後の吹雪に見舞われてから、雨ばかり降っているとヴァイオレットは感じていた。彼女とほかの子どもたちは一日じゅう外に出られず、ジュニーが子どもたちを忙しくさせておくアイデアを出し尽くすまで手伝いをさせられた。そのあと、午後は自分たちの部屋で過ごし、新しいカードゲームを考えて、全員の頭にあることについては口にしないようにしていた。

深夜、雨が降りだす少し前に、大きな爆発音で全員が目を覚ました。窓に走り寄ると、キャッスルから見てナショナルモールの向こう側にある、いくつかの建物のそばで銃火と炎が見えた。ヴァイオレットはそれがスミソニアンの建物のひとつなのは知っていた。美術館？　それとも自然史博物館？　どの建物がどれかは自信がない。でも、建物のまわりのあちこちで炎があがり、爆発が起きている。騒ぎは二時間以上続き、やがて雨が降りだした。誰であれ争っていた人たちは、勝負がつきそうにないのを見て引きあげることにしたらしい。ナショナルモールはふたたび静かになった。

窓の外では大人たちが戦闘の再開を警戒し、キャッスルの敷地内から見張っていた。戦いがここにまで飛び火するのを心配しているのだ。「わたしたち、どうなるの？」シェルビーが問いかけた。

避難経路は決めてあった。万が一、キャッスルで何かあったときは、一番近くの出口から外へ逃げ、前庭のすぐ西側にある美術館に集合すること。ジュニーは子どもたちにそう教えた。そのあと彼女はキャッスル内を歩いて回り、すべての階段とドアを子どもたちに見せた。だから子どもたちは全員、避難経路を知っている。だが、それでは子どもたちの疑問すべての答えにはなっていない。悪人たちが入ってくるのが一番近くの出口だったら？　そのときは別の出口へ行かなければならない。でも、前庭が通れなかったら？

そこでジュニーはため息をついてこう言った。「ええ、ええ、何から何まで予測するのは不可能よ。やるべきことをわかっているのが大事なの。急いで外へ逃げ、安全なところまで行ったら、みんなと合流すること」

ナショナルモールの向こう側、サッカー場をほんのふたつ隔てたぐらいのところで銃火が光るのを見つめながら、子どもたちの頭にあるのはそのことだった。「あれ、じゅうぶんに近いんじゃないかな？　みんなで走って逃げる？」サイードは小さなぬいぐるみを握りしめた。動物園で見つけたシマウマだ。夏には十一歳になるのに、彼はぬいぐるみが好きなことを隠さない。そういうところもサイードのいいところだ。

「まだその必要はないよ」ヴァイオレットは言った。

「うん」アメリアが同意する。彼女はいまだに歯の矯正器具をつけていて、何をしゃべっているか少しわかりにくい。「わたしたちが逃げるのは、大人たちが、ほら……撃ち返したりしだしてからだと思う」

「そうだね」ノアとワイリーが言った。

ヴァイオレットもアメリアの意見に賛成した。

誰かがドアノブを回した。北向きの窓際に固まっていた子どもたちは、いっせいに振り返った。ジュニーが戸口から顔をのぞかせる。「あらあら。みんな寝ていて気づかないよう願っていたけれど、そうはいかなかったわね」

中へ入ってドアを閉める。「さあ、もうみんなおやすみなさい」

「あそこで何が起きてるの？」ワイリーが尋ねた。

「撃ち合いよ」ジュニーは答えた。「それ以上のことはわからない。ＪＴＦか、強盗か、キャピトル・ビル周辺に出没する市民軍かはわからないわ。それとも頭のおかしなほかの連中かしら。この街には頭がどうかした人たちがうようよしてるから。たぶんそれはどこでも一緒でしょうね。そういう連中は、たまに怒りをぶつけ合うの」しゃべりながら、ジュニーは子どもたちのあいだを回って、寝袋やソファに休ませて寝具を整えてやり、髪を撫でつけた。「それが現実よ。目を背けてもどうにもならない。だけど、あれがなんだったのであれ、もう終わったわ。そしてここまでは来なかった」ジュニーはアメリアに毛布をかけながら言った。

「でも、こっちまで来たら？」アメリアが尋ねる。

「避難経路は覚えてる？」ジュニーは問い返した。アメリアがうなずく。「みんなは？」ジュニーはそう続けて、ひとりひとりに目を向けた。全員がうなずいた。「だったら、どうすればいいかはわかるわね。ああいう頭のおかしな連中はわたしたちには関心がないわよ」

「夕食のとき、マイクが言ってたことと違う」サイードが甲高い声をあげた。

「あいつめ、殺してやろうかしら」ジュニーは嘆息した。それから急いで言い添える。「本気じゃないわよ。誇張ってわかるわよね？　いまのは誇張して言っただけ」

「うん、みんなわかってる」サイードが言う。

「これからどうすべきかについては、激しい口論になることもあるわ。どうしてだかわかる？　誰ひとりこれまでこんな経験をしたことがないからよ。だから、わたしたちはみんな、学ばなきゃならない」ジュニーは長いソファに寝ているシェルビーの足元に腰をおろした。「マイクとわたしは、自分たちのやり方について、常に意見が一致するわけじゃない。それは自然なことよ。でもね、ふたりともキャッスルのみんなにとっての最善を求めている。とりわけあなたたち子どもにとってのね。あなたたちがこの世界を作ったんじゃない。けれど、あなたたちはこの世界でこれから生きなきゃならない」

「大人たちのせいで、ぼくたち苦労するな」ワイリーがぼやいた。

ヴァイオレットも同じ気持ちだった。

ジュニーはその後しばらくのあいだ静かだった。ヴァイオレットは雨音に耳を澄ませた。わたしには見えも聞こえもしない闇の中で、何が起きているんだろう。

しばらくして、ジュニーがふたたび話しだした。「あなたたちはうまくやっているわ。みんなで協力し合ってる。あなたたちなら大丈夫。メンデス大統領が事態の収拾に乗りだしたと聞いたわ。じきに連邦議会が復活するんじゃないかしら。そうしたら、前みたいに議員たちの無能ぶりをあげつらえるようになるわね」

ジュニーは時折あくびをしつつ、さらにしばらく子どもたちとともにいた。そしてソファから腰をあげた。「みんな大丈夫ね？」

子どもたちは、うん、と返事をした。正確には、返事をしたのはヴァイオレットとアメリアとサイードだ。ほかはすでに眠っていた。

「そう。もう遅いから。というか、もう早いのよね。わたしはこれから少し寝るわ。あなたたちも寝るのよ」

ジュニーは部屋をあとにした。子どもたちは毛布や寝袋にくるまり、またいつ銃撃が始まるのだろうと考えながら、雨音を聞いていた。

深夜まで起きていたせいでみんなが寝坊したけれど、目を覚ましたときにはまだ雨が降り続いていた。調子が狂ったみたいな一日だった。起きあがったばかりなのに、もうすぐ眠る時間のように感じた。ジュニーの手伝いをするあいだは何もかも忘れられた。カードゲームに興じるあいだも。サイードとアメリアは新しい遊びを考えだすのが得意だ。ヴァイオレットは、新しい遊びを見て、こうすればいいんじゃない、とアドバイスするほうが得意だった。ノアとシェルビーがもっぱら得意としているのは、自分たちがやりたいゲームを誰もやりたがらないとむくれることだ。ワイリーとアイヴァンはおとなしく言われるがままで、実際にはなんにも加わらない。ふたりともまだゆうべのできごとにおびえているのがヴァイオレットにはわかった。

一日の終わりには、キャッスルの縦樋《たてどい》から雨水を集めるのに使っている貯留タンクが満杯になった。ジュニーは、ポリタンクで水を移せるだけ移して、と子どもたちを送りだした。「これでお手伝いはおしまいよ。まだ降り続きそうだから、また貯留タンクがいっぱいになるわ。水をたくさん溜められるわね」

外に出ると、大人たちのグループがぶつぶつ言いながら大きなバケツやポリンタンクに雨水を移していた。子どもたちも列に並び、自分たちの容器をいっぱいにする順番を待った。雨に濡れてみじめな気分だ。雷雨でなくてよかったとヴァイオレットは思った。いつもなら雷は好きだけれど、いまは爆発や銃声の轟きに聞こえそうだ。雷のように美しくて迫力のあるものをぞっとするものに変えるなんて、誰か知らないが発砲していた人が憎い。しかし、ヴァイオレットは憎むことに罪悪感を覚えた。パパとママからは、人を憎んではいけないといつも言われていた。じゃあ、わたしは怒っているだけかもしれない。怒りならかまわない、胸の中にしまい込みさえしなければ。でも、そこが問題だ。どうして怒っているのかを口にすると、大人たちはこちらの気持ちを理解せずに、肯定的な感情を持ちなさいと説教をしがちだ。それだから子どもは、いやな感情については子ども同士でしか話さないのだ……自分の感情をコントロールできるときだけだけれど。ヴァイオレットは黄色い粉を見たあと、みんなの前で泣きだしたのがまだ少し決まり悪かった。

それにしても、あれはなんだったのだろう？　誰も知らないようだが、ディビジョンのエージェントが今後は南へ行ってはだめだと言ったのだ。何か大変なことに違いないと全員が考えていた。

水を汲む順番が回ってきた。ヴァイオレットは水を入れたポリンタンクを抱えると、キャッスルの一階へ戻り、かつては広々とした美術品展示室だった場所の一番奥に向かった。壁にはまだ何枚か絵がかかっている。キャッスルにいる大人のひとり、大きな髭を生やしたラウルという名前の白髪の男性が容器を並べていた。彼はヴァイオレットのポリタンクを受け取った。「小さな女の子のくせに、ずいぶんと重いのを持ってきたな」彼の目にはいたずらっぽい輝きがある。いまの言葉に悪気がないことはわかっていた。

でも、見くだしたような物言いをされるのは嫌いだ。とはいえ、むっとした顔をするほど気分を害したわけではない。「これぐらい運べるもの」そう言うと、ヴァイオレットはさらにもうふたつ運ぼうときびすを返した。ラウルの含み笑いが背中で聞こえた。かまうもんか、と彼女は思った。笑わせておけばいい。小さな女の子がどれだけタフになれるのか、おじさんは知らないのだ。

CHAPTER 12 エイプリル

十時きっかりにエイプリルの部屋のドアがノックされた。準備はできていた。入浴して服を着替え、食事をし、装備を補塡し、久しぶりに日記までつけた。『ニューヨーク崩壊』の余白はずいぶん前に埋め尽くした。マンハッタン隔離後の数週間、その本を日記代わりに使ったのだ。はじめはそんなつもりはなかったが、ひとりきりでおびえていたとき、紙に文字を綴ると気持ちが落ち着いた。いまでは思考を整理して判断の一助とするために日記をつけている。去年の十二月、この本に最初の一行を書き込んだ人物とはさまざまな意味でもはや別人だ。いまのエイプリルはなんでもやり、自分に自信を持っている。人類の最低の側面を何度か目の当たりにし、人々の最もすばらしいところも見てきた。自分の手で何人かの力になることさえできたと思う。

太陽は川向こうで断崖のうしろに沈み、エイプリルは日記をつけながらしばらく思いをめぐらせた。それから荷造りを終え、ドアの向こう側に立つマイケル修道士の声に応じるころには出発の準備はできていた。

雨の中、彼はエイプリルを連れてインウッド・ヒル・パークを通り抜けた。急な坂にたどり着いたところで懐中電灯をつけ、そこからスパイテン・ダイヴィル川の岸に広がる干潟《ひがた》へおりる。そこでふたたび懐中電灯を消し、目が慣れるのを待った。「あそこのメンテナンスヤードにＪＴＦの検問所がある」マイケル修道士はヘンリー・ハドソン橋のマンハッタン側の下を指さした。エイプリルは視線を向けた。土嚢が積まれた奥に投光照明で照らされた複数のトラックが見える。この地点から川までは百五十メートル程度だろうか。

「お願いだから泳いで渡るとか言わないでよ」エイプリルは弱音を吐いた。泳ぎは得意だが、バックパックとショットガンを背負っていては難しい。それに『ニューヨーク崩壊』で読んだ中に、マンハッタン島を取り囲む川を泳いで渡るのは、予測できない流れと逆行する底流のため、不可能に近いとあった。

「いいや、まさか」マイケル修道士は言った。「われわれが目指している場所に向かうには、岸に沿って進む必要がある。その場合、あそこをよけなければならないから示しただけだ。雨が降っているのは好都合だ。物音がほとんど響かないからな。だがここからは極めて慎重になる必要がある」

エイプリルはうなずいた。「オーケー。案内してちょうだい」

マイケル修道士は藪を踏みつけて前進し、川と並行して走る小道を見つけた。検問所に近づいたところで、雨音にまじって別の物音が聞こえてきた。発電機、トラックのエンジン。無線機の空電音。マイケル修道士は、検問所には見向きもせずに歩を進めた。エイプリルはあとに従った。うなじの産毛が逆立ち、走りだしたくなるのをこらえなければならなかった。

橋の下に入り、つかの間雨から逃れると、マイケル修道士は足を止めた。「よし」ほとんどささやくような声を出す。「ここからさらに進んで鉄道橋まで行く。JTFが河川パトロールを行っているから、彼らが通過するまで待ち、その後、鉄道橋を渡る。橋には人感センサーが設置されているから、そのまま歩いて渡ることはできない。ジャングルジムの要領で向こう岸まで橋げたを伝っていく」

この説明を理解するのに、エイプリルは少し手間取った。ここの鉄道橋は以前に見たことがあった。まっすぐな橋は水面すれすれにかかっているかのようで、船舶が通過する際には橋の中央部分が開くようになっている。車で一度ヘンリー・ハドソン橋を渡ったときに、ハドソン川へ出る客船が開いた部分を通過するのを見おろした記憶があった。「前にもやったことがあるの？」

マイケル修道士はにやりとした。「ああ。なかなかスリルがある。雨で少し滑りやすいかもしれない」

「そうね」エイプリルはキャップを取ると、髪をポニーテールに結び直した。「準備はいいわ。行きましょう」

ヘンリー・ハドソン橋の下から出て、川岸に沿ってなんとか進むと、鉄道橋南端近くの開けた場所に出た。巨大な花崗岩《かこうがん》のブロックが橋脚基部を支えている。橋そのものは鋼鉄製だ。

「ここで少し雨宿りしよう」マイケル修道士はそう言うと、傾斜したブロックの下にしゃがみ込んだ。

エイプリルもそばにしゃがんだ。雨が降り込んでくるが、たいした量ではない。それに、もうすっかり濡れているから、なんの違いもなかった。「JTFのパトロールはどれくらいの頻度で巡回しているの？」

マイケル修道士は橋の下へ視線を向け、ハドソン川のほうを見渡そうとした。「状況によりけりだ。冬場はここに守備隊を置いていたが、三月に引きあげさせた。ウイルスの感染が終息に向かったと判断し、より危険な地域へ人員を集中させたのだろう。だが、さっき話したように、人感センサーを残していった。パトロールは……」肩をすくめる。「こういうことだ。一度通り過ぎたら、次が現れるまでは橋を越える時間がある」

一時間近くして監視船が南から現れ、川べりから橋脚へとサーチライトを滑らせた。監視船は鉄道橋へと進み、雨の中でも船員の姿がはっきり見えるほど接近した。船員のひとりは双眼鏡をのぞいている。相手が赤外線探知装置を持っていたら面倒なことになる、とエイプリルは思った。

それと同時にマイケル修道士が警告した。「ブロックの裏に身を伏せろ」

ふたりはともに川へと急ぎ、船員の視界から身を隠した。「普段はこうも近くまでは来ないんだが」マイケル修道士が言った。「雨を隠れ蓑に使われるのを警戒しているんだろうな」

監視船は鉄道橋の隅で一分かそこら停止した。その後エンジンがかかる音が聞こえた。エイプリルがブロック越しにのぞくと、船の明かりが夜空に弧を描きながら、ハドソン川へ引き返すのが見えた。船は南へと戻り、すぐに雨に紛れて消えた。

「よし」マイケル修道士が言った。「行くぞ」

エイプリルが見ていると、彼は石のブロックをのぼり、橋の骨組みの外側をつかんだ。数歩進んで彼女を振り返る。「できるか？」

エイプリルはうなずき、彼に続いてのぼった。鋼鉄は錆びているか、錆止めが何層も塗られているかで、ほとんどの部分がざらざらだ。滑りやすいかもしれないとマイケル修道士に言われて心配していたが、それほどでもない。

「クライミングはやったことがあるか？」視線を進行方向に向けたまま、彼が問いかけてきた。

「ないわ」

「三点支持だ。一度に動かすのは片手か片足だけ。動かさない手足の三点で三角形を作るイメージだ。それを意識していれば心配ない」

エイプリルがリズムをつかむのに時間はかからなかった。橋のトラス部分は上から下まで幅の狭い筋交《すじか》い構造になっており、次へ手を伸ばすあいだ、反対の手は交差している鋼材を常に……かろうじてつかんでいることができた。橋の内側に体重をかけることを学び、バランスを崩したときは、川ではなく構脚に足が落ちるようにした。およそ半分まで来ると、橋の開閉部分を支えるあたりにたどり着いた。

「ここで少し休憩しよう」マイケル修道士が言った。

エイプリルはほっとひと息ついた。雨が鋼鉄を叩いている。水面を打つホワイトノイズのような雨音よりも大きな音だ。エイプリルはヘンリー・ハドソン橋のＪＴＦ検問所のほうへ視線を戻した。そこにあるかどうかもよくわからない。明かりがぼんやりと滲んでいるだけだ。

「うまくいってるぞ」マイケル修道士は言った。「この雨では、検問所からこちらに目を向けていたとしても、おそらく見えないだろう」

「もしもわたしたちの姿を認めたら、ＪＴＦは何をするの？」エイプリルは尋ねた。

「撃ってくるには少し距離がある。あそこにスナイパーがいれば別だが」マイケル修道士は肩をすくめた。「これまで発砲されたことは一度もない」

彼は自信があるようだ。エイプリルが感じているよりも大きな自信が。「これまで何度川を渡ったの?」

「これで四度目だ」彼は言った。「そろそろ進もう」

橋の反対端に到着する頃にはエイプリルの前腕とふくらはぎはぶるぶる震えていた。ブロンクス側の茂みに飛びおり、手足を振って、痙攣する指を伸ばしたり曲げたりした。ふと、自分はほぼ五ヶ月ぶりにマンハッタン島の外へ出たのだと気づいた。足元の地面を見おろす。ここはブロンクスだ。隔離地域から脱出したのだ。

「どうだ、いい気分だろう?」マイケル修道士が言った。

エイプリルはうなずいた。「ええ。晴れ晴れとした気分よ。自分が行きたい場所へ行けるのがどんな感じか忘れかけてた」

「それで、どこへ行きたいんだ?」

「ミシガンよ」

「ミシガン? それはとんでもない長旅だ。道中に友人がいるといいが」

そんなことは考えもしなかった。ニューヨークであれ、ほかのどこであれ、知人はみんな死んだものと思っていた。ドルインフルの致死率はそれだけ高い。だが、マイケル修道士の言葉で、エイプリルは知り合いが生きている可能性について考えてみた。もともと兄弟姉妹はおらず、両親は引退してモンタナで暮らしている。マンハッタンに隔離されてからは音信不通になった。大学時代の友人がふたり、ここからミシガンまでの途中に住んでいるか、――いや、住んでいたと言うべきか。ひとりはピッツバーグ、もうひとりはトレドの近く。状況次第だが、片方か両方の場所に立ち寄り、友人たちを探せるかもしれない。もしトレドやピッツバーグがニューヨークと大差ないほどひどいありさまなら、どちらにも近寄るのはやめよう。水と食料が見つかる限りは、なるべく田舎を移動するのがおそらく最善だ。

「行けばわかるわ」

「そうか、それなら」マイケル修道士は言った。「ここから先はこうするんだ。そこの丘をのぼって、三キロほど道なりに進む。そうしたらリバーデイル・ヨット・クラブに出るから、ブレイクという男を訪ねてこれを渡しなさい」

雨と闇のせいで、差しだされた彼の手はほとんど見えなかったが、エイプリルは自分の手を出した。マイケル修道士は彼女の手のひらに何かをのせて握らせた。なんらかの像のようだ。エイプリルは指で形を探った。人形の置物だろうか？

「翡翠《ひすい》の仏像だ」マイケル修道士は言った。「宋朝のものだ」

「受け取れないわ――」交換に値するものは何も持っていない。「お返しに差しだせるものがないのよ」

「これはマスターとリバーサイド・テンプル騎士団からのプレゼントだ」マイケル修道士は橋の外側をのぼって引き返し、別れの挨拶に片手をあげた。「われわれからの祝福だと思ってくれ」マイケル修道士は言った。「ミシガンまでは遠い道のりだ、エイプリル・ケーラー。すぐに出発したほうがいい」エイプリルも挨拶を返しながら、胸の中で繰り返した。三点支持ね。

CHAPTER 13
ヴァイオレット

翌日、夜明け前にようやく雨があがり、みんなキャッスルの外へ出ることができた。ワイリーが撃たれたのはもちろんそのせいだった。

全員が強盗団から走って逃げていた。七人の子どもたち、それとジュニーのほかにも四人の大人たち。合わせて十二人——。

その少し前、彼らはナショナルモールの端に沿ってジェファーソン・ドライブ・サウスウエストをたどり、ワシントン記念塔のすぐ先にある冠水した区域にぶつかるまで進んでいた。リフレクティング・プールは泥水に水没してまったく見えず、リンカーン記念堂の下段には川の水が打ち寄せている。ぐしょぐしょになった地面を踏みしめて横切り、ふたたび憲法庭園まで行った。この前、子どもたちだけで来たときに予想以上の収穫があったため、ジュニーが自分の目でその場所を確かめたがっていたのだ。

「もう少し落ち着いたら、そこに農園を作れるかもしれないわね。もっと近くに作れたら楽だけれど……」声は小さくなって途切れた。だが、ヴァイオレットにはジュニーの言いたいことがわかった。ナショナルモールのキャッスルから近い場所に、食べるための野草を植えることはできない。あそこはどこも集団墓地になっているのだ。

憲法庭園の南側は降り続いた雨のせいでぬかるんでいたので、みんなでコンスティテューション通りを抜け、北側から回り込んだ。そこは何もかもぼうぼうに伸びていた。池の北側から小島まで板張りの渡り橋がかかってるが、ちょっとしたジャングルみたいだ。野ウサギが跳びだして藪の中へ消えた。ジュニーはどこに目を向けても食べられる野草を見つけ、有頂天になっている。ガマとタンポポだけではなく、こんなに食べられる野草があるなんて知らなかった。ニンニクガラシ、カタバミ……それにすみれ《ヴァイオレット》――この花はヴァイオレットに不思議な誇らしさを抱かせた――、ありとあらゆる種類の野草が生えている。ジュニーは子どもたちに野草を摘ませ、自分も摘みながら、どこの裏庭にも生えているのに誰も注意を向けないたくさんの栄養源について話して聞かせた。

大人と一緒に大勢で出かけるのは気が楽だ。ヴァイオレットは子どもたちだけで過ごすのが好きだが、そばに大人がいるほうが安全なのも知っていた。それに、ここならホワイトハウスにあるＪＴＦの作戦本部からも近い。大統領は――大統領はいるに決まっている、そうよね?――アメリカをふたたび立ちあがらせるために一生懸命働いているのだろう。楕円形の庭エリプスから、裏手のラファイエット広場まで、ＪＴＦはホワイトハウスの周囲全体に兵士と車両を配備している。そんな場所にこれだけ近ければ安心だ。

「池には魚がいるのか？」マイクが尋ねた。

大人たちのひとりが彼の横に立ち、腰に両手を当てた。「どうかな。カエルはいるぞ」

わたし、カエルを食べられるかな。

食べるものが何もなくなったら、カエルを食べるのだろうか。そんなことを考えていたとき、コンスティテューション通りをはさんで池の中央の真向かいにある、小さなビルから男たちが出てきた。ちぐはぐな汚らしい格好で、見た感じもそれぞれ違う。組織化された犯罪グループの人間ではない。ただの盗人や強盗の集まりだ。ヴァイオレットは最初そう思った。こういう人たちは前にも見たことがある。ワシントンDCにはごろごろしていた。怖いけれど、ランファン・プラザ上空を漂う黄色い粉や、毎夜のようにナショナルモールにこだまする銃声ほどではない。こちらには五人の大人がいて、大勢のグループなのだから平気だ。

次の瞬間、男たちのひとりが銃を掲げて発砲した。

どうすればいいかは知っている。ヴァイオレットは身を伏せ、ほかのみんなを見回した。みんなは走っている？　そうなら、わたしも走らなきゃ。ホテルでの訓練でマイクからそうするよう習った。この場合も当てはまるはずだ。子どもたちが全員伏せると、マイクとほかの大人たちは銃を手に撃ち返し始めた。

ここから逃げて、キャッスルの自分たちの部屋まで立ち止まらずに走ろう。ヴァイオレットは真っ先にそう思った。しかし、ワイリーが悲鳴をあげて倒れた。池のすぐ端だ。だからヴァイオレットは彼のほうへ急いだ。腹這いで近づいていく。ワイリーは激痛に涙を流してハーハー息を切らしていた。シャツには血がついている。ふたりはガマの茂みの中で一緒にうずくまった。「大丈夫だから」ヴァイオレットは思わずそう言ったが、本当に大丈夫かどうかはわからなかった。

「痛いよ」ワイリーは歯を食いしばってうめいた。「撃たれちゃった、ヴィー。ぼくはもう死ぬんだ」

「そんなことない、死なないよ」彼女は言った。ワイリーが傷口を押さえて転がる。そこから血があふれ出ているのが見てわかった。アレクサンドリアまで走って帰りたい。ヴァイオレットの心の一部分はそう願った。見慣れたポスターとぬいぐるみに囲まれて自分の部屋にずっと隠れ、もう何もかも大丈夫だと、誰かが言いに来るまで眠っていたい。

しかし、大丈夫ではない。さらに銃声があがっている。

彼女のまわりで、大人たちは身をかがめて池のまわりの茂みに入り、隠れようとしていた。マイクだけは立ったまま発砲するのが見えたものの、男たちはどんどん近づいてくる。

ヴァイオレットは池のほとりの泥に体を滑らせ、ワイリーを引っ張って水に入った。ほかの子どもたちは小島の反対側へ走っていくが――ノアは別だ。彼はヴァイオレットの横にしゃがみ込み、ワイリーの手を握った。ワイリーは痛みにうなり声をあげ、脚をばたばたさせている。

三人の頭上で銃弾がガマをかすめた。マイクの姿はもう見えない。大人たちがどこにいるのかはまったくわからなかった。

ヴァイオレットはもっとよく見えるよう水辺から這いあがった。マイクがいた。渡り橋の上で両手と両膝をついている。彼も撃たれてしまったようだ。立ちあがろうとしているが、片方の脚にまったく体重をかけられない。男たちはコンスティテューション通りと池のあいだの木立にいた。動いているのが見える。そのうち四人が木立を離れて、マイクのほうに向かって歩きだした。ほかの大人たちはどこ？　ヴァイオレットはパニックにならないよう自分に言い聞かせた。でも、どうすればいいかわからない。ノアとワイリーはうまく隠れているものの、冷たい水の中に長くはいられない。それに、ワイリーを医者に診せなければ。

ジュニーがヴァイオレットの隣に這い寄った。「動かないで」

「でもマイクが……」ヴァイオレットは言った。

「わたしたちにできることはないわ」ジュニーの表情は険しい。「もう少しすれば、ワイリーをここから連れだせるかもしれない」

四人の男たちの背後から、さらに六人出てきた。「お花摘みをするならよ、ほかの場所でやりゃよかったな」先頭の男が言った。男は渡り橋の上へ足を踏みだし、残りの男たちもそのうしろに従う。

わたし、死ぬの？　ヴァイオレットはがたがた震えだした。ジュニーが彼女の背中に手を置く。「落ち着いて。最悪のことになったら、目をつぶるのよ」

男たちが近づく足音を耳にして、マイクは小島の中央にある小さな記念碑のほうへ這って進もうとする。もう誰も発砲していない。それなのに、ヴァイオレットはなぜか余計に恐ろしかった。

男たちの背後、木立のあいだで別の動きが見えた。まだほかにもいる、とヴァイオレットは悟った。池を泳いで渡れば逃げられる？　ほかのみんなはどこ？　頭の中はひとつの考えから次の考えへ飛んでいくのに、体はここから動けない。一緒にいるジュニーが銃を持っているのが見える。角張った黒い拳銃だ。だが十人の男が相手では、たいして助けにならない。木立から出てきたのがあいつらの仲間なら、相手はもっといる。

だが、その男は連中の仲間ではなかった。

バックパックを背負い、ライフル銃を手にした長身の白人男性が姿を現した。銃を構えて狙いを定める。左手首に輝くオレンジ色のサークルを目にし、ヴァイオレットはかすかな希望の光を感じた。ディビジョンのエージェントだ。たったひとりとはいえ、彼女の心の中ではスーパーヒーローも同じだ。それに、この人はヴァイオレットと同じ左利きだった。男たちはまだ誰も彼に気づいていない。全員の目がマイクに向けられている。考えているのはこれからマイクをどうするかということだ。

エージェントは発砲し、狙いを移してさらに発砲した。もう一度狙いを変えて撃つ。すべては一瞬のできごとだ。彼はすぐに木のうしろに身を引いた。ヴァイオレットがエージェントから男たちに視線を戻したときには、ひとりは池に落ち、ふたりは渡り橋の上に顔面から倒れていた。

残りの男たちはあわてて振り返ると、銃をあちこちへ向け、撃ったやつを探せと怒鳴り合った。先頭の男が木立のほうへ銃口を向ける。

ディビジョンのエージェントは再度足を踏みだした。一発放って、さっと体を引く。もうひとり男が倒れ、二度と起きあがらなかった。

「敵が持ってるのは鹿狩り用の銃一挺だ」先頭の男が叫んだ。「殺っちまえ！」

男たちが闇雲に撃ち始める。ジュニーはガマの茂みから飛びだし、マイクに駆け寄った。茂みの中へ引っ張り、わずかばかりでも体を隠す。ヴァイオレットはノアを振り返った。「ワイリーはどう？」

ノアは泣いていた。弟の頭を膝にのせて抱え込んでる。「怪我してるんだ、ヴィー。まだ血が出てる」ワイリーは血の気がなく、静かになっていた。

「水から引きあげよう。ほら、わたしも手伝うから」ヴァイオレットはふたりのもとへ急ぐと、ノアと力を合わせて、乾いた地面にワイリーを引っ張りあげた。ワイリーは腰から下は水に濡れ、胴体の右側は血で濡れていた。

木立からパンパンと銃声があがった。ヴァイオレットがはっと振り返ると、木立へ向かって発砲している男たちが見えた。ディビジョンのエージェントの姿はない。ううん、ちょっと待って、ほらあそこ……あれっ、違う。あれはアジア系の女の人だ。

その女性もエージェントだった。彼女は男たちをはさみ撃ちするように、木のうしろからすっと進みでた。持っているのは別の種類のライフル銃で、弾倉が湾曲している。彼女が引き金を引くと、長い連射が男たちをなぎ払った。男たちは散り散りになって逃げようとした、少なくともまだ動けるやつは。そこへ最初のエージェントが木立の反対端からふたたび姿を現し、冷静に追撃の一閃を放った。

これで十人いた男たちは残りふたりだけになった。彼らは一目散に木立を走り抜けると、コンスティテューション通りのほうへ逃げだした。エージェントたちはふたりを追わなかった。渡り橋の手前で合流し、一緒に橋を渡ってくる。「もう出てきても大丈夫だ」男性のほうが呼びかけた。

ジュニーが茂みの奥から立ちあがって言った。「助けが必要なの！　撃たれた人がふたりいる。最低でもふたりよ。みんながどこへ逃げたかはわからないわ」

女性のエージェントがスマートウォッチの盤面をタップした。「基地へ、こちらはフジカワ。民間人が衛生班を必要としています。以下の場所に大至急」言葉を切ってじっと耳を傾ける。「脅威は制圧済み。目下、状況は安定しています。ピアソンとわたしは衛生班が現場に到着するまで残ります」

彼女はジュニーに顔を向けた。「助けが向かってるわ」

男性のエージェントはワイリーを池の縁から抱えあげていた。膝をついて舗道の上にワイリーをそっとおろす。ノアはすぐそばにいた。「弟を助けて」すがるように言う。「しっかりしろ、相棒《バディ》」エージェントは——ピアソンだ——言った。「すぐにJTFが来る」

フジカワは自分の荷物をおろして、応急処置キットを取りだした。マイクの傷のひとつにガーゼつきの包帯を巻く。彼は二箇所撃たれていた。腕と脚だ。脚の傷のほうが深刻そうだった。「心配はいらないわ」彼女は言った。「ジョギングを再開するのは少し先になるかもしれないけどね」

マイクは力なく笑った。

十分もしないうちに、JTFチームが到着した。衛生兵が四人、武装した護衛が十数人だ。彼らが渡り橋のほうへやってくるのを見て、フジカワはピアソンに向かって拳を突きだした。応じた彼が自分の拳をコツンとぶつける。「じゃあ、またあとで」フジカワがそう言うと、ふたりは別々の方向へ歩きだした。ピアソンは北、フジカワは西へ。彼はすれ違いながらＪＴＦチームにうなずきかけ、小島を指してそこへ向かうよう示した。

ベトナム女性の記念碑のまわりに生い茂る木々の中へフジカワの姿が消えるまで、ヴァイオレットは目で追った。エージェント・フジカワはちっとも恐れていなかった。彼女はどんな状況にも対処できる。わたしも彼女のようになりたい。


衛生兵がワイリーとマイクの手当てをするあいだ、ジュニーは残りの子どもたちを呼び集めた。ほかの三人の大人たちは、ばつの悪そうな、それでいてほっとした顔をして、茂みから出てきた。ヴァイオレットは彼らの顔を覚え、これからは信頼しないよう自分に言い聞かせた。マイクとジュニーだけが、立ちあがって子どもたちを守ろうとしてくれた。

ヴァイオレットはワイリーのそばを離れず、ノアがおびえないように手を握った。ほかの子どもたちは小さい子たちを真ん中にして、いつものように固まっている。シェルビーとアイヴァンがふたりでしゃべっていたが、何を話しているのかは聞こえなかった。

ワイリーを診ていた衛生兵が立ちあがった。「オーケー、バディ。担架を取ってくるからね」パトロール隊のリーダーに合図を送ってから続ける。「きれいに貫通してるよ。脂肪と筋肉に穴が開いただけだが、肋骨が一本、深く削れてるな。腹膜炎の心配がないよう、消毒して縫合しないとね」

「手術になるってことですか?」マイクが上半身を起こして尋ねた。片腕は三角巾で吊られ、片脚は膝から腰まで包帯を巻かれている。

衛生兵は肩をすくめた。「厳密に言うとそうですが、全身麻酔をかける必要はありません。何本か注射を打って傷口を縫い合わせ、あとは抗生物質治療。それですっかりもとどおりになりますよ」

ワイリーは泣きじゃくっていた。衛生兵がワイリーを担架にのせるあいだ、ノアとヴァイオレットは彼の手を握っていた。「一緒に行っていい？」ノアが尋ねる。「弟なんだ」

「保護者の付き添いなしに子どもを連れていくことはできないんだ」衛生兵は言った。

「わたしが同行するわ」ジュニーが請け合った。「みんなは集めた野草を持って先に帰りなさい」

マイクは別のＪＴＦの衛生兵に手を借りて立ちあがった。撃たれた脚に体重をかけてみる。「痛たたた。本当に歩いて大丈夫なんですか？」

「まったく問題ないですよ」衛生兵は答えた。「太腿の外側の筋肉が一部えぐられてる。清潔にしていれば二週間で治ります」

「それはいい知らせだ」マイクは言った。「心配なのは腕の骨折だけか」

「骨は折れていません」衛生兵は片方の手のひらで反対の手のひらをすっとかすめてみせた。「銃弾は骨をかすめています。傷口は消毒しておきました。脚の傷と一緒で、清潔にしておけば必ずよくなりますよ」

「消毒薬がないんだ」マイクは言った。キャッスルに薬品はほとんど残っていない。

「あとで届けましょう」衛生兵は自分のバックパックの中を探った。瓶からいくつか錠剤を振りだしてマイクに差しだす。「いま渡せるのはこれだけです。一日一錠、食後にのんでください」

パトロール隊のリーダーは全員を見渡した。「われわれがキャッスルまで送りましょう。負傷した子どもと監督係の女性は、別のチームを呼んで基地まで連れていかせます」

「助かります」マイクは言った。「ついでに松葉杖を持ってきてもらえませんか？」

一時間後、彼らはみんなキャッスルに戻った。もう安心だ、とヴァイオレットは胸を撫でおろした。

とりあえずいまは――。

CHAPTER 14
エイプリル

エイプリルがブレイクと接触できたのは朝になってからだった。リバーデイル・ヨット・クラブには深夜十二時過ぎにたどり着いたが、クラブハウスへ続く私道はゲートが施錠され、あたりは真っ暗で静まり返っていた。

マイケル修道士から聞いていた話と違う。ここで何か問題が起きたのだろうか？　だとしたら、マンハッタン島は出られたとしても、ハドソン川を渡る別の手段を考える必要がある。真っ先に頭に浮かんだのはタッパン・ジー橋を徒歩で渡ることだが、橋があるのはここから数十キロ北だ。

ブレイクは彼女が来ることを知らなかった可能性もある。それはじゅうぶんに考えられた。なにせ、遠隔通信は懐かしい思い出でしかない。少なくともアメリカのこの地域では。電話とデータネットワークを持っているのはＪＴＦと一部の政府組織ぐらいだ。

とにかく、鉄道線路にひと晩じゅう突っ立っているつもりはなかった。エイプリルはヨット・クラブの敷地を囲うフェンスを乗り越えた。クラブハウスは暗く、駐車場に止まっている車はどれも十一月から放置されているらしく、タイヤのまわりに砂が積もっている。ボートはどこにも見当たらない。近くで人の声もしないが、雨音のせいかもしれなかった。

いい加減、雨にはうんざりだ。

駐車場の先にあるクラブハウスの建物の横に、白いテントがあった。エイプリルはその中へ潜り込むと、冬場の強風に倒されたプラスチックの椅子のあいだを進んだ。テントは何箇所か破れているものの、クラブハウスのドアのそばに雨風を避けられる場所があった。彼女はバックパックをおろすと、その場に座り込んだ。ハードな三十六時間だったと振り返る。

マーチを探しだし、ビルの死の真相についてさらなる情報を入手し、ニューヨークを脱出した。ああ、それに、ドルインフルに対抗するワクチンが存在するかもしれないことを発見した。

それは事実だろうか？　いまこのときもワクチンが製造されている？　もしかすると一年後には、合衆国の——そしてどこであれウイルスが広がった場所の——誰もが、アマーストのウイルスを過去のものとして思い返しているかもしれない。

事実を突き止めなければ。ビルの研究がワクチンの開発を助けたのなら、彼の死を受け止めるのが少しだけでも楽になるだろう。

エイプリルは寝入るつもりはなかったが、はっと気づくと誰かに足を蹴られていた。

「おい、起きろ」

男が見おろしている。銃口が彼女の心臓へ向けられていた。男の片足は、彼女のショットガンの銃身にのっている。太陽が川の上で輝いているのが男越しに見えた。エイプリルはゆっくりとした動作で両手をあげた。「あなたがブレイク？」

男は目をしばたたいた。それから事情をのみ込むのが見て取れた。「アンドリューに言われてここへ来たんだな？」

アンドリュー……。ああ。エイプリルは情報をつなぎ合わせた。マスターのことだ。

「ええ。あなたにこれを渡すよう……」そこでいったん言葉を切る。「コートのポケットに手を入れるわよ」

「ゆっくりとだ」ブレイクは言った。

小さな仏像を取りだし、手のひらを広げた。乳白色を帯びた翡翠が川面に反射する陽光を受け、仏像そのものが光を発するかのようにきらめく。「あなたにこれを渡すよう言われたわ」彼女は繰り返した。

「どうして？」

「川の渡し代として」

ブレイクはしばらくのあいだエイプリルを見つめていた。それから仏像を眺める。拳銃をホルスターにしまい、仏像を彼女の手のひらから持ちあげた。「いい作品だ」不審げに顔をしかめて彼女を蹴り起こしたときと、態度ががらりと変わっている。「それで、アンドリューはどうしてあんたのためにひと肌脱いだんだ?」

「そうするよう頼まれたからよ」

「誰に頼まれた?」

「ロジャー・コープマンを知ってる?」

「いいや。あんたが教えるか確かめただけだ。いいだろう。どこへ行きたい?」

「最終的にはミシガンまで」エイプリルは答えた。「でも今日のところはニュージャージーまででいいわ」

「ミシガンだって? たまげたな。理由はきかないが、そいつはクレイジーだぜ」

「そう思うのはあなただけじゃないわ」エイプリルは小さな笑みを湛え、立ちあがって伸びをした。「それで……ボートは見当たらないけど」

「ここには置いてない。川のここいらにボートがあると、JTFに密輸をやってると思われるからな」ブレイクはもう一度仏像を眺めると、腹の部分を親指でこすり、ポケットに滑り込ませた。「この先の予定はこうだ。あんたはクラブハウスの中に入って、空腹なら何か食ってくれ。おれは一時間したらボートで戻ってくる。ニュージャージーであんたをおろせる場所は二箇所だ。ボート乗り場がふたつあるってことさ。それか、どこか川岸にボートを寄せてもいい。そこから先は藪をかき分けて進んでくれ」

「そうしたほうがいいの？」

「あんた、ＪＴＦに追われてるのか？　ニューヨークを抜けだす理由はたいていそうだ」

「いいえ」エイプリルは言った。「ＪＴＦはわたしが何者かさえ知らないでしょうね」

「だったら、どっちかのマリーナを使うんだな」川の向こうの南西を指さす。「あっちはイングルウッド・ボート・ベイスン」腕を右へ九十度滑らせ、今度は北西を示す。「そっちをあがったところはアルパイン・ボート・ベイスン。イングルウッドならすぐに渡れるが、千キロも旅するのに汗水垂らして二時間余計に歩くのは避けたいだろう」

「どっちのほうが人が少ないの？」

「アルパインかな。パリセイズ・パークのど真ん中にあって、上陸したあとはゴルフコースと郊外が何キロも続くばかりだ。イングルウッドは州間高速道路八十号線のそばで、その分、人も多い」

　エイプリルは思案したが、長くはかからなかった。「アルパインにするわ」

「決まりだ」ブレイクはクラブハウスのドアを開けた。「中に入って勝手にやってくれ。一時間で戻る」

　ブレイクはボートを取りに行く前に、クラブハウスのキッチンを案内してくれた。冷蔵庫には――きちんと閉じられているがもちろん冷えてはいない――ドライフルーツ、ツナの缶詰、チーズなど、あらゆる種類のものがある。エイプリルは自分がひどく空腹なことに気がついた。

「なんでも好きなものを持ってけ」ブレイクが言った。

冗談だろうと、エイプリルは彼の顔を探った。「いいの？」ニューヨークなら、これだけの食料があれば標的にされる。それをただでくれるの？

ブレイクは彼女の考えを読み取った。「あんたはもう隔離地域にいるんじゃない……名前はなんだ？」

「エイプリルよ」

「あんたはもう隔離地域にいるんじゃない、エイプリル。ここいらも状況は厳しいが、しばらくすれば、あんたがいたところと比べたら天国に見えてくるぜ」

エイプリルは腹が膨れるまで食べると、チーズとツナの缶詰をいくつかバックパックにしまい込んだ。それから袋に入ったレーズンも遠慮なくもらっておいた。世の中に好意が不足しているときに、誰かの好意をむげにすることはない。

ブレイクは時間どおりに戻り、川沿いの擁壁にパーカー社製の小型フィッシングボートを接岸させた。エイプリルは川を望む大きな窓越しに彼の姿を認めると、荷物をまとめてそちらへ向かった。ブレイクは乗船を手伝おうと片手を伸ばしたが、彼女はすでに船べりに足をのせていた。オープンタイプのコックピットには回転椅子がふたつあり、ハンドルは右側についている。エイプリルは左側の椅子のうしろにバックパックをおろし、その隣にショットガンを置いた。ブレイクはすでにエンジンをかけている。「必要なものは全部持ったか？」エンジン音と風のうなりに負けまいと声を張りあげた。

「持ったわ、ありがとう」エイプリルも大声で返した。ボートの燃料はどこから調達しているのだろう。だが、別に知る必要はない。元軍人なら、ＪＴＦ内にあらゆるたぐいのつてがあるのだろう。それとも、ニューヨークの外ではいまもガソリンが買えるのだろうか？　それは知っておきたい。「エンジンのついた乗り物で移動するのは数ヶ月ぶりよ。ここではガソリンが手に入るの？」

「ガソリンスタンドへ行って給油するってわけにはいかないが」ブレイクは答えた。「見つけることは可能だ、どこを探せばいいかわかってりゃな」

なるほど。外の世界にはほかにどんな違いがあるのだろう。マンハッタンを数キロ離れただけで、自分を取り巻く世界に対して急に好奇心がわいてきた。それに、コープマンを発見したいま、目的のひとつが達成され、ほかのことを考える余裕が生まれた。

「じゃあ、このあたりはニューヨークよりも平和なのね？」

ブレイクは笑い声をあげた。「ある程度はな。世界のほかの地域がどうなってるのかはさっぱりだ。ワシントンＤＣで何が起きてるのかもわからん。ウォーラー大統領は死んだって聞いたが、じゃあ、いまはメンデスが大統領なのか、それとも誰かほかのやつなのかはわからないな。その手のニュースは伝わってこないんだ。はっきり言って、状況はいまもひどい。だが、さっきも言ったように、マンハッタンと比べりゃ、理想郷《シャングリラ》に住んでるようなもんさ」

エイプリルは彼の言葉をしばらく思案した。ブレイクは川の流れに逆らいボートを北上させている。コープマンの本に、ハドソン川を北へのぼるボートの速度は時速六キロだとあったのを彼女は思いだした。速歩と同じくらいだ。アナーバーまで歩くスピードよりも速い。「それは誰にとっても？　それとも軍とコネがある人だけ？」

「エイプリル、率直に言っておれにはわからない。たしかに、おれはあちこちにコネがあって、それを使ってる。たまに人の手伝いもできる。おかしなもんさ」ブレイクはそう言い添えて減速し、ハンドルを切って川を横切った。前方にアルパイン・ボート・ベイスンが見えてきた。背後には緑の断崖が高くそびえる。「九〇年代後半には、アンドリューとともに何度か戦地へ送られた。まさかいまでもつき合いを続けることになるとは思ってもいなかった」

「それって、彼が戦う修道士のリーダーになってるよりもおかしなこと？」

ブレイクは笑った。「おれが知ってるアンドリューなら、今の立場におさまっていてもおかしくはない。ちっとも驚いていないさ」

彼はハンドルを切って流木をよけ、スピードをゆるめて西側の川岸に近づいた。「なあ、本気でミシガンまで行くつもりなら、ここから歩くよりも速い方法がある。少なくとも最初のうちはな」

「どういう方法？」

「滑稽に聞こえるかもしれないが、エリー運河だ」

「冗談じゃなくて？　あれって、ニューヨーク州のずっと北部でしょう？」

「オールバニーから始まってバッファローまで行ける」

エイプリルは思案した。バッファローだと、まっすぐミシガンへ行くより、かなり北へ遠回りになる。

「たしかに、目的地からは少しはずれるが、これならバッファローまで一週間でたどり着く。徒歩だと一週間でどれだけ移動できる？」

「わからないけど」エイプリルは言った。ボートはマリーナへ近づいていた。「おそらくそこまで遠くへは行けないわ。運河は本当に通れるの？」

「燃料不足によって引き起こされたことのひとつは、十九世紀の交通手段への回帰だ」ブレイクはつかの間、大学講師めいた口調になった。「いまじゃ運河にはあらゆる種類の荷船が行き交ってる。何か交換できるものさえ持ってりゃ、そのうちのどれかに乗っけてもらえるだろう」

「なるほどね……」バックパックの中には交換できそうなものがいくつかあった。いざというときはショットガンを持った用心棒として、船に乗せてもらう手もある。「このままはるかオールバニーまで本当に連れていってくれるの？」

「ああ、かまわないさ。遠出ができるしな。ほかの場所がどういう状況かも見に行きたい。人づてに聞いた話ってのは、当てにならないだろう？」ブレイクはマリーナの端にある徐行区域の標識近くで減速した。「で、どうする？」

まわりでは、係留されたまま放置されたボートが揺れていた。なかば沈んでいるものもある。ボートハウスは何ヶ月も使われていないように見えた。

エイプリルはあたりを見渡した。左手には長細い駐車場があり、その先の切り立った岬へと道路がジグザグに延びている。右側は開けた芝地で、さらに多くの波止場と沈みかけたボートが見えた。人の姿や気配はまったくない。「オールバニーには人がたくさんいるの？」

「ああ、それなりに。あそこもほかと一緒で混乱状態だが、川と運河があるから、取り引き目的で人が集まるようになってきた」ブレイクは川の流れに逆らい、ボートを停止させている。「どうする？」

「わかったわ」エイプリルは言った。「オールバニーまでお願い」

十一時間後、今度はニューヨーク州ウォーターフォードでブレイクはふたたびボートを止めた。かつては観光地だった繁華街に平行して走る船着き場を、街灯に据えつけられた松明《たいまつ》が照らしている。通りを歩く人影はまばらだ。モホーク川には水量調節のための堰《せき》が設けられ、ここでも松明が水門に明かりを投げかけていた。人力でクランクを回して水門が開けられ、荷船が姿を現した。荷船には木箱が積まれ、三頭の馬が甲板上で蹄を踏み鳴らし、頭を振っている。

本当に、輸送手段としてエリー運河を使っているのだ、とエイプリルは思った。

ブレイクが説明する。「そこの水門の反対側に行ったら、そこに……水門番とでも言うのかな、そういう係がいる。そいつが荷船で出入りするものを管理してるんだ。バッファローへ行きたいって伝えれば、誰か紹介してくれるぜ」

「今夜これから話をするの？」もう夜の十時近い。

ブレイクは肩をすくめた。「ああ。水があれば荷船はいつだって出発する。夜が明けてからのほうが乗せてもらいやすいかもしれないが、運がよけりゃ今からでも見つかるさ」

エイプリルはバックパックとショットガンを持ちあげると、船着き場の石段に足をのせた。自分の背後でボートが揺れるのを感じる。振り返ったときには、ブレイクはボートのエンジンをかけて岸辺からゆっくり離れていた。「そういえば、あの仏像はどうするつもり？」彼女は尋ねた。「何かと取り引きするの？」

「まさか。あれはおれのコレクションに仲間入りするのさ。アンドリューはおれがよだれを流してほしがりそうなもので釣って、川渡しみたいに間抜けな仕事をさせるんだ」ブレイクはキャップのつばに手を触れた。「気楽に行け、エイプリル。だが気を抜きすぎるな。ここはもうニューヨーク市内じゃないが、治安なんてあったもんじゃない」

「ありがとう」彼女は言った。「気をつけるわ」

ブレイクは方向転換をすると、最後に手を振り、ふたたびハドソン川に出た。エイプリルは手を振り返しながら、結局、彼にはどれだけの顔があるのだろうとぼんやり考えた。美術品のコレクター、川渡し、陽気な皮肉屋……それ以外の顔は永遠にわからないだろう。だが、世間にはまだブレイクのような人がいると知って安心した。彼はただかろうじて生にしがみついているだけではない。ドルインフルは人のやさしさまでは殺していないのだ。

船影が見えなくなると、エイプリルはしばらくそこにたたずんでウォーターフォードの小さな町を見渡した。超高層ビルはどこにもない。焼け落ちた建物跡もない。徒党を組んでうろつく犯罪者たちも、ＪＴＦも。肌寒い春の夜にぶらぶらと歩く人たちだけ。彼女のほうを見る者もいれば、見ない者もいる。エイプリルは違和感を覚え、その正体を解き明かすのに少し時間がかかった。そうだ。マンハッタンではいつなんどき襲われるかもしれないと誰もが身構えていたが、ここの人たちはそうではない。

わたしは自由だ。ここからはビルの物語の続きを探す旅になる。
そして抗ウイルス剤が実際に存在するのなら、それも必ず見つけだそう。

CHAPTER 15
アイク

朝六時四十分、低く差し込む朝日がロングアイランドを照らし、ひんやりとした心地よい空気が広がる中、ディビジョン・エージェント、アイク・ロンソンは新たな任務を課せられた。

「歩哨《センチネル》、こちらはかまきり《マンティス》。応答せよ」

「こちらセンチネル」アイクはSHDスマートウォッチに目をやり、自分の返答がISACに聞かれていないのを確かめた。マンティスとの通信はすべて暗号化された周波数帯を通じて行われるため、ISACの周波数帯域スキャンには雑音として表示されるはずだ。すべてうまくいっている。「どうぞ、マンティス」

「重要な情報を所持した民間人の女性が、たったいまマンハッタンの外へ出たとの通信を傍受した。あなたに課せられた任務は以下のとおり。その民間人を追跡せよ。必要ならば接触し、援助を提供すること。彼女の目的地を突き止め、監視せよ」

「彼女は何者だ？」

「名前はエイプリル・ケーラー。白人女性、三十代前半。髪は赤茶色、目はブルー。身長は約百七十センチ、中肉。ディビジョンのバックパックを持っている可能性あり。武器を所持」

「ディビジョンの装備を持ってるのに、民間人だって?」たいていの場合、それはくだんの人物がディビジョンのエージェントを殺害したことを意味している。

「そう」

「接触し、援助を提供」アイクは繰り返した。殺害されたエージェントの装備を所持している民間人に遭遇した場合、通常、暗黙の規則として、問答無用で相手を排除することになっている。しかしアイクはすでにディビジョンの規則の外にいた。慣れなければ。「彼女はいまどこにいる?」

「最後に確認された位置はクロイスターズ。川を渡って西へ向かったとの分析。目的地はおそらくミシガン州アナーバー」

民間人がひとりでニューヨークからミシガンへ歩いていくことに決めただと? アイクはにわかには信じられなかった。「マンティス、確認するが、ミシガン州と言ったのか?」

「ええ」

「了解」頭の中に地図を思い浮かべてルートを描いた。州間高速道路八十号線でペンシルベニア州とオハイオ州をほぼまっすぐ横切り、トレドから国道二十三号線を北進すればアナーバーへ到着する。

「四十八時間置きに報告を入れて」マンティスが指示した。「周波数の変更スケジュールはこれまでどおり」

「わかった」

「ただちに出発するように。通信終了」

続く沈黙の中で、アイクは壁に寄りかかり、自分の選択肢を考えた。

目下、デュエイン通りとハドソン通りが交わる角に配置され、市庁舎を奪還するJTFの任務についている。彼の役目はJTFがフォーリー・スクエアで戦闘を開始し、センター通りからシティ・ホール・プラザまで移動できるよう後方を掩護することだ。この位置にいれば、デュエイン通りからフォーリー・スクエアの南端まですべて見渡せる。七時の作戦開始前に最終チェックを行っているJTFのチームと、アイクのあいだに横たわる通りはがらんとしていた。この任務に割り当てられた周波数でのやりとりに、アイクは耳を澄ませた。すべてがいつもと変わらない。

いつもと変わらないのはアイクが立っている場所も同じだ。彼が壁に寄りかかっているデュエイン・パーク・ビルディングの真向かい、北西の角に立つアパートメントの下の階では、ありきたりの凶悪な窃盗団がいつものごとく不穏な動きを見せていた。連中は自分たちをデュエイン・パーク・ファミリー——略してDPF——と称し、出くわした民間人から誰彼かまわず貢ぎ物をちょうだいした。連中の蛮行の結果、いまではこの地域のそばで民間人を見かけることはほとんどない。

現在、市庁舎に巣くっている、より大規模で凶悪な集団は、ＤＰＦとなんらかの形でつながっているとＪＴＦの情報部員は考えていた。つまり、銃撃戦が始まる音を聞きつけたら、正面のアパートメントにいる連中が加勢に出てくる可能性があるわけだ。そうなった場合、アイクは閃光弾を放ち、連中をできる限り足止めするよう求められていた。

問題はいまのアイクには新たな任務があることだ。マンティスから行動を起こすよう指示されている。それにノーとは言えない。

一方で、ＪＴＦチーム、それにディビジョン・エージェントの仲間を見捨て、市庁舎での戦闘中に彼らを敵の不意打ちにさらしたくもなかった。マンティスと仲間、どちらを取る？

七時まであと五分。

アイクは首《こうべ》をめぐらせて背後のビルを見やった。一階は空っぽで、狭いオフィス内が荒らされている。その上は二十階ぐらいあるアパートメントになっていたが、人が出入りするのは見たことがない。

ひとつの計画がまとまりだした。アイクはビルの横手を回り、正面入口へ近づいた。交差点の斜め向かいで、ＤＰＦのメンバーが彼の姿に気がつく。完璧だ。

七時まであと三分。

アイクはM４カービンを構えると、交差点の向こうでビルの外側をうろついていた連中に向かって掃射した。弾倉を捨ててアパートメントのロビーへ飛び込み、新しい弾倉を叩き込みながら、受付デスクの裏に身を隠す。

計画は単純だ。しばらくのあいだＤＰＦと追いかけっこをし、敵の注意をすべて引きつけたら、こちらは途中でずらかる。その後、ＩＳＡＣに交戦の報告を入れる。それでＤＰＦの連中は市庁舎での戦闘から引き離されるし、アイクはマンティスから割り当てられた任務に取りかかれる。ＤＰＦ以外の全員に勝利がもたらされるわけだ。

最初の掃射後、まだ動ける連中が通りを突っきり、アイクを追った。そのうしろのビルから、さらに走りだしてくる。アイクは敵が戸口に集まるのを待った。そこでさっと立ちあがり、弾倉をもうひとつ空にする。ボルトが後退位置で止まるのと同時に、きびすを返して横手の廊下へ走り込んだ。その先が行き止まりになっている心配はない。消防規則が改正されたおかげで、この手の新しいビルには必ず非常口がある。

廊下の十五メートル先で選択肢が現れた。ハドソン通り側へ戻る左側か、荷物の積みおろし場と非常口へ続く右側か。右側を選び、廊下を曲がった瞬間、追ってくる男たちが放った銃弾が奥の壁に穴をうがった。

右手の廊下は非常口へまっすぐ続いている。だが、アイクと非常口のあいだには、ほかに三つのドアがあり、そのどれも開いていた。

すべてのドアから、目を見開き、おびえた顔の民間人がのぞいている。

くそっ。アイクは胸の中で悪態をついた。ビル内には誰もいないと思っていたのだが。

民間人たちの手には銃が握られている。彼らはディビジョンの装備を目にすると、アイクのうしろへ狙いを定めて発砲した。そのあいだにアイクは三つのドアの前を走り抜けた。民間人たちの銃撃がＤＰＦの連中をしばし食い止めてくれるだろうが、長くはもたないだろう。

アイクは決断を迫られた。こちらは武器の数ではるかに劣勢で、彼自身には行くべき場所がほかにある。しかし、民間人の集団を見殺しにして、良心の呵責《かしゃく》を苛まれたくはない。

彼は非常扉を押し開けた。「全員ここから出ろ！　いますぐだ！」

開いたドアからわらわらと民間人が飛びだす。そのうちひとつは洗濯室で、ふたつはオフィスになっているのが見えた。出てきた人数は少なくとも十二人にはなる。半分は子どもだ。武器を持った何人かは戸口に残り、廊下の奥を警戒し続けた。

アイクは非常扉の外へ首をめぐらせた。小さな吹き抜けになっている空間にエレベーターがあり、奥のガラスドア越しに駐車場が見える。

「行け」彼はガラスドアを顎で示し、最後の民間人を急がせた。

先頭の女性がガラスドアに手をかけた瞬間……ガラスが粉微塵に砕けて吹き飛び、外からの銃弾が女性の体を引き裂いた。

DPFはアイクたちが向かっている先に気づき、先回りしていたのだ。

武器を持った民間人たちは雄叫びをあげてエレベーターホールへ飛びだした。駐車場から出てきた敵めがけて、いまや枠だけとなったドア越しに発砲する。それがアイクの射界をさえぎる形になった。非常口の前からでは駐車場にいる敵を狙えない。それに、おそらくこのビルのロビーにはまだ敵がいるはずだ。攻撃するタイミングを見計らっているに違いない。

非常扉から中をのぞくと、思ったとおりだった。敵が廊下の向こうから、こちらへやってくる。覚悟を決めるときが来た。アイクが頭を引っ込めるなり、銃弾が鉄製の非常扉を叩いた。彼はベルトから手榴弾を三つはずして廊下へ転がし、非常扉の裏で身構えた。

三度の爆発で背中も三度の衝撃を受ける。力任せに蹴りつけられたような感覚だった。アイクはくるりとドアを回り込むと、死体や崩れ落ちた天井タイルの脇を通り、廊下を突進した。ブーツがガラス片を踏みつける音が響く。廊下の分岐点まで引き返し、割れた窓に飛び込んでハドソン通りへ出た。そこから南へ走り、チェンバーズ通りで右へ折れる。

時刻は七時八分。市庁舎の方角からは銃撃音が聞こえた。

アイクはスマートウォッチの盤面をタップした。「こちらエージェント・ロンソン」走るスピードをあげ、息を切らしながら話す。「デュエインとハドソンの角に応援の射撃隊と衛生班を送ってくれ。敵は複数、民間人に死傷者が出ている。繰り返す、射撃隊と衛生班を要請、民間人に死傷者――」

港のほうへ出るまで走り続け、バッテリー・パーク・シティにたどり着いたところでようやくペースを落とした。JTFの通信が耳にまくしたてる。〝こちらは手いっぱいで、支援は出せない〟と。ISACが通知音を鳴らし、ディビジョンのエージェントがひとり、デュエイン通りとハドソン通りの角に向かっていることを知らせた。

幸運を祈る、ブラザー。それともシスターか。

散歩道を進んだアイクは、やがてフェリーターミナルに到着した。この場所は冬のあいだは放置されていたが、先月からJTFの管理下となり、いまでは水上パトロールの拠点として使われている。

アイクはちょうど入港してきたボートの船員に手を振った。「ニュージャージーまで行きたい」ボートに飛び乗る。「いますぐに」

スマートウォッチの盤面に輝くオレンジ色のサークルとバックパックについた同じマークのおかげで、船員は何も尋ねてこなかった。アイクはそのことに感謝した。

CHAPTER 16 アウレリオ

アイク・ロンソンからの支援要請を耳にしたのは、シティ・ホール・パークの角にあるチェンバーズ通りの地下鉄駅入口から発砲してくる敵グループと交戦し、五分が経過した頃だった。アウレリオの主な任務は、市庁舎周辺に展開するＪＴＦの主要部隊が後方から攻撃されないよう敵を釘づけにすることだ。ロンソンからの要請が入ったとき、彼は決断を迫られた。ＪＴＦの部隊はほぼ配置済みだが、地下通路には敵の見張り役がほぼ確実に残っている。しかし、階段の下にいられては手を出せない……自分からおりていき、やつらを一掃しない限りは。

アウレリオに決断させたのは民間人を守るという使命だった。ロンソンはデュエイン・パークから支援を要請してきた。ここからなら八百メートルと離れていない。アウレリオは、ＪＴＦの主要部隊の残りがチェンバーズ通りを通過するまで、自分の持ち場にとどまった。それから通りに沿って市庁舎の裏手を進み、ブロードウェイからデュエイン通りに折れ、デュエイン・パークまでペースをゆるめずに走り続けた。戦闘音が背後へ遠のき、不明瞭な残響になる。ロンソンが連絡を入れてきた銃撃戦現場の位置をＩＳＡＣが表示した。小さな公園の南側にある共同住宅のビルの裏手だ。

アウレリオはビルの中に入った。ロビーのあちこちに遺体が転がっている。アイク・ロンソンのことはよく知らないが、戦える人間であることはわかっていた。すべてのディビジョン・エージェントが高い戦闘能力を身につけている。アウレリオは現場の状況を観察しながら奥へ進んだ。銃撃戦は横手にある廊下の先へ移動したらしい。そこにも遺体や、爆発の痕跡が見られた。前方右手にある開いた三つのドアは黒焦げで、金属片が刺さっていた。廊下の端には鉄製の非常扉があり、銃弾を浴びてあちこちへこんでいる。

廊下を進みながら、ひとつひとつの部屋にすばやく視線を投げた。どこも寝具、着替え、行き場を失った者たちの身の回り品でいっぱいだ。あたりには無煙火薬のにおいが充満していた。

非常扉は五センチほど開いていた。奥の床に血が広がっている。ドアをそっと押すと、やわらかい感触の、何か重力のあるものにぶつかった。コンタクトレンズ内蔵のHUDには、このエリアにいるほかのディビジョン・エージェントの姿は表示されていない。ロンソンはどこだ？　ISACからはエージェント死亡の報告は来ていない。

アウレリオは両足を踏ん張り、ドアを押す手に力を込めた。ずるずるとドアが開く。弧を描いて広がる隙間の先は血の海だった。敵がいないことを確認し、彼は小さなエレベーターホールに足を踏みだした。奥にあるドアはガラスが粉砕され、変形したドア枠がぶらさがっている。

ロンソンから報告のあった民間人はそこにいた。全部で十四人。男性五人、女性三人。子ども六人。

全員死亡。

アウレリオは反射的に時間を確認した。七時三十一分。ロンソンから支援要請があったのは二十三分前だ。

彼は現場の状況を見渡した。子どもの死体を目にして込みあげる怒りを抑え込み、ここで何が起きたかを理解すべく冷静になる。大人三人は銃を所持していた。おそらく、彼らはガラスドアのそばでほかの者たちを守り、撃ち殺されたのだ。ドアの向こう側にある駐車場では、コンクリートの床に薬莢が散乱している。残りの民間人はガラスドアから離れた一角に身を寄せ合っていた。非常口から入ってきたとき、アウレリオが押しのけたのはそのうちふたりの体だ。

アイク・ロンソンの姿はどこにもない。ここにいる全員を殺した者たちは駐車場から入ってきている、それは間違いない。だがロンソンは廊下で戦っていた。手榴弾の爆発、それにISACがDPFのメンバーと断定した複数の死体がそれを裏づけている。

DPFはロンソンを追ってビルに入った。ロンソンは反撃し、その途中で民間人たちをエレベーターホールへ誘導した。そして民間人たちは、自力で防衛中に死亡したことになる。

「ＩＳＡＣ」アウレリオは呼びかけた。「エージェント・ロンソンが支援要請してきた正確な位置を教えてくれ」

　スマートウォッチの盤面上に小さなホログラムが現れた。ハドソン、チェンバーズ、グリニッジ、デュエインという四つの通りに囲まれた地域が表示される。ハドソン通りからチェンバーズ通りに入ったすぐ西側で赤い点が明滅した。アウレリオがいる場所から優に百五十メートルは離れている。

　自分が目にしているものを確信するには長い時間を要したが、アウレリオ・ディアスは証拠を信じる男だった。目の前にある証拠は、支援要請をしたとき、アイク・ロンソンはすでに戦闘現場から離れていたことを示している。

　つまり、十四名の民間人は彼に見捨てられて死亡したのだ。

　民間人が己の命を優先して他者を見殺しにしたというのであれば、決してほめられた行動ではないが、理解はできる。しかし、ディビジョン・エージェントのこうした行動は、裏切り以外の何ものでもない。

　アウレリオは自分のまわりに横たわる遺体を見おろした。子どもたちの死に顔に、自分の子どもたちの姿が重なった。大人たちの死に顔に、ワシントンＤＣの避難所でアメリアとアイヴァンの世話をしている人々の姿が重なった。ここにいる人たちはアイク・ロンソンの無責任な行動のせいで命を落としたのだ。

ディビジョンを裏切ったアイク・ロンソンは、この瞬間をもってローグエージェントとなった。

「ＩＳＡＣ」彼は呼びかけた。「エージェント・アイク・ロンソンの現在地を教えてくれ」

短い間を置き、アウレリオのスマートウォッチ上に新たなホログラムが現れた。鮮やかな赤い点がハドソン川中央をニュージャージー側へ移動している。

くそったれめ。アウレリオは胸の中で毒づいた。逃亡したか。

その瞬間、ロンソンの追跡を決意した。

続いて、ＩＳＡＣの機械音声が耳に響いた。「警告。敵と識別された勢力がビル内へ侵入」

コンタクトレンズ内臓のＨＵＤに表示される映像がすっと広がり、一階全体を映しだす。ビルの正面入口から集団が入ってきていた。集団の映像の横にはＤＰＦと表示がある。彼らはアウレリオがビルに入るのを目撃したに違いない。民間人を見捨てて逃げたエージェントが戻ってきたと思ったのか？

どうでもいい。ＨＵＤに映る敵は八人。ビルのロビーに固まっている。アウレリオを追っているなら、非常口へと廊下を直行してくるだろう。彼はＨＵＤを操作して駐車場の映像に切り替えた。ここには誰もいない。少なくともいまはまだ。

実戦的に考えると、エレベーターホールは敵を迎え撃つには場所が悪い。遺体を避けようとすれば足場が限られるし、駐車場から敵の増援が現れたら、はさみ撃ちにされる。

アウレリオは非常口から引き返すと、一番近くの開いているドアへすばやく身を寄せた。戸口で片膝をつき、廊下をやってくる敵を待ち構える。

先頭の男が見えるなり、胴体に三発放った。倒れる男のうしろで二番目と三番目の標的が視界に入る。ふたりが銃を持ちあげたが、すでにアウレリオは狙いを定めていた。どちらもひとり目のすぐ脇に崩れ落ちた。アウレリオは弾倉を排出して再装塡した。あと五人。

廊下に銃弾の雨が降り注ぐ。アウレリオの正確な位置がわからないため、制圧射撃で動きを封じているのだ。その間にほかの者が接近して射撃位置につくか、駐車場側から回り込むかしているのだろう。凶悪な暴徒でさえ、基本的な戦術のいくつかをテレビや映画から学んでいる。

アウレリオは体を低くすると、G36アサルトライフルの銃口だけをドアの外へ突きだし、連続射撃を行って廊下から敵をさがらせた。廊下を走り去る悲鳴が聞こえたが、見向きもせずに隣の戸口へ走り込む。これでロビーまで十メートル以内まで近づいた。敵が外のブロックを回り込み、駐車場へたどり着くまであと一分程度だろう。

撃ち返してきた敵の銃声で、相手がまだ三番目のドアに的を絞っているのがわかった。いいぞ。敵はアウレリオが部屋を移動したことに気づいていない。彼の居場所を知っていると思い込んでいるが、実際はそうではない。それを利用してやろう。手榴弾があればよかったが、持ち合わせはなかった。市庁舎付近にいたとき、チェンバーズ通りの地下鉄駅の入口で使い果たしてしまった。

だが発煙弾ならある。アウレリオは発煙弾のピンをはずして廊下に転がした。それを目にした敵が怒鳴り声をあげて危険を知らせる。連中には発煙弾と破砕性手榴弾の区別がつかないのだ。

これで廊下の反対側へ進み、非常口から外へ出る時間が稼げた。アウレリオは非常扉を閉じると、遺体を踏まないようにしてエレベーターホールを進み、割れたガラスドアから駐車場に出た。

通りへの出口は前方右側だ。車用の細い通路の横に歩行者専用ドアがある。アウレリオは出口の前を斜めに横切り、外の通りがよく見える位置へ移動した。コンクリートの柱に背中を押しつける。銃弾が非常扉を叩く音が聞こえ、ちらりと目をやった。中にいる連中はまだ闇雲に撃ちまくっているようだ。遅かれ早かれ駐車場側へ出てくるだろうが、そのときにはこちらがどこか別の場所に移動し終えている計画だ。

来たぞ。男が三人、車用の出入口から駐車場に駆け込んできた。男たちは歩をゆるめ、エレベーターホールの入口へ近づいた。「あの野郎め、まさかおれたちが裏から回ってくるとは思ってねえだろう」ひとりがあざ笑う。

「黙ってろ、ばれるだろうが」別の男が言った。

アウレリオは柱に沿って体をずらした。三人は十数メートル離れたところで動きを止め、どうやってエレベーターホールへ入ろうかと考えているようだ。アウレリオがG36をベルトの高さに構えて長い連射を放ち、三人は振り返る暇もなく崩れ落ちる。

引きあげる頃合いだ。中にいる連中には、ここで起きたことを見せてやれ……。

いいや。それでは子どもたちを見捨てて逃げたエージェントと同一人物だと思われたままになる。それを見過ごすわけにはいかない。ディビジョンのエージェントが一般市民を守る誓いを破ったなどと、噂を広められてはならないのだ。アイク・ロンソンとはあとで個人的に決着をつける。だがいまはス《S》トラテジック・ホ《H》ームランド・デ《D》ィビジョンと全エージェントの名声が自分にかかっている。彼は待つことにした。

数分後、非常扉が開いた。男がひとり、顔を出してのぞく。アウレリオは息を殺して待ち続ける。男はさらにドアを開け広げ、割れたガラスドア越しに駐車場へ視線を走らせた。それからドアを押さえて仲間を通してやる。アウレリオは敵の頭数を数えた。六人が死亡、ふたりが非常口のそばにいる。これで八人になる。彼はＨＵＤをふたたび起動し、このエリアにはほかに敵勢力はいないことを確認した。

残る敵はあとふたり、それならば……。アウレリオはアサルトライフルのセレクターを単発に切り替えた。ドアを押さえている男に照準を合わせ、一発放つ。ドアに鮮血が飛び散り、標的は倒れた。ふたり目の男はあわててしゃがみ込み、アウレリオのほうへ視線を滑らせた。

そうだ。

アウレリオは心の中でつぶやいた。おれを見ろ。おまえはこの街で子どもを殺して回った。おまえの目に何かが映るのはおれで最後だ。

アウレリオはふたたび引き金を絞り込んだ。

CHAPTER 17 ヴァイオレット

庭園にある池で襲われてから三日後、ＪＴＦのパトロール隊がワイリーを連れてキャッスルにやってきた。ノアとジュニーも一緒だ。ジュニーがいないあいだ、キャッスルの暮らしはなんだか落ち着かなかった。マイクは足を引きずり、みんなをまとめようと頑張っていたが、やはりエネルギー不足で、子どもたちにまでは気が回らなかった。

ヴァイオレットはジュニーに駆け寄り、ノアとワイリーが入ってくるのを目にしてうしろへさがった。ワイリーは顔色が真っ青だ。でも、自分で歩いている。「大丈夫なの？」ヴァイオレットは尋ねた。わかりきった質問で、口に出してみると間が抜けて聞こえたが、ほかにかける言葉は思いつかなかった。

ワイリーはうなずくと、一階のエントリーホール脇にある大きな椅子に腰をおろした。

「うん、ずっとよくなった。最初の日はそうじゃなかったけど」

「何度か傷口を消毒しなきゃならなかったんだ」ノアが報告すると、子どもたちが集まってきた。ジュニーは少し離れたところで見守っていた。パトロール隊のひとりもそこで待っている。

「ヴァイオレット」ジュニーが声をかけた。「マイクを呼んできてちょうだい。図書室へ来るよう伝えて」

「わかった」ヴァイオレットは階段を駆けあがり、キャッスルの塔のひとつで休憩しているマイクを見つけた。この塔にはすてきな窓がある。ここからすべての方向を見渡せるのだ。ジュニーが戻ってきたと教えると、マイクはすぐに行くと応じた。

階下へおりてジュニーに報告したときには、ノアとワイリーはいなくなっていた。シェルビーとアイヴァンの姿もない。「ワイリーが上の部屋で休めるよう手伝いに行ったわ」ジュニーが説明する。「あなたたちももういいわよ」

アメリアとサイードとヴァイオレットは顔を見合わせた。どこかへ行きなさいということだろうが、なんであれジュニーが自分たちに聞かせまいとしていることがなんなのかを確かめたかった。そこで三人はキャッスルの地下にあるギャラリーへぶらぶらと歩み去り、ジュニーとJTFの兵士らしき人が、階段をおりてきたマイクとどこへ向かうのかが見える場所に身を潜めた。

大人たちが向かったのは、もとは司書室で、のちになんらかのオフィスに変わった部屋だ。中には会議用のテーブルとたくさんの椅子、それにいままでは役に立たないコンピューターがある。部屋に近づくことはできないものの、ドアの正面には吹き抜けの階段があり、その吹き抜けを伝って一階の物音が聞こえることを、一週間ぐらい前にみんなで発見していた。三人は二階の踊り場にこっそりあがり、耳を澄ました。

「ここへ来たのは厄介な知らせを伝えるためなんだ」誰かが話す声が聞こえた。三人とも知らない声だから、JTFの兵士に違いない。「街の東側、中でもキャピトル・ビル周辺とナショナルモール北東部分に圧力をかけている市民軍のことだが……彼らは勢力を増している。連中はナショナルモールの両側にあるスミソニアン博物館と、航空宇宙博物館を占拠した。ここキャッスルのすぐ向かいにあるふたつの博物館も」

「彼らは何者なの？」これはジュニーだ。

「それが、言いにくいことだが、やつらの中心になってるのは元JTFの部隊で、命令に背いて離反した連中だ。既存の武装勢力と手を組んだのか、そこのところはわかっていない。情報収集は困難になっている。加えて、街の西側と北側でほかにふたつの集団が勢力を増して組織化を進めているために、われわれも人員が極めて手薄になっている。ホワイトハウスにある作戦基地とその周辺は安全だが……なんと言えばいいか、これだけは断言できる、われわれは――」

「これ以上ここにいる者たちの助けになれないってことか？」マイクがさえぎった。

「何もそこまでは……」兵士は言った。「しかし、脅威に対して、これまでのように迅速に対応できないのはたしかだ。場所を移すことを検討できないのか？」

「どこへ行けって言うの？」ジュニーが嚙みついた。「川は氾濫し、南側は毒で汚染されている。そこらじゅうに銃を持ったおかしな連中がいるわ」

「フォード劇場に避難所がある、ほかにも――」

「ほかはもう人を受け入れる余地がないわよ」ジュニーがさえぎった。「JTFの残りの部隊はどこ？　軍の部隊の残りはどこよ？　ここはワシントンDCでしょう！　治安を守るべき人たちはどこにいるの？」

「落ち着くんだ、ジュニー」マイクが諭した。

「落ち着けですって。生きるか死ぬかって話をしてるのよ。わたしたちを守ってくれるはずの人たちはどこにいるの？」

「じきにワシントンDCへ集結する」兵士は言った。「信じてほしい。現在、ワシントンDCの外では多くのことが進行し、政府は立ち直ろうとしている。わたしには詳細のすべてはわからないが、それだけは確実だ。信じてくれ」

「信じられるわけないでしょう」ジュニーはいまや頭に血がのぼり、気がおさまりそうにない。

「だが、わたしがあなた方に嘘をつく理由もない。それに嘘をつくなら、JTFの恥をさらすより、もっとましなことを言う」兵士が感情を抑えているのが子どもたちにもわかった。声が張り詰めている。

　短い沈黙のあと、ジュニーの声がした。「いいでしょう。あなたの言うことにも一理あるわ。それで、政府が機能を回復するのを待つあいだ、わたしたちはどうすればいいの？」

「避難場所のそばを離れないように。食料や物資を調達しに出かける代わりに、ＪＴＦに連絡し、必要なものを届けさせるようにしてほしい。ナショナルモールの東端は何があっても避けること。簡単に言えば、許可された区域の外には出ないことだ」

「許可された区域はどこになるの？」ジュニーが尋ねる。

「それは」兵士は口ごもった。「どこからどこまでかは状況によって変わる」

「それは大いに助かるわね」ジュニーが皮肉った。「ありがとう」

「とにかく、できる限りこの建物から離れないように」兵士は警告した。

「何日か前の夜、近くで銃撃戦があったでしょう？」ジュニーが言った。「銃声が聞こえて、閃光が走るのが見えた。ここから二百メートルも離れていなかったわ。そんな場所が安全と言えるの？」

「どうしろと言うんだ？」ＪＴＦの兵士が問い返す。「こっちだってできることはすべてやってる」

「ああ」マイクが言った。「われわれもわかっている」

「だけど納得はしていないわ」ジュニーが付け加えた。

「そうだな」マイクは言葉を切った。「せめてランファン・プラザで何が起きてるのかは教えてもらえないだろうか？　あの黄色い煙……、でなければ粉かもしれないが、あれはいったいなんなんだ？」

　ＪＴＦの兵士はかぶりを振った。「あれについては何も言うことができない」

「子どもたちはディビジョンのエージェントから、危険だからあそこへ行ってはいけない、と言われたそうよ」ジュニーが言った。

「いいか」兵士が応じる。「それは事実だ。あそこへ行ってはだめだ。しかしいま現在、この街にはさまざまな理由から近づいてはならない場所が山ほどある。だから、何を目撃したのであれ、無闇に不安にならないことだ」

「では、あの黄色いやつは危険なのね」

「まあ、それはたしかだ」

「ここにも影響があるかしら」

「いや……それはないだろう」ＪＴＦの兵士が否定した。「率直に言って、何も問題はない。それでも、わたしがあなたたちなら、あれに近づきはしない。とはいえ、こちらに移動してくるわけではない。それが心配なんだろう。しかも大雨が降ったあとだ、おそらく、ほとんどはすでに雨で川に流されている」

「魚には気の毒だな」別の声が階段の下から聞こえてきた。ヴァイオレットが下をのぞくと、ＪＴＦの兵士たちが部屋の前にたむろしていた。彼女はサイードとアメリアを振り返って下を指さし、唇に人差し指を押し当てて、静かにするよう合図した。ふたりはうなずいた。

「数日前から、氾濫した川の水位がふたたび上昇している」部屋の中で兵士は続けた。

「あの区域で何が起きたにしろ、いまでは水の中だ。だが、決して近づかないように」

「つまり、わたしたちは八方ふさがりってわけね」とジュニー。「さっきも言ったけれど、南と西には洪水と汚染物質、ほかはどこも武器を持った狂人だらけ。そしてあなたたちからの助けは期待できない」

「われわれが北側を守っていることを忘れないでほしい。ホワイトハウスから冠水区域まで、そしてこの場所から西は、われわれが休みなくパトロールをしている。大勢が集団で避難しているほかの場所にもJTFは注意を払っている」

椅子が床をこすり、ブーツの足音がして、兵士は部屋の前にいるパトロール隊と合流した。「いいか」彼は言った。「池ではわれわれがあなたたちの役に立ててよかった。これからも可能なときにはいつでも力になる。しかし、間もなくワシントンDCは住めるような場所ではなくなる。それをあなたたちに伝えないのは職務怠慢と同じだ」

松葉杖が石造りの床に当たってキュッと音をたてる。マイクが部屋から姿を現した。

「じゃあ、食料や物資の配達スケジュールはいま決めておいたほうがいいな」

「こちらへ来るついでに、かなりのものを持ってきてある」兵士は言った。「積み荷をおろそう」

ＪＴＦから食料が届けられたささやかなお祝いのおかげで、その夜はきちんとした食事が出された。だがみんなの雰囲気はどんよりと暗かった。ＪＴＦの兵士からの警告は、夕食を待たずしてキャッスルの全員に広まり、どんなに話題を変えようとしても、みんなそのことばかり考えていた。「つまり、ぼくたちは万事休すだってあの人は言いたかったんだろ」サイードが言った。

「違うわ」アメリアが反論する。「そんなこと言ってなかった。わたしたちは気をつける必要があるって言ってただけよ」

アイヴァンは姉を見あげた。「そんなこと、みんなわかってるよ」

「ええ、そうね」アメリアは弟の肩に手を置いた。

「そうだ、ききたいことがあったんだ」ふたりがそこにいるのにいま気づいたかのように、サイードは声をあげた。「きみたちのパパのこと。ディビジョンのエージェントだってどうしてわかったの？　出かける前に〝パパはディビジョンのエージェントだ〟って宣言したとか？」

質問されたアイヴァンは姉を見あげた。「知らない」アメリアが代わりに答えた。「わたしたちはその場にいなかったから。パパは行っちゃったって、ママから聞いただけ。そのあとに……一週間後にはママもいなくなっちゃったし」

それはサイードが――ほかのみんなも――予期していた返事ではなかった。ヴァイオレットは話題を変えることにした。JTFの兵士が話したことを聞いたせいで、みんなおびえている。「ねえ、ワイリー」彼女は言った。「撃たれた穴を見せてよ」

意外にもワイリーはにっこり笑い返した。「うん、見て見て」シャツを引っ張りあげ、慎重にガーゼをめくる。右側の肋骨に空いた穴は、縫合されて紫色にすぼんでいた。まわりに散らばる小さな黒いものは乾いた血だろう。

「うわーっ」サイードが声をあげた。「月面のクレーターみたいだ。へこんだところから線がいっぱい延びててさ」

あー、ほんと、ほんと、と何人かが同意した。たしかに似ている。触ろうとして手を伸ばしたサイードを、ノアが止めた。「だめだよ」

サイードは手を引っ込めた。「あっ、ごめん。でもほんとに月のクレーターみたいだろう。ぼくの言ってることわかるかな?」

みんなちゃんとわかっていた。「うしろはどうなの?」アメリアが尋ねる。「そっちもおんなじ?」

「わかんないや」ワイリーが答えた。「そっちは見てない」注目されてうれしそうだ。

「あのさ、そんなに痛くなかったんだよ」

撃たれたときにワイリーが悲鳴をあげて泣きじゃくっていたことは誰も口にしなかった。自分たちだって同じようにしただろう。

傷跡を見て一気に高まった関心も、少し経つと冷めた。ワイリーはガーゼを戻し、ノアはきちんとテープで止めてあるかを確かめた。そのあとしばらくみんな黙り込んだ。ほかの誰が撃たれていてもおかしくなかった。もっとひどいことになっていたかもしれない。

「わたしたち、どうするの?」シェルビーが尋ねた。「どこへも逃げられなくなったら、どうするの?」

「そんなことにはならない」ヴァイオレットは言った。

「うん」サイードが同意する。「気をつけていればいいだけさ」

「みんな気をつけてたじゃない」シェルビーが指摘する。「なのに撃たれちゃったわ」

「もっと気をつければいいんだって」ワイリーが請け合った。

全員がどっと笑ったが、全員がおびえてもいた。大人たちは何も教えてくれない。それは悪い兆しだと、子どもたちは気づいていた。

CHAPTER 18 アウレリオ

アウレリオがDPFの残りを片づけるのに二十分かかり、その頃には市庁舎での主要作戦はすでに最終段階に入っていた。JTFの上層部は、周辺の守りを崩せば敵はたちどころに結束を失うだろうと踏んでいた。ギャングどもは得てしてそうだ。軍隊のまねごとをして序列と規律を持つかに見えるが、ひと揺すりされるとばらばらになる。

アウレリオは郵便局にいるヘンドリックス中尉と連絡を取ろうとしたが、彼女は作戦行動中で手いっぱいだった。アウレリオは次にISACでロンソンの現況を確認した。ロンソンが任務を放棄したと報告するとしたら、できる限り裏を取っておきたい。エージェントに対する告発は深刻な行為だ。これまで仲間を非難したことなどないが、ロンソンがしたことは裏切り以外に解釈の余地がない。

現在、ロンソンは任務遂行中。ISACが示した情報はそれだけだった。作戦現場から離れたことも、民間人を見殺しにことも付記されていない。

アウレリオはふたたび怒りで煮えくり返りそうになった。ボートでロンソンを追跡し、引っとらえなければ気がおさまらない。

それでもアウレリオは郵便局へ行き、ヘンドリックスが作戦後の報告書作成と検討を終えるのを待った。彼女のデスクの脇に腰をおろし、ブリーフィングルームの窓越しに彼女を眺める。ヘンドリックスは一度顔をあげてアウレリオの姿を認めたが、急ぐ様子はなかった。彼が郵便局に着いてから優に一時間が過ぎた頃、ヘンドリックスはブリーフィングルームから出てきて自分のデスクに戻ってきた。

「エージェント・ディアス」彼女が声をかける。「ここにはなんの用で？」

「いい話じゃない」アウレリオは言った。「今朝、市庁舎での作戦途中、アイク・ロンソンからSOSが入った。現場へ行くと、十数名の民間人が殺されていて、ロンソンの姿は影も形もなかった。ロンソンの位置を確認すると、やつはボートに乗って川を渡ってる最中だった」

ヘンドリックスはこの情報をしばらく思案した。「ロンソンはディビジョンを裏切ったと言っているの？」

「おれが言ってるのは、ロンソンは射撃支援を要請しておきながら、戦闘区域を離れたってことだ。その結果、大勢の民間人が殺された」

ヘンドリックスはデスクのワークステーションにISACを呼びだした。「ISACによると、その作戦は終了し、ロンソンは追跡調査のために川の向こうへ渡ったことになっているわ」

「その情報はおれも見た」アウレリオは言った。「だがデュエイン・パークまで一緒に来てくれれば、事実はそうじゃないことが理解できるはずだ」

「これは極めて深刻な告発よ、エージェント・ディアス」

彼はうなずいた。「ああ。軽率な判断ではない。アイク・ロンソンは嘘の支援要請をして、自分の任務を放棄した。おれの命を危険にさらし、自分が守るべきだった人たちを少なくとも十人以上死なせた。どこをどう取っても、あいつはローグエージェントということになる」

「その情報をISACに入力するわ」ヘンドリックスは言った。「それで彼のスマートウォッチのサークルは、オレンジ色から真っ赤に変わり、自分のステータスがローグエージェントになったとわかる。それを見ればロンソンは最寄りのSHD基地へ出頭するか……」

あるいは、道を外し続けるか……。考えるまでもない。ロンソンが何を目指しているにせよ、どちらの可能性が高いはわかっている。

「なぜISACはあいつの裏切り行為を認識してないんだ？」アウレリオは尋ねた。通例なら、エージェントが任務を放棄すれば、その動きや行動から裏切り行為とシステムが判断する。デュエイン・パークの作戦現場を離れた瞬間に、ロンソンはローグエージェントの烙印を押されていてもおかしくないはずだ。

ヘンドリックスは画面に目を凝らしている。「わからない。ここに表示されている情報からは、彼が何か誤ったことをしたかどうか正式な判断はできないわ。ひとつには、正規のＪＴＦ職員であるわたしにもその権限はないし、もうひとつには、あなたも知っているように、ディビジョンのエージェントが裏切り者《ローグ》かどうかを決めるのはわたしたちじゃない」

「それはわかってる」アウレリオは言った。「だが、ＩＳＡＣがあいつをローグエージェントと認識していないのを見て、おれは何か言うべきだと考えた」

「あなたからの情報はロンソンの作戦経歴にちゃんと加えたわ」ヘンドリックスは立ちあがった。「ＩＳＡＣはまだ彼をローグエージェントとは断定していないわね。この状況にはあなたが知らない理由があるのかもしれない」

アウレリオはその言葉を思案した。「そうかもしれないな。これから調べてみる」

「ワシントンＤＣへ戻るんじゃなかったの？」

問題はそれだ。ワシントンＤＣへは戻りたい。あそこにはより重要な任務があるし、アイヴァンとアメリアをそばで見守ってやれるかもしれない。

しかし、いまワシントンＤＣへ向かえば、アイク・ロンソンを見逃すことになる。アイヴァンとアメリアと同様に、これからの人生がある子どもたちを見殺しにしたロンソンを。それはアウレリオがディビジョンのエージェントになったときに立てた誓いに真っ向から背く行為だった。

アイク・ロンソンは裏切ることを選択した。自分はそんなまねはしない。

「ロンソンは単にサンドイッチを食べに戦闘現場を離れたわけじゃない」アウレリオは言った。「ほかに理由があったんだ。おそらくあいつはいま、別の誰かの指示で動いてる。そいつが何者かを突き止めるのが何より重要だ」

「筋は通っているわね」ヘンドリックスは言った。「ロンソンが本当にディビジョンを裏切ったのなら、彼を見つけて処罰しなければならないわ」

「おれがやる」ヘンドリックスはうなずき、ワークステーション上の画面を新たなものに切り替えた。だが、アウレリオの話はまだ終わりではない。「手を貸してほしいことがひとつある」

ヘンドリックスは彼に視線を戻した。「何かしら」

「あいつの通信情報がほしい。無線を使って誰かと会話していた可能性がある」ＩＳＡＣは、ディビジョンとＪＴＦ両方の人員のデジタル通信および音声通話全般を監視している。これは危機への迅速な対応に欠くことのできないシステムだ。今朝のあの時間にアイク・ロンソンが交わした通信記録を調べれば、狙いを絞り込む助けになるかもしれない。

「彼の通信記録を調べろってこと？」

「そうしてくれると大いに助かる。あいつが誰と通信していたかがわかれば、どこへ行こうとしているのか、それはなぜかを知る手がかりになる」

ヘンドリックスが逡巡しているのは見ればわかった。アウレリオは自分ひとりの判断にもとづいて、ディビジョン・エージェントの通信記録を盗聴するよう頼んでいるのだ。しかし、彼女の観点からは、ロンソンは単に作戦に失敗しただけにも見えるだろう。大統領令第五十一号によって与えられている権限により、ディビジョン・エージェントはＪＴＦに対してみずからの行動を釈明する義務を持たない。よってヘンドリックスにとってロンソンの通信記録の盗聴は、指揮系統を逸脱した行為に当たる。

「何もあいつを裁けと言ってるんじゃない」アウレリオは言った。「おれが正しい決断をくだすのに必要な情報を探してほしいだけだ」

「わかったわ」長い沈黙のあと、ヘンドリックスは同意した。「調べるのは可能よ。でもやるのは午後遅くになるわ」

「結構だ」アウレリオは立ちあがった。「感謝する、中尉」

「どういたしまして。あなたの思い違いであるよう願うけれど、もし本当にロンソンが裏切ったのなら、必ずつかまえて」

「そのつもりだ」

アウレリオは部屋を出て郵便局をあとにし、三十四丁目からハドソンヤードへと向かった。アイク・ロンソンは三時間前に出発し、ＩＳＡＣによるとまだニュージャージーにいる。そこまではわかっていた。アウレリオが次に取るべき行動は、ボートに乗り込み、自分も川を越えることだ。どうするかを考えるのはそれからだ。

ＪＴＦのパトロール船に乗り、ニュージャージーへたどり着いたときには、午後も遅い時刻になっていた。アウレリオはウィーホーケンのマリーナでボートから飛びおりた。マリーナおよび隣接の公園、そしてリンカーン・トンネルへの進入路は、いまではＪＴＦの部隊集結地となっている。ＩＳＡＣは、アイク・ロンソンの現在地を州間高速道路八十号線上と示していた。すでにペンシルベニアの近くまで移動している。ロンソンのステータスに変化はないままだ。ＩＳＡＣが有する情報の上では、アイク・ロンソンは信頼の置けるディビジョン・エージェントだった。

ロンソンはアウレリオを百キロ以上引き離していた。全国的な燃料不足を考えると、おそらくＪＴＦの車両に同乗したのだろう。それとも手引きをする者がいるのだろうか。

それを考えたところで、はっきりしたことは何ひとつわからない。アウレリオはいまできることに集中した。ＪＴＦの部隊集結地へ向かい、コンクリートで舗装されたトンネルの進入路の端に指令所を見つけた。ディーゼルエンジンが吐きだす独特のにおいが漂っている。指令所の開いた戸口の前に、忙しげな様子のＪＴＦの兵士が立っていた。彼はアウレリオを見て会釈した。

「ちょっといいかな」アウレリオは声をかけた。「ＪＴＦのトラックに同乗させてほしいんだが」

「行き先は？」

問題はそれだ。アウレリオは思案した。アイク・ロンソンはどこへ向かっているのだろう？　ＩＳＡＣでロンソンの現在地を調べると、ペンシルベニア州ストラウズバーグ郊外にいた。「ストラウズバーグではどうだろう？」

兵士は運行表を確認した。「今夜はそっちへ向かう車はないな。ハリスバーグなら連れていけるが」

ハリスバーグ。ストラウズバーグよりさらに西だ。そしてミシガンまでの最適ルートからはかなり南へずれる。だがそれだけの距離を車で移動できれば、歩くよりはるかに時間を短縮できるだろう。「それに乗せてもらおう」アウレリオは言った。兵士は進入路の反対側でアイドリングしているトレーラーを示した。アウレリオは進入路を横切ると、トレーラーの荷台の中で積み荷を固定している運転手を見つけた。

「このトラックはハリスバーグ行きかい？」

運転手は伸縮性のあるロープを留めると荷台からおり、ドアを閉めた。「小便してサンドイッチをもらってきたらすぐ出発だ。なんだ、乗りたいのか？」

「ああ、実はそうなんだ」アウレリオは言った。

「かまわんぞ」運転手は指令所のそばにある低い建物のほうへ歩きだした。首をめぐらせて尋ねる。「あんたもサンドイッチがいるか？」

「お願いする」アウレリオは言った。運転手が親指を突きだしてみせる。アウレリオはトラックの助手席側に回り、座席に乗り込んだ。

CHAPTER 19 エイプリル

運河を旅して四日目になると、エイプリルはようやくリラックスし始めた。

彼女の乗った荷船はセミトレーラーをふたつ連結したぐらいの大きさで、長さは十五メートル、幅は六メートルほどだろう。甲板は三つに分かれている。船員の居住区、家畜用の囲い、積み荷置き場。船首側にある船員の居住区は、ベニヤ板に釘を打ち、防水シートをかぶせた差し掛け小屋だ。家畜用の囲いは船尾のほうにあり、羊と山羊が十数頭押しこめられている。その中間に麻袋と木箱が山積みにされていた。家具、鉄材、車のエンジン、タイヤの小山のほか、袋や木箱に入らないものも寄せ集められている。帆柱とていねいに折りたたまれた帆が、右舷の船べりに沿って置かれていた。

最初の三日間でハドソン川からモホーク川へと入り、ユーティカとロームの町を通過した。運河沿いの道を歩かせている馬かラバに牽引させ、たいていの荷船は二十四時間移動する。かつては曳舟道《ひきふねみち》が存在したが、いま動物たちが歩くのはもっぱら舗装された自転車用道路だ。運河にはかなりの数の水門があり、出くわすたびに止まらなければならない。毎回、下流と水位が同じになるまで水門番が堰の水を排出し、水門開放後、今度は上流側と同じになるよう水を戻す。この作業をすべて人力でやるため、水門の通過にはおよそ一時間かかった。幸い、これまでのところ故障した水門には遭遇していない。荷船の船長によると、航行中に少なくとも一度はどこかで故障に出くわすそうだ。船長の名前はソニア・ウィットモア、元海軍兵で航海を趣味とし、いまはパートナーのジュリア、それに息子ふたりとともに荷船を運航している。

四人家族の全員が無事でいるのに、エイプリルは驚いたものだ。マンハッタンではそんなことはほとんどない。「そうね、わたしたち家族はみんな生き延びた」ソニアは言った。十二歳になる双子の息子、ティムとジェイクは船首でロープを巻き、道にいる馬たちに目を配っている。「運がよかったのよ」

ソニアとジュリアの話では、ドルインフルはオールバニーとその周辺にも広がったものの、より人口が密集している大都会ほど猛威を振るうことはなかったらしい。この地域の死亡率がどれほどだったかは、ソニアにはわからなかった。「大勢死んだのはたしかね。電力が途絶えて、テレビとかカーステレオとか、そういうたぐいのものがなくなり、ずいぶん静かになったもんよ」

電力もガソリンも当分は供給されないと明白になるや、エリー運河沿いに暮らす人々は運河を道路交通の代替手段と見なすようになった。一九五〇年代、州間幹線道路整備計画の誕生により、河川運輸の商業利用は幕をおろしたが、いまはふたたび潮目が変わった。

「そこでわたしたちは川をくだって使える荷船を見つけ、それを運んできて、運送の仕事を始めたってわけ」ソニアが言った。

「バッファローまで一週間で行けると聞いたわ。本当なの？」残りの道のりをどうするかはまだ考えていない。エイプリルはとにかく順序立てて計画を立てることにした。この数ヶ月を生き抜いてこられたのは、そのやり方のおかげと言ってもいい。

「故障した水門に出くわさず、途中でトラブルに見舞われなければ、おそらく一週間で着くはずだ」ソニアは答えた。

「トラブルに遭う頻度はどれくらいなの？」

「そうだね、まだそれほどの回数は航行しちゃいないから……」ソニアはしばらく考えた。「今回で四度目。気候がよくなるまで船を出すのを待たなきゃならなかった。それで、これまでトラブルに遭ったのは一度きり。でも」差し掛け小屋のそばに立てかけてあるエイプリルのショットガンを顎で示す。「そいつがあれば心配ないだろう」

ブレイクにおろされた最初の水門で、エイプリルは荷船に乗れないかときいて回った。彼女が最初に問い返された質問は銃のことだった。使い方はわかるのか？　わかると答えると、水門の管理人のひとりがジュリアを呼び、続いてジュリアがソニアを呼んで、それから二時間後、エイプリルはエリー運河を西へと進んでいた。船の前後には銃を持った見張りがひとりずつ立ち、二十四時間警戒にあたる。羊のにおいがしない分だけ、船首のほうが楽だった。

四日目の朝、エイプリルはその船首に立っていた。水門を通過し、ここからは東西に長く延びるオナイダ湖を横断する。湖岸に沿って多くの家屋が立っているため、馬は使えず、帆走《はんそう》するしかない。エイプリルは帆柱を立てて帆を張るのを手伝うと、あとは見ていることしかできない。帆走についてはまったくの素人だ。五月のニューヨーク州北部ともなれば、風には恵まれているが、ほとんどは西からの向かい風のため、ジュリアと双子は舳先《へさき》の向きを忙しく変えて湖をジグザグに進んだ。「湖の向こう側にある運河の入口までは三十キロだけど、このやり方だと八十キロぐらいになる」ソニアは帆を操作するジュリアと双子を眺めながら言った。「しかもこの荷船ときたら、ブタみたいにぐるぐる回るんだから。しばらくかかるよ」

「わたしは急いでないから」エイプリルは言った。事実ではないが、そんな気分だ。二十一世紀にもなって、エリー運河を荷船で旅しているなんて、まだ現実とは思えない。現代の文明社会にまつわるものすべては、なんともろかったことか。電力を奪われると、社会は一世紀以上も後退する……例外は政府組織とＪＴＦぐらいだ。運河に沿ったいくつかの場所では、電気の光が認められた。ソニアの説明では、風車を動かす方法を見つけ、そこかしこで電力が回復しているそうだが、利用できる地域は限られている。

すべてが地域単位。それがいまとウイルスが蔓延する以前の世界との大きな違いだ。

徒歩で数時間の距離で状況ががらりと変化する、この新たな現実の中、エイプリルは千キロを旅してワクチンの影を、さらにはビルが殺された理由に迫る真実の影を追っている。そうする必要はない。荷船のひとつで働くこともできるだろう。運河沿いに点在する小さな町のどれかで新たな暮らしを築くこともできるだろう。どこもかしこもニューヨークと同じわけではない。たしかにここオナイダ湖でさえ、人々は船上で銃を持ち、湖畔からの襲撃に備えて船首と船尾で目を光らせている。だが見張りたちはトラブルが起きるとは本気では考えていない。それは武器をデッキチェアや船べりに無造作に立てかけている様子からわかる。これがニューヨークなら、見張りはいつでも発砲できるよう身構えているだろう。あそこでは、自分のポケットの中身のために、いつなんどき殺されかねないと警戒するのがごく当たり前になっている。

実際にポケットに何か入っていようといなかろうとだ。エイプリルはこの五ヶ月間、ブイヨンの瓶とか携帯用の多目的工具でも持っているのではないかというだけで、命を奪われる恐れのある場所に暮らしていた。

それがいまは……湖畔には焼けた家もあるが、無事な家もある。桟橋《さんばし》で糸を垂らしている釣り人が荷船に向かって手を振ったので、エイプリルは振り返した。

こんな暮らしに慣れることもできるだろう。

だがそのつもりはない。エイプリルには完遂すべき目的があり、必ずそれをやり遂げる。そのあとは……。

そのあとのことは未来に任せよう。エイプリルは自分に言い聞かせた。目の前のことに対処しなさい。

「運河に戻ったら」ソニアが風に負けないよう声を張りあげる。「もう少し警戒を強めるよ。そこから先には……なんて呼ぶんだろう、ギャングって言うのか、狂信者って言うのか、そういう連中がいるんだ。たまに足止めを食らわされそうになるし、連中の馬を使わせてもらうのに、いつも法外な取り引きを要求してくる」

「用心するわ」エイプリルは応じた。

「すまないね」ソニアが言う。「あんたがずいぶん平和そうにしてるから、先に雰囲気をぶち壊しておいたほうが、あとでびっくりさせるよりいいと思ったんだ」

エイプリルは笑った。「ありがとう、気が利くわね」

風向きが変わり、荷船はぐるりと旋回した。いまは湖の中ほどだ。「帆走《セーリング》するのはこれが初めてよ」エイプリルは言った。

「これはセーリングとは言えないよ」ソニアが返事をする。彼女は積み荷のほうへ足を踏みだし、木箱を押し戻した。エイプリルも加わり、船の揺れで積み荷が動かないようにした。「いつかそのうち」ソニアが続ける。「何もかも終わったら、本物のセーリングに行きな。ミシガンでの用事のあと、こっちへ戻ってきて、わたしたちを探したっていいんだしさ」

なんてすばらしい可能性だろう。何もかも終わって次へ進む。「すてきね」エイプリルは言った。

エイプリルのどこか悲しげな声音に気がつき、ソニアは少し真剣になった。「そもそもなんでミシガンへ行くんだい？　何をしようとしてるのさ？」

どこまで打ち明けようか。「ちょっとクレイジーな話に聞こえるでしょうけど、わたしの夫はブラックフライデーの直後に殺害されたの。ミシガンにはその理由を知ってる人がいるかもしれない」

「それは気の毒なことだったね」ソニアは言った。

エイプリルはうなずいた。「ウイルスで死んだのならよかった、と思うこともある。それだったら素直に悲しみ、それを乗り越えて次へ進める。だけどあんな死に方では……忘れることはできないわ」

ソニアはしばらく黙っていた。ジュリアと双子にはこの会話は聞こえていない。彼らは向かい風に対して帆を正しい角度に保とうと必死だ。やがてソニアが口を開いた。「自分たちのまわりで世界が崩壊してるようなときだ。朝、自分をベッドから起きあがらせる理由があるのは、いいことなんだろうね」

エイプリルは思わず笑みを浮かべた。「そう思ったこともあるわ。でも……区切りって言葉は嫌いだけど、自分の心に区切りをつけたい」

ソニアは自分の家族を見つめている。「そうだね。家族をひとりでも失ったら、わたしはどうすればいいかわからないいな」

「あなたたちはウイルスの蔓延した世界を生き抜いた」エイプリルは言った。「一番の山場は越えたわ」

ウイルスがふたたび猛威を振るわない限りは。エイプリルはそう思ったが、口に出すつもりはなかった。

その日の午後遅く、ボールドウィンズヴィルの町に到着した。セネカ川の早瀬を避けるには、そこで水門を通過する必要がある。湖を抜けたあとは帆柱を倒し、右舷の船べりに沿って収納した。帆柱の長さは船体とほぼ同じだ。「ここがさっき話した場所だよ」水門の水が抜けるのを待つあいだ、ソニアが言った。ジュリアは岸にあがり、オナイダ湖の西端からここまで荷船を馬で曳いてくれた子どもに支払いをしている。

きしみをあげて水門が開き、子どもは馬を前へ進めた。荷船が水門の内側に入るなり、引き綱を放り、自分の馬を連れてそそくさと引きあげる。どうやらボールドウィンズヴィルには必要以上にとどまりたくないらしい。

曳舟道があるほうとは反対側に、古びたホテルが立っていた。そこから髭面の一団が出てきた。全員武装している。中でも最も年を取り、最も白髪の多い男が、引き綱を拾いあげた。「馬が必要なんだろう」

「そうだよ、ディーコン」ソニアが言った。「馬を使わせてもらえれば、こっちは喜んでそれに見合ったものを差しだす」

「ほう、そいつは本当かな」

そこから先の交渉に、エイプリルはさして注意を払わなかった。手にしたショットガンを水面へ低く向け、船首からディーコンの仲間に目を光らせておく。男たちの表情は孤立した狂信者に共通のものだ。猜疑心《さいぎしん》に満ち、飢えている。なんであれ自分たちが信じるものの名において血を見ることができるよう、間違いが起きるのを待ち構えているかのようだ。

男たちに注意を向けていたため、ディーコンがこちらを指さして何か問いかけていることに、エイプリルはすぐには気づかなかった。「ごめんなさい、なんて言ったの？」

「どこから来たかと言ったんだ」

「オールバニーよ」エイプリルは答えた。

「その前だ。そのバックパックは見たことがあるぞ。あんた、政府のエージェントだな」

「違うわ。これはただのバックパックよ」エイプリルは片腕を見せると、ショットガンを持ち替えて反対の腕も見せた。「ほら、スマートウォッチがないでしょう。エージェントを見たことがあるなら、彼らがウォッチをはめているのは知ってるはずよ」

「ふん」年配の男は言った。「最近じゃ、このあたりでも政府の連中を見かけることが増えてきた。車両隊にヘリコプター。高速道路を使った輸送。連中はわしらに面倒をかけずにここを通過していくが、あんたが連中の仲間なら、こう伝えろ。わしらにちょっかいを出さなけりゃ、こっちは何もしない。わしらは自由民だ」

「わかったわ」エイプリルは言った。

「取り引き成立でいい、ディーコン？」ソニアはビニール製のトートバッグを両手に持っている。中身はわからないが、ソニアの足の踏ん張り具合からして、ずっしり重いのは見て取れた。

ディーコンはまだ考えを口にする気にはなれないとばかりにソニアを眺めた。それから仲間のひとりにうなずきかける。男は走りでると、下流にある橋を渡っていく。数分後、運河の反対岸からラバの一隊を引いて戻ってきた。少年がひとり、男とともに歩いている。

引き綱をくくりつけたあと、男は少年の髪をくしゃくしゃに撫で、橋のほうへ戻った。

「この坊主に寝る場所をちゃんと与えてやれ」ディーコンは言った。

「この前と同じようにするよ」ソニアが応じた。

ディーコンはうなずいた。そして、ちょうど引き綱を結わえ終えたティムとジェイクを指さした。「そのふたりはここへ置いていけ。面倒はこっちで見てやる」

ソニアが怒りをこらえているのは見ればわかった。ジュリアにちらりと視線を移すと、その顔には同じ感情が滲みでている。一触即発の状況だ。エイプリルは体重を両足にかけ、ショットガンを腰の上へわずかに持ちあげた。

「それは遠慮するよ、ディーコン」ソニアが言った。「船の仕事を手伝ってもらわなきゃならないんでね」

ディーコンは長いことソニアをにらみつけた。苦々しさと軽蔑が顔にありありと表れる。「いいだろう。とっとと行け」

上流の水門がギシギシと音をたてながら開き、荷船はセネカ川の主流へゆっくり進みでた。川を進み、男たちの姿が見えなくなるまで、エイプリルは警戒を解かなかった。それから長々と息を吐いた。「ウイルスはわたしたちみんなを昔へ逆戻りさせた」黄昏の中でジュリアが言った。「中には文明以前に戻った連中もいるのよ」

CHAPTER 20
ヴァイオレット

池で襲われたあと、キャッスルの大人たちは新しいルールを作った。食料や物資を探しに行くときは、必ず武器を持って大勢のグループで出かけること。それに大人たちは毎日ＪＴＦから状況説明を受けて、この区域にいる市民軍の動向を確認することになった。銃を増やしてもらうか、常駐の守備隊を置くよう、ＪＴＦに交渉もするそうだ。

それから、大人の付き添いなしには、子どもたちはキャッスルからどの方角へも、一ブロックまでしか行けないことに決まった。

子どもたちは反対した。だが、ワイリーを見て、そうするのがいいのだろうと納得した。ここひと月ぐらいのあいだ、ワシントンＤＣはわりと安全だったのに、いまはまたどんどん危険になっていた。みんな、いままでと同じというわけにはいかないのだ。

だから子どもたちは毎日キャッスルの敷地内で過ごし、仕事があるときは手伝いをしていて、そうでないときはみんなで遊んだ。ジュニーはなんらかの学校を始めると話していたが、キャッスルの全員が忙しすぎて、そこまで手が回っていない。

ワイリーが戻ってから三日後、天気が変化した。太陽が顔を出し、湿度が上昇した。泳ぐことのできるプールがあればいいのにと思うほどだ。キャッスルにも小さなプールがあるものの、水がよどんで虫がいる。サイードがどこからかチョークを見つけてきたので、子どもたちはコンクリートの地面に線を引き、アイヴァンがマンダリン・オリエンタルホテルから持ってきたサッカーボールを使って、ボールゲームをやった。ワイリーはみんなで図書室から引きずってきた椅子に座り、それを眺めている。

「菜園にボールが入らないように気をつけるんだぞ」大人たちのひとりが通りすがりに注意した。子どもたちは気をつけると約束した。

「大人の付き添いなしにどこかへ行ったら、ばれるかな？」屋外で子どもたちだけになると、アイヴァンが言った。大人はみんな食料を探しに出かけているか、屋内で何かしていた。「だってさ、ぼくたちをずっと見張ってることってできないよね」

「そうだね」ヴァイオレットは応じた。まだ数日とはいえ、窮屈な場所に閉じ込められた気分だ。それでも、誰かが見守ってくれているのは安心できた。マイクとジュニーは、子どもたちが安全でいられるよう気づかってくれる。誰からも面倒を見てもらえない子どもだって街にはたくさんいるだろう。

しばらくすると、ヴァイオレットはボールゲームに飽きてきた。一日じゅう外で遊ぶには暑すぎる。彼女は建物の中へ入った。古い歴史書や参考文献以外の本が、ひょっとしたら見つかるかもしれない。キャッスルの中は、とりわけ分厚い石壁のそばは、ずっと涼しかった。彼女は一階にある図書室の中を時間をかけて見て回った。蔵書の多くはなくなっていた――冬のあいだ、本を燃やして暖を取ったと誰かが話していた――けれど、そこかしこにまだ少しだけ残っている。ほとんどはワシントンDCやスミソニアンの歴史について書かれた退屈な本だったが、世界各地の名所が載っている写真集が何冊か見つかった。パラパラとめくりながら、ヴァイオレットは思った。こういう場所を自分の目で見ることがあるのだろうか。アメリカ合衆国の外へ出たのは一度きりで、トロントでの会議にパパが家族みんなを連れていってくれた。CNタワーのてっぺんからの眺めはいまも覚えている。天候に恵まれ、ナイアガラフォールズの街が一望できた。カナダに入るときにはその街を通過し、トロントからの帰りには滝を見に立ち寄った。

いまや世界は滅茶苦茶で、あんな遠くへ行くことは二度とできそうにない。はるか遠い場所の絶景を眺めていると、憂鬱な気持ちになった。タージ・マハルにも、ピラミッドにも、万里の長城にも、一生行けないだろう。

自分ひとりでは、一ブロック先にさえ行けない。

ヴァイオレットは本を閉じ、湿度が高くてひんやりとした図書室で座っていた。図書室と正面玄関をつなぐ吹き抜け部分を歩く人たちの話し声がする。食料を探しに行って、帰ってきたところらしい。「これからはもっと遠くへ行かなきゃならないな。このあたりには何も残ってない」ひとりが言った。この声は知っている。男性の顔を思い浮かべることもできる。赤毛で、四月でも日焼けをしていて、下の前歯が一本欠けている――でも名前は知らなかった。「アレクサンドリアに渡ることができればな……」

「メリーランドへ行くほうが簡単じゃないのか？」ふたり目の声の主も、すぐに顔が浮かんだ。インド人かパキスタン人で、太い口髭を生やしている。それにすごく背が高い。名前も覚えている。ディリープだ。前は政府の職員だったが、どんな仕事かは忘れた。

「いやいや、あっちはどこも……ほら、リンカーン記念堂から先の隔離地域で何があったかは覚えてるだろう？」

「ああ、あれはひどかった」

「ひどいどころじゃない。しかもいまはさらに悪化してる。ＪＴＦは車両に乗っていない限り、近づこうとさえしないだろう。だがバージニア州なら、橋を渡って食料を探せるんじゃないか」

「ぼくも行こう」ディリープが言った。

「ああ、ジュニーとマイクに話してみよう。どのみち何か手を打たなきゃならないんだ。ここでまかなっている避難者は、そうだな、百人ほどか？」

「それぐらいだ」

「タンポポの葉っぱや庭に植えてるものだけで、それだけの人数をまかなえるものか。とにかく、おれはジュニーを探してくる。あとでな、ディリープ」

「わかった、ダリル。あとで話を聞かせてくれ」

ドスドスと階段をあがる足音が聞こえる。それから中央玄関のドアが開いて閉じる音がした。ディリープは外へ出たのだろう。

大人たちは食料の心配をし始めたのだ。まずい状況だ。ここには広い菜園があるし、種子はJTFが配給してくれるが、片方の男性――ダリル――の言っていたことは正しい。菜園だけで百人が食べていくのは無理だ。

ドアがふたたび開き、暑くて喉が渇いた、と仲間たちが文句を言いながら入ってくるのが聞こえた。ヴァイオレットは立ちあがり、図書室を出た。みんなはワイリーを待って、まだ階段の下にいた。ワイリーの具合はずいぶんよくなっているが、ゆっくり動かないと傷が痛むのだ。

ダリルとディリープが話していたことをみんなに報告するつもりだったのに、ヴァイオレットの口から飛びだしたのは、まったく別のことだった。「ねえ、みんながこれまで行ったことがある中で、一番遠い場所ってどこ?」自分の胸を指さして言う。「わたしはトロント」

アイヴァンとアメリアは、メキシコのサカテカスにいる親戚を一度訪ねたことがあった。

ワイリーとノアはフロリダとシカゴに行ったことがある。「どっちが遠いかはわかんないや」ノアが言った。「シカゴかな」

シェルビーは両親の出身地であるサンフランシスコだ。

「ぼくはスーダンで生まれたんだ」サイードが言った。「だから、そこが一番遠いってことになるね」

「あー、それじゃサイードが一番遠いな」ワイリーが尋ねる。「ヴァイオレット、なんでそんなことを考えてたのさ？」

「いつかまた行くことがあるのかなって」ヴァイオレットは答えた。「暗い話をするつもりはないんだけどね。トロントに有名なタワーがあるんだ、世界一高いやつ。あっ、何年か前に抜かれたんだっけ。そこの展望台って、どこまでも見渡せるような感じなの。それで、三百メートルぐらい上空にいたんだけど、もう二度とあんな高いところへは行けないかもしれない。外国に行くこともうないかもしれない。それに……」目がチクチクし始め、深く息を吸い込んだ。「それで、みんなはどうかなって考えたの」

「きっとまた行けるよ」アイヴァンが言った。

シェルビーがうなずいて付け加える。「うん。何もかもよくなるもん」

一瞬にして、ヴァイオレットはお姉さんモードに切り替わった。年下の子の前では、お姉さんのふりだけでもしないと。「きっとそうだね。何もかもこれからよくなる」

「もうだめだ、水がほしい」サイードが言った。「干あがって倒れそうだよ」

子どもたちは階段をあがってキッチンへ行った。昼食にはまだ早いが、料理係は軽食とポリタンクに入れた水をくれた。それを持って、みんなでバルコニーに出た。ナショナルモールを望む北側に移動する。ここなら日陰だ。大気は霞み、ホワイトハウスの輪郭が少しぼやけている。右側にあるキャピトル・ビルはバリケードですっかり取り囲まれていた。キャピトル・ビルとキャッスルにはさまれたナショナルモールの一角には、ウイルス発生後、たくさんの人が埋葬された。航空宇宙博物館のちょうど前だ。

サイードも同じ方向を眺めている。「ぼくが本当に行きたいのはあそこだ」

「あそこの博物館？　いまじゃ、銃を持った悪い人たちでいっぱいなんでしょ？」

「違うよ」サイードが言う。「宇宙。ぼくが行きたいのは三百メートル上空じゃない。地上から何千キロも、何万キロも離れたところだ。ぼくは絶対に行く。疫病の大流行はこれまでだって何度もあった。最後は必ず何もかもよくなる」

そうかもしれない、とヴァイオレットは思った。だが頭の中ではダリルの声が響いていた。食べるものがなくなったら、みんなどこへも行けなくなるだろう。

CHAPTER 21
アウレリオ

日が沈みかけた頃、空になったトラックは州間高速道路八十三号線をおりてすぐのハリスバーグで、長距離陸送便のサービスエリアに停車した。「着いたぞ」運転手が言った。彼の名前はアブディ。ＪＴＦには撤去する時間も人員もない道路上の放置車をよけて進んだ九十分のドライブのあいだに、アウレリオはアブディの半生をすべて知った。スーダンに生まれ、子ども時代の大半を難民キャンプで過ごし、ちょうど合衆国へ来たところで、胸に抱いていただろうアメリカン・ドリームの幻想は、ウイルスによって引き裂かれた。

「だがな」アブディは言った。「おれは息をしてる。それに仕事だってある」

たしかに、大勢の者はそう言うことさえできない。アウレリオはアブディと握手を交わした。「乗せてくれてありがとう」礼を言ってトラックをおりる。アブディも降車すると、トラックの前を回ってＪＴＦの兵站事務所に向かう。次の荷物を確認しに行くのだ。

八十三号線は南北へ延びている。高速にのって南へ向かえば、バルチモアを通り抜け、四、五時間でワシントンＤＣへたどり着く。アイヴァンとアメリアを見つけだして抱きしめ、華奢な腕が自分の肩にしがみつくのを感じることができるのだ。そう気がつき、アウレリオの胸はうずいた。

しかし、彼が向かうのは別の道、北西だ。それが務めなのだから。

子どもたちは心配ない。アウレリオは自分に言い聞かせた。大勢と一緒にいて、誰かに面倒を見てもらっている。だから大丈夫だ。「アブディ、あの事務所にＪＴＦの指令所もあるのか？」

「おれが知ってる限りじゃそうだな」アブディが答えた。

アウレリオは事務所へ行き、自己紹介した。必要なのは、アイク・ロンソンの追跡を続行する前に、ひと晩眠れる場所ぐらいだ。当直の兵士は出入り道路のすぐ北側を指さした。そこにあるモーテルが間に合わせの兵舎に使われている。アウレリオはモーテルへ向かい、見張りに立っていた男に部屋を教えられた。真っ先にバスルームの蛇口を回してみた。何も出てこない。まあ、そうだろう。ほとんどの地域は断水している。ニューヨークが例外なのだ。悪夢のような街とはいえ――終わりのない暴力と混乱、封鎖による食糧難、人口密集地区での疫病再発の恐れ――少なくとも水には不自由しなかった。

朝は吊るしたバケツの下で体を洗うことになりそうだが、とりあえずベッドはある。アウレリオはマットレスに腰をおろし、尻を弾ませた。何ヶ月間も、横になれさえすればどこでも寝てきた。だから、ベッドのある場所は無条件にうれしい。今夜はぐっすり眠れそうだ。ただし、子どもたちのことを考えるのをどうにかやめられれば。

デュエイン・パーク南のエレベーターホールへ、思考が引き戻される。大勢が殺された。子どもたちも。アウトブレイクからの数ヶ月でおびただしい数の死者を目にしてきたが、あのエレベーターホールにいた人たちは、誰ひとりとして死ぬ必要はなかった。

アウレリオの頭の中には明確な証拠があった。遺体はどれも身を寄せ合っていた。そして、ロンソンがエレベーターホールからなんであれ防衛を試みた痕跡は皆無だった。それどころか、彼らを駐車場から逃がそうとした形跡さえない。アイク・ロンソンは必要とされていたときに責務を放棄し、民間人を見殺しにした。その責任を必ずロンソンに取らせてやる。ほかにどんな任務を課されていようと。

通信機から着信音がした。応答すると、ヘンドリックス中尉の声が聞こえた。「エージェント・ディアス。あなたが興味を持ちそうなことがわかったわ」

「聞かせてくれ」

「いまそっちへ送信中よ。どういうものか簡単に説明するわ。もともとは暗号化された通話で、当初ISACは拾いあげなかった。でも、ロンソンの通信記録を調べたら、今朝の六時四十分に、彼の音声記録のどれとも一致しない会話が見つかった。そこでその時間の通話に戻ると、彼の回線にノイズが入っているのがわかった。そこだけ切り取り、暗号解読システムにかけてみたの。大半の部分は意味不明だけれど、聞き取れる部分を送っておくわ」

「どんな内容だったかぐらいは教えてもらえるかな？」

「こう言っておくわ。今朝の時点では、あなたの話を信じてはいなかったけれど、いまは信じるほうに傾いている」

「それはどうも、中尉」ヘンドリックスが通話を終了した。スマートウォッチの盤面でアイコンが光り、音声ファイルの受信を知らせた。アウレリオはタップして耳を澄ませた。

〝センチネル、こちらはマンティス……マンハッタンの外へ出た……通信を傍受……接触し……援助を提供……〟

ロンソンの声ではない。つまりセンチネルがロンソンで、通話相手がマンティスで間違いない。

そのあとロンソンの声がした。〝確認するが、ミシガン州と言ったのか？〟甲高い音と意味不明な声が続いたあと、もうひとり、マンティスの声がまた始まった。

〝周波数の変更……通信終了〟

音声ファイルはそこで終わった。

アウレリオはもう一度再生したが、ほかの単語は聞き取れなかった。ヘンドリックスは暗号解析を続けるだろうか。対諜報活動は彼女の任務の大部分を占める。だから続行するだろう。とりあえず、わかったことがいくつかあった。

ひとつ。アイク・ロンソンはディビジョン以外の組織に従っている。

ふたつ。その組織との連絡役の名はマンティス。

三つ。これは推測だが、アウレリオには確信があった——マンティスはマンハッタンを脱出した何者かを探すためにロンソンを送りだした。

四つ。これも推測だ——何者かがミシガンへ向かっている。ロンソンか？　それともロンソンが接触し、援助を提供することになっている相手か？

疑問。マンティスとは何者か？　ロンソンは誰を探している？　探す理由は？　彼らはどこへ向かっている？

確かめる方法はひとつだ。アイク・ロンソンが西を目指しているのはわかっている。だからアウレリオも西を目指す。たとえミシガンまで歩き通すことになっても。

ベッドの上で伸びをし、腹が減っているのに気づいた。サービスエリアまで戻ってみると、ＪＴＦの配給所があった。主にドライバーのために、食べるものが用意されている。アウレリオは中へ入り、サンドイッチとコーヒー、キャンディバーを受け取った。すべて部屋まで持っていき、腰をおろして、自分が知っていることと、自分の直感が告げることに考えをめぐらせた。ここで直感を信じるべきか、それともアイク・ロンソンを好きにさせるべきか。ローグエージェントひとりを見逃してなんの害がある？　あいつの目的地がミシガンだとして、自分がわざわざそこまで追跡する必要はない。ニューヨークやワシントンＤＣでやるべきことは山ほどある。それどころかおそらくここハリスバーグでも、ディビジョンのエージェントは必要とされているだろう。どこであれ、人がいる場所にはまだまだ問題がある。

アウレリオはブーツを脱いだ。ウイルスの蔓延以後、真にくつろげるのはブーツを脱いだときだけになった。そうできるほど安全であれば、ただちに出動を要請されることはないからだ。ここペンシルベニア州ハリスバーグのサービスエリアの端で、彼は安全を感じていた。朝になれば解決すべき問題が多々あるが、いまはそのどれも解決することはできない。

いまできるのは眠ることだけだ。とはいえ、なかなか寝つけそうにない。アウレリオはベッドに横たわり、アイク・ロンソンと、正体不明のマンティスの会話を再生した。彼女は何者だ？　どんな組織に属している？　組織の目的は？

そして、アイク・ロンソンにディビジョンへの誓いを破らせた理由はなんだ？

アウレリオはロンソンの位置を確認しようとしたが、ＩＳＡＣは現在地ではなく、最後に確認された位置を表示した。まだストラウズバーグだ。大都市の外では、ＩＳＡＣは受信状況が悪いときがある。全国各地の安全な場所に電波を増幅する電波塔が設置され、ネットワークの安定を図っているものの、山岳地帯や磁気嵐の最中は百パーセントの信頼性を保証できなかった。だから通信障害のせいかもしれないし、ロンソンはなんらかの理由でストラウズバーグにとどまっているのかもしれない。その理由は想像するしかなかった。

誰かを探しているのか？　〝マンハッタンの外へ出た……接触し……援助を提供……〟という会話の部分はそれで説明がつく。だがロンソンが探している相手を示す情報はほかにない。また、ロンソンの目的地に関する唯一の手がかりは、おそらくミシガンへ向かったということだけだ。しかし、ミシガンのどこだ？　デトロイトか？　あるいはランシングか？　ミシガンにある軍事施設といえば、思いつくのは州の北部にある閉鎖された空軍基地のみだ。

ロンソンが探している相手がわかれば、大きな手がかりになるのだが。そうすれば、その人物がミシガンへ行く理由を探りだせるかもしれないし、目的地を絞り込める。ひょっとすると、アイク・ロンソンもその人物を探す理由を知らされていないのではないだろうか。ロンソンはアウレリオよりは情報を持っているだろうが、そこまで優位な立場にはないのかもしれない。

自分が持っているわずかな手がかりについて熟考するうち、アウレリオはうとうとし始めた。今夜はもうやめておこう。明日になれば、ＩＳＡＣがアウレリオの現在地をつかむかもしれない。音声をさらに解析したと、ヘンドリックス中尉が連絡してくるかもしれない。可能性はいくらでもある。

明日もできるだけ移動距離を稼ぐぞ。この件をさっさと終わらせ、ワシントンＤＣへ行くのだ。
だがその前に、いまは頭を空にして眠りにつこう。

CHAPTER 22
アイク

アイクが乗り込んだＪＴＦの車両はストラウズバーグ止まりだった。国立保養地に指定されているデラウェア・ウォーター・ギャップで、なんらかの任務が展開され、車両はこれからその後方支援を向かうのだ。野戦指揮官から任務への参加を要請されたが、アイクは優先度の高い任務があることを理由に断った。それは事実だ。ディビジョンの任務ではないにしても。

「どうにかならないか？」ＪＴＦの指揮官は年若く、不安げだった。おそらく高校から予備役将校訓練課程に入って士官学校を出たばかりなのだろう。アイクはそう見当をつけた。ウイルス蔓延まで実戦経験は皆無、そしていまは途方に暮れているといったところか。「テロリスト・グループが、この近くにある州間高速道路八十号線上の橋の爆破計画を立てている。八十号線が使えなくなったら、ニューヨークまでの供給ラインの距離が延び、大勢の暮らしに支障が出るんだ」

アイクは思案した。「テロリストの居場所はわかっているのか？」それがわかれば、アドバイスぐらいは与えられるかもしれない。

指揮官は地図を取りだし、車のボンネットの上に広げた。風に飛ばされないよう片側の隅を押さえる。アイクは反対の隅に手をやった。「このあたりだ」指揮官はデラウェア川付近の森林地帯をおおまかに指でなぞった。「連中はひと月前にＪＴＦの車両隊を襲撃し、プラスチック爆弾を入手した。その後の調べで橋の爆破計画をつかんだが、前回送りだした部隊は戻ってこなかった」

アイクは地図を見た。ハイキングコースを目でなぞり、森林沿いに小さな町がいくつかあるのに気づいた。この場所から二十キロ以内に橋は少なくとも四つ。そのすべてを防衛できるほど、ここのＪＴＦの規模は大きくない。テロリスト・グループがよほど少人数なら話は別だが、それは期待できないだろう。「その部隊から最後に連絡があった場所は？」

「ここだ」指揮官は八十号線のすぐ北側、オールド・マイン・ロード沿いに複数の中州がある地点を指で叩いた。

三十六時間後にはマンティスに連絡を入れなければならない。彼女は任務の進展を知りたがるだろう。一方、ここで協力を拒めば、このＪＴＦの指揮官が不平をもらし、マンハッタンで何が起きたかを知っている者の耳にまで届く恐れがある。これまでのところ、マンティスによる隠蔽工作のおかげで、アイクの裏切り行為は発覚していない。彼のスマートウォッチはオレンジ色のままで、ＩＳＡＣの情報にもアクセスできる。しかし、ここで悪い報告があがれば、本当に橋が爆破されればなおのこと、大勢がアイクに目を向けるだろう。

それを避けられるなら、少しばかり寄り道をしても損はない。そして、それが人の役に立つならば幸いだ。

「いいだろう」アイクは言った。「必要なものをいくつか用意したい」


日没から三十分後、アイクはオールド・マイン・ロードに沿って森林の中をすばやく移動し、ＪＴＦの指揮官が示した地点へ向かっていた。場所は難なく見つかった。薄れゆく明かりの中でも、爆発によるアスファルト上の焦げ跡はまだ目視できた。異なる口径の薬莢が、道路と森林が伐採された区域に散らばっているが、川のほうにはない。

アイクは森林に分け入り、暗い斜面を休むことなくのぼっていった。十五分後、アパラチアン・トレイルに出た。この自然歩道は北はメイン州、南はジョージア州まで延びている。だがプラスチック爆弾を持ったテロリストたちは、そう遠くない場所にいる気がした。

連中が道路上にいることはないだろう。それでは容易に発見される。公園北部の大型キャンプ場にもいないはずだ。そんな場所には民間人がいて、テロ活動を隠蔽するのが難しい。しかし、アパラチアン・トレイルを少しはずれたところには、小規模なキャンプ場もどきがいくつもある。そのうちのひとつ、おそらく爆破を計画している橋から数キロ以内に、テロリストたちはいる。アイクはそうにらんだ。

狙いがはずれて、明け方までに連中を発見できなければ、そのときは八十号線まで引き返し、JTFの基地を迂回して、旅を続けるまでだ。

ちょうど東側に位置するタマニー山の頂上が、西からの最後の落陽を浴びている。だが、その先の空は暗く、山道となるとほぼ真っ暗だった。山から川へとくだる方向は真南に当たる。自分が進むべき道は北だとアイクは判断した。

ゆっくり前進し、二十歩ごとに足を止めては耳を澄まし、周囲の樹間に目を走らせて明かりを探した。山道をのぼり、尾根に出る手前でアイクは立ち止まった。夜風が木々をそよがせる。左手の茂みの中を、何か小さなものが走っていった。

前方、二百メートルほど先から笑い声が聞こえた。

当たりだ。アイクは山道をはずれ、木立に身を隠した。ここまで五キロかそこら歩いたはずだ。右手は河原へのくだり坂になっている。水音が聞こえ、水辺のにおいがした。

尾根に到着すると、前方に火明かりが見えた。木々に隠れたまま、火とそれを囲む人影がはっきり確認できるところまで前進した。銃撃を開始する前に、ターゲットに間違いないかどうか確認したい。

山道の西側、大岩に囲まれた一角がキャンプ場になっていた。その先の木々が生い茂る急斜面は川までくだっているのだろう。開けた場所の中央では大きなたき火が燃え、山道の端に設営された六つのテントを照らしだしていた。アイクはたき火を囲む人影を数えた。十三。すべて白人、すべて男。数人が武装している。

ＪＴＦの指揮官が用意してくれた暗視スコープをのぞいてみる。炎のまわりはまぶしすぎるが、たき火の明かりが届かないキャンプ周辺の様子はつかめる。多数の小火器が見えた。いくつかはＪＴＦの支給品だ。このグループがＪＴＦの部隊を殺害したのははっきりした。盗まれたプラスチック爆弾もおそらくここにあるだろう。大統領令第五十一号により、アイクには無制限の権限が与えられており、わざわざ上層部に確認を取る必要はまるでない。さっさと進みでて、全員を射殺することができる。だが、彼はそういうたぐいの人間ではない。危機的状況にある社会を立て直すには、ある種の独裁体制が最善策となるかもしれない。だからこそアイクは、マンティスおよび彼女の組織と接触したのだ。しかし、だからといって、犯罪者やテロリストの疑いがある者を無差別に殺し回るつもりはなかった。

くそっ。デュエイン・パークでの作戦が失敗するとわかっていたら、別の計画を立てていた。支援に駆けつけたエージェントが、彼らの救出に間に合っていればいいが。

このところ、アイクは厳しい選択を突きつけられてばかりだ。

幸い、目の前の状況において厳しい選択を迫られることはなさそうだ。相手は盗んだ武器、それにおそらく盗んだ爆発物も所持している武装グループで、テロ攻撃を計画しているとのたしかな情報がある。アイクは暗視スコープをはずすと、ふたたび闇に目を慣らした。それから木々のあいだを抜け、キャンプ場をはさんで向かいの山道へ移動した。背後には沼があり、アマガエルやさまざまな生き物の鳴き声がする。

射撃に適切な場所を見つけたら、まずは手榴弾をひとつふたつ投擲《とうてき》し、その後、M4カービンにひと仕事させるのが最善の作戦だろう。何人かに森へ逃げられても、おそらく問題はない。重要なのはグループをばらばらにし、プラスチック爆弾を回収、もしくは破壊することだ。

だが、その爆弾はまだ見つかっていない。手榴弾が爆弾を見つけてくれるかもしれないが、その場合、キャンプ場は丸ごと煙と化すだろう。アイクは思案した。プラスチック爆弾はかなり安定している。銃弾が命中しても爆発しないが、破砕性手榴弾が真横で炸裂すれば誘爆しかねない。もしプラスチック爆弾が本当に爆発し、テントの中にほかの人たちがいて、それが非戦闘員だったら……。

マンハッタンで起きたことが頭から離れず、アイクは用心深くなっていた。念には念を入れよう。暗視スコープをふたたび取りだし、キャンプ場の隅に目を走らせた。ＪＴＦは、機内持ち込みサイズのスーツケースと同等の大きさのスチールケースにプラスチック爆弾を入れて運ぶ。その特徴に当てはまるものは見当たらなかった……たき火のそばからひとりが移動するまでは。山道に最も近いふたつのテントのあいだに、金属的な光が浮かびあがる。

　あれだ。ケースが四つ。それだけあれば橋ひとつを吹き飛ばすにはじゅうぶんすぎるほどだ。キャンプ場ひとつと、そこにいる全員を消滅させるのにも。

　アイクは慎重な作戦を取ることにした。プラスチック爆弾が爆発するには、熱と衝撃の両方が必要となる。だから手榴弾をケースにぶつけなければ、偶発的に爆発する可能性はかなり低い。アイクは手榴弾をベルトからはずした。半円を描いて並ぶテントから離れている男たちの中へ転がり込むよう、サイドスローで投げる。一投目の手榴弾が地面にぶつかるよりも先に、次弾を放り投げた。同時に、アイクは地面に伏せた。手榴弾が石に当たる音が近くの男たちの注意を引く。しかし誰ひとり言葉を発する間もなく、手榴弾は炸裂した。続いて二秒後、二発目が爆発する。

　頭の中でカウントダウンがゼロになったところで顔を伏せたので、暗視能力が爆発で損なわれることはなかった。アイクは顔をあげるのと同時に、M4カービンの照準をのぞき込んだ。もう少し狙撃に適した銃があればよかったのに。だが、標的からは五十メートルも離れていない。

　たき火のまわりにいた男たちは、もう誰ひとり上体を起こしていなかった。何人かは立ちあがろうとしている。ふたりは体が燃えていた。手榴弾がたき火を吹き飛ばし、火の粉を浴びたのだ。アイクはこの男たちを無視した。ひとりがよろよろと起きあがるのを目にして一発放ち、すぐさま地面にふたたび突っ伏させた。何人かが警告と指示を叫んでいる。ほかはただ叫ぶだけだ。人影がひとつ見えた。別の者が立ちあがり、動いている。アイクは続けざまに発砲し、反動でバットプレートが肩に食い込むのを感じる。人影はぐらりと倒れて彼の視界から消え、木が生い茂る斜面を転げ落ちるような物音がした。二、三人が銃を拾いあげ、アイクがいるとおぼしき方向へ銃口を向けた。銃弾がどこから飛んでくるのかに気づいたらしい。

アイクはそのうちひとりを倒した。もうひとりが発火炎《マズルフラッシュ》を見て撃ち返し始める。だが、アイクは体を転がし、すでにそこにいなかった。沼まで落ちない程度に斜面を転がりおりる。そこで身を伏せ、追ってくるやつらが斜面のてっぺんに現れて、たき火の明かりに背後から照らしだされるのを待つ。

先にひとりの姿が見えた。まだだ、あとひとり来る。アイクは両方を射界にとらえるなり、長い連射でふたりとも片づけた。

ふたたび移動し、もと来た道を引き返して、最初にキャンプ場を観察した地点に着いた。悲鳴とうめき声が続いているが、戦闘可能な者はほかに見当たらない。アイクは体を低くしたまま山道を横切り、テントの裏側からキャンプ場へ近づいた。物音に耳を澄ませてひとつひとつのテントを通り過ぎ、プラスチック爆弾のケースにたどり着くと足を止め、ケースが破損していないかを確認した。

四つ目のテントの中から赤ん坊の泣き声が聞こえた。

なんてことだ。

アイクはそのテントと隣のテントのあいだに足をそっと踏みだし、火明かりがぎりぎり届くあたりをうかがった。負傷したやつらが反撃してくる危険はなさそうだ。苦しませずに始末してやるべきだろうが、それはJTFに任せよう。連中は死にかけていたか、たまたまよそを見ていたかで、誰ひとりアイクの姿に気づいてさえいない。

テントは四人用のごくありふれたドーム型で、ファスナーで閉める入口がついていた。入口のひとつは半開きだ。アイクは身をかがめてのぞき込み、赤ん坊を見つけた。寝袋に寝かされ、大泣きしているが……その理由がわかるほど、アイクには育児経験がない。怪我をした様子はないから、手榴弾の爆発と銃撃で目が覚め、泣いているだけだろう。赤ん坊は両目をぎゅっと閉じ、歯のない口をこれでもかと開けている。誰彼かまわず飛んでくる手榴弾の破片を免れた小さな命だ。

赤ん坊を寝かしつけていたらしい女は寝袋の横で死んでいた。片腕で赤ん坊の頭を抱えたままだ。手榴弾の金属片が顎の真下、喉の横側を貫通していた。安らかな表情から見るに、何が当たったのかも知らずに即死したのだろう。アイクは長いあいだ彼女を見おろしていた。なぜここにいた？　連れ去られたのか？　おれがたったいま殺してきた男たちの誰かを愛していたのか？

いまとなっては考えても仕方のないことだ。おれの手榴弾が彼女を殺した。重要なのは次にどうするかだ。

アイクはM４カービンを肩にかけた。一度でいいから任務がすんなりと運べばいいものを。そのあとは自己憐憫《れんびん》のひとときから立ち直り、ベビースリングとかベビーキャリアとか、何か使えるものはないかと見回した。夜中に五キロ歩くことはなんでもないが、子どもを抱えていたことは一度もない。


ちょうど深夜十二時を回った頃、アイクはＪＴＦの野営地に戻ってきた。指揮官は別れたときとまったく同じ場所にいた。臨時の指令所の隣だ。アイクが近づいてくると顔をあげ、左腕に抱えられた赤ん坊を見て、目を大きく見開く。赤ん坊は山道の途中で泣きやんでいた。アイクの安定した歩調で体が揺られたためだろうか。いまはぐっすり眠っている。

「プラスチック爆弾はアパラチアン・トレイルを五キロほどのぼったところにある」アイクは報告した。「小川へおりる脇道のほうじゃない。発見した場所で爆破するつもりでいたが、ＪＴＦが回収を希望するかもしれないと思い直した」

「発見した場所に置いてきたのか？」指揮官は赤ん坊とアイクの顔を交互に見た。困惑といらだちの表情がせめぎ合う。

「重すぎて運べなかった」アイクは答えた。「テロリストたちが爆弾を持ち去る心配はない」

「なぜそう言いきれる?」

「いいから、いますぐ誰か行かせろ。たき火の明かりが目印だと言ってやれ。まだ燃えてるはずだ。プラスチック爆弾のケース四つを抱えて逃げだせるやつはひとりも見つからないだろう」一キロの塊が五つ、起爆装置もいくつか減っているが、とは付け加えなかった。それらはアイクのバックパックの中にしまってある。戦いの場で爆弾がいつ必要になるかはわからない。

「そうしよう」指揮官は言った。その目は赤ん坊に注がれたままだ。

「あとは任せる」アイクが尋ねる。「それで、衛生兵か子守はどこへ行けば見つかる?」

「よもや赤ん坊を連れて戻ってくるとは思わなかった」指揮官は言った。

「ああ」アイクは赤ん坊を見おろした。口を開けて眠り、顔の横で小さな手を握りしめている。「今日という日は驚きの連続だ」

CHAPTER 23 ヴァイオレット

外は暑いままで、子どもたちは自由に建物から出られず、ストレスが溜まっていた。大人たちに連れ戻される前にどこまで行けるか試してみよう、とサイードとアメリアが言いだし、ヴァイオレットはそれにつき合うことにした。ほかの子どもたちは、叱られるのはいやだからとキャッスルの中に残った。

「どこへ行く?」アメリアが尋ねた。三人はキャッスルの南側の敷地の端にいた。

「あっちはだめだな」サイードは南を指さした。「危険な薬がまかれてる」

「それにまだ水も引いてない」ヴァイオレットは付け加えた。

「じゃあ、ナショナルモールをぐるりと回ろう」アメリアはそう言って歩きだした。

サイードが彼女を止める。「待って。そっちはだめだよ。反対側を回ろう。キャピトル・ビルに近づいちゃいけないんだ」

アメリアは肩をすくめた。「ふうん、いいけど」

三人はキャッスルの西側を通ってナショナルモールに出た。野球場がある方向のどこかで火が燃えていた。渦を巻く煙が川の上空へ流れている。「あれってなんだろう」サイードが尋ねた。

「なんだっていいじゃない」ヴァイオレットは言い返した。「燃えてるのがここでなければ――」

口に出したとたんにいやな気分になった。誰かのものが燃えていて、人が焼け死んでいるのかもしれないのに、なんだっていいわけはない。ヴァイオレットも気にはしていた。ただ、ひとつひとつ気にしていると、いっぱいいっぱいになってしまう。

「火事のことを、どうでもいいって言ったわけじゃないの」彼女は弁解した。「何が燃えていようと、わたしたちにはどうしようもないってこと。だって、わたしたちはあそこまで行って、確かめることはできないんだもん」

意図したわけではないものの、ナショナルモールの回転木馬があるところまで来ていた。この場所はキャッスルのすぐ北東に当たり、窓から見えるので、ナショナルモールに来るときにはよくここで遊んでいた。今日、ある意味でこの場所が基準になる。わりとキャッスルから近いから、ここまでなら大人たちも連れ戻そうとしないかもしれない。

アメリアはメタリックブルーの〝海馬《シー・ホース》〟によじのぼった。これは彼女のお気に入りだ。後ろ脚の代わりに尾ひれがくるりと巻いている。頭部は中国の古い馬の絵に似ていると、誰かから聞いたことがあった。サイードはそのうしろの木馬にまたがった。まあ、いいか。ヴァイオレットはそう考え直して、自分もすぐそばの木馬に乗った。彼女がまたがったのもブルーの木馬だ。真ん中のサイードのは白だった。どちらも怒っているような顔に見える。回転木馬が楽しげな雰囲気を醸すには、音楽が必要なのかもしれない。

「動いてたときに乗ったことある?」アメリアが尋ねた。

ヴァイオレットが答える。「うん、二度あるよ」

「ぼくは遠足かなんかで一度乗ったんじゃなかったかな」サイードが言う。「でもどこか別の場所にあるやつだった気もする。はっきりとは覚えてないや」

「修理できないのかな」ヴァイオレットは言った。「また動くようになったら楽しいよね」

「ついでにここでパーティーを開いたら最高だ。みんなを招待するんだ。そしたら誰だって仲よくなるんじゃないかな」今朝のサイードは暗い顔をしている。この前、宇宙の話をしてから、ずっとどこか悲しげだ。楽観的なことを口にしても、心の中は違うのだとヴァイオレットは感じ始めていた。

「それっていいね」彼女は励ますように言った。「回転木馬に乗ってて喧嘩する人なんていないもん」

三人は床が回転しているかのように木馬を揺らした。ごっこ遊びなんて子どもっぽいが、そうしていると幸せな気分になれた。「シェルビーとノアとアイヴァンも連れてくればよかったな」サイードが言った。急に気分が明るくなったらしい。「呼びに行こう」

「いいけど」ヴァイオレットは応じた。「ワイリーは来られないよね？　あの子たちまで来るとワイリーがかわいそうだよ」

「それもそうだ」サイードは木馬を揺すり続けている。ヴァイオレットは身を乗りだし、木馬の頭に顎をのせた。本物の馬に乗ったことはない。いつか乗ってみたい。

アメリアはナショナルモールの先を見渡していた。「ねえ、こっちへ人が来るよ」

サイードが木馬から滑りおりる。「ここを離れよう」

ヴァイオレットとアメリアも急いで飛びおりた。走って逃げたほうがいい？　近づいてくる男たちは怖そうには見えなかった。銃を持っているが、ワシントンＤＣでは、外を出歩く大人たちはほぼ全員が銃を持っている。誰も銃口をこちらへ向けていない。全員が体にアメリカ国旗のタトゥーを入れているように見え、似通った服装をしている。ユニフォームではないものの、ネイビーブルーとカーキ色で統一され、服にはポケットがたくさんついていた。

「行こう」ヴァイオレットは言った。男たちを避けて回転木馬のうしろ側を回り、キャッスルへ向かおうとした。ところが裏側から出ると、行く手を阻むように男たちが先回りしていた。

「どうしよう」アメリアが声をあげた。「わたし、怖い」

「大丈夫」サイードが言った。「ここはキャッスルの中から見えるだろ」

「誰か見てればね」ヴァイオレットは必死に冷静なふりをした。

男たちのひとりが――相手は男ばかりだ――三人に呼びかけた。「やあ。馬に乗って楽しんでたのかい？」にっこりと笑う。本物の笑顔に見えるものの、ヴァイオレットはまだドキドキしていた。

「もうキャッスルに帰るところだから」彼女は言った。これですぐ近くに帰る場所があるとわかっただろう。

「へえ、あそこに住んでるの？」

「そうよ」ヴァイオレットは答えた。「前は別の場所にいたけど。川のそばのホテル。でも、そこは洪水で水浸しになったの」

「ああ。そりゃあ、運が悪かったな」男は一歩近づいた。両手はポケットに突っ込まれ、肩にライフル銃をさげている。ほかの男たちはこの会話に興味のない様子で、少しうしろに固まっていた。「なあ、そこの責任者は誰だい？」

「ジュニーとマイクだよ」サイードが教えた。

「そうか。きみたちの名前は？」

三人は順に自己紹介し、男はうなずいた。「おれはセバスチャンだ。ジュニーとマイクのことを教えてくれ。夫婦なのか？」

「ううん、ジュニーははじめからキャッスルのリーダーみたいな感じだった。マイクはホテルから移ってきたグループの責任者」アメリアが言った。「いまはだいたいふたりでなんでも決めてる」

セバスチャンはキャッスルに視線を向け、しばらく考え込んでいた。「わかった。教えてくれてありがとな」サングラスを頭の上に押しあげ、背中を曲げて両手を膝につき、顔の高さを子どもたちに合わせる。「いいかい、外に行くときは気をつけるんだ。たくさんの悪いやつらがワシントンDCをうろついてる。じきにおれたちが連中を一掃しなきゃならない。だから……しばらくは安全じゃない、おれたちが街を安定させるまではな」

「それはＪＴＦの役目じゃないのかな」サイードが言った。

何人かの男たちが笑い声をたてた。その声はヴァイオレットの耳には不気味に聞こえた。セバスチャンが男たちのほうへ片手をあげると、静かになった。「ＪＴＦは努力してる」彼は言った。「だが、ＪＴＦの手に余るんなら、ほかの誰かがやらなきゃな。そしたら普通の暮らしが戻ってくる。前よりよくなるかもしれないぞ」

「そうだといいな」アメリアが返した。

「おれもそう願ってる、アメリア。それはみんなの願いだ。でも願いを叶えるには努力しなきゃならない」セバスチャンは背筋を伸ばした。「キャッスルまで案内してくれないか？　ジュニーとマイクとちょっと話をしておきたいんだ。きみたちもおじさんたちと話すより、友だちと遊んでるほうがいいだろう？」

三人は顔を見合わせた。断る理由はなさそうだ。「うん、いいよ」ヴァイオレットは言った。「ついてきて」

ヴァイオレット、サイード、アメリアはインディペンデンス大通り側から男たちを案内した。キャッスルの菜園では大勢の人たちが働いていた。「立派な菜園だ」セバスチャンが言った。「ひと月かそこらすれば、野菜がたっぷり食べられるな」

数日前のダリルとディリープの会話を思いだし、ヴァイオレットは素っ気なく返した。「そうだね。わたしたち、植えるのを全部手伝ったんだ」

「いいことだ」セバスチャンは言った。「野菜の植え方や育て方を知ってれば役に立つ。それに、自分が手伝ったものはうまいんだ」

菜園にいた全員が手を止めて、武装した見知らぬ男たちをじろじろ眺めた。ヴァイオレットが設置を手伝った格子状フェンス《ラティス》の裏から、ジュニーが足を踏みだした。フェンスには豆がつるを伸ばし、もう花を咲かせている。「子どもたちは中へ入りなさい」ジュニーが言った。

「こんにちは」セバスチャンが挨拶をする。「おれの名前はセバスチャンだ。この子たちから、マイクかジュニーを探すよう言われたんだが」

「わたしがジュニーよ。なんの用かしら？」

ヴァイオレット、アメリア、サイードはドアのほうへ向かったものの、すぐには中に入らなかった。キャッスルのバルコニーにいる面々がセバスチャンたちを眺めている。ひどくピリピリした雰囲気だが、いったいどうしたのだろう、とヴァイオレットは思った。

「まあ、話がしたいんだ」セバスチャンは答えた。

「話をするのに、ライフルを持った男を八人も引き連れてくる必要はないでしょう」

セバスチャンはうなずいた。「たしかにそうだ。だが、ライフルを持った男を八人引き連れてこなきゃ、話をしたい場所まで行けないこともあるんでね」

「そう」ジュニーは言った。「とにかく、あなたたちはこうしてここにいる。お水はいかが？」

「ありがたいな」セバスチャンは返した。「暑くてかなわない。話をするあいだ、仲間はここで休ませてもらってもいいか？」

「もちろんよ」ジュニーが請け合った。「中へどうぞ」

セバスチャンとともに屋内へ向かう途中、ジュニーはすれ違いざまにちらりとヴァイオレットに目をやった。その目つきが放つメッセージは簡単に読み取れた。

〝この男たちが帰ったら話をするから、ちゃんと説明しなさい〟

ヴァイオレットはサイードとアメリアと視線を交わした。

「わたしたち、ほかにどうすればよかったの？」アメリアが尋ねた。

「わかんない」ヴァイオレットは答えた。

「いま、どうすればいいかはわかるよ」サイードが言った。「ジュニーが探しに来るまで、あっちへ行ってよう」

それはいい考えに思えた。三人は中へ入ると、階段をあがって自分たちの部屋へ直行し、ほかの子どもたちに話をすべて聞かせた。そのあとは夕食の時間になるまで、トランプやバックギャモン、ダイヤモンドゲームをずっとやっていた。

CHAPTER 24
アウレリオ

朝になると、アウレリオは真っ先にＩＳＡＣでアイク・ロンソンの現在地を再度調べた。最後に確認された位置——

ペンシルベニア州ストラウズバーグ

くそっ。なぜＩＳＡＣはロンソンの位置を追跡しない？　それになぜデュエイン・パークでの行動を再調査し、ロンソンを裏切り者と認定しない？　仲間のエージェントを危険にさらすのを承知で支援を要請したうえ、民間人を意図的に置き去りにして虐殺させたのは、ローグエージェントと見なされるのにじゅうぶんすぎる反逆行為だ。

この裏には何かある。アウレリオはそれが何かがわからないだけでなく、どこから探るべきかもまだ見当がつかなかった。

その日、ペンシルベニア州、ストラウズバーグのＪＴＦ守備隊から提出された作戦報告書を、ＩＳＡＣが通知してきたとき、アウレリオの混乱はさらに深まった。盗んだプラスチック爆弾でテロリスト集団が州間高速道路上の橋の爆破を企てており、アイク・ロンソンと名乗るディビジョンのエージェントがそれを阻止する夜間任務に単独で赴いた。任務は成功し、十一人の死亡が確認され、ごく一部を除いてプラスチック爆弾はすべて回収された。しかも任務の途中で、ロンソンは生後五ヶ月の女児を救出し、守備隊のもとへ連れ帰っている。

前日にロンソンがマンハッタンでやったことと、まるで矛盾していた。

アウレリオは郵便局に連絡し、ヘンドリックス中尉を呼びだした。彼女はむっとしている様子だ。「暗号化された会話の解析に進展があったんじゃないかと思ったんだが」

「いいえ。あなたへ送った分は、あの地点に設置された遠隔盗聴器からの肉声があったから、解析できたにすぎないわ。ほかの部分はまったくお手上げよ」

「ミシガンについてはどうだ？　何かロンソンの注意を引くようなことがミシガンで起きているといった、内部情報はないのか？」

ヘンドリックスはため息をついた。「調べることはできるわ。でもミシガンは広いのよ。それにあそこはすべての都市にＪＴＦが大規模展開している、特にカナダとの国境付近には。ウイルス発生後、カナダ政府は国境警備を大幅に強化するよう要請してきた。つまり、調べると言っても、どこから手をつければいいかわからないし、わたしにはそんな時間はないわ」

「ロンソンが探してる人物についてはどうだ？　〝マンハッタンの外へ出た〟って箇所が気になるんだ」

「彼が誰かを追っている確証さえないのよ」ヘンドリックスは言った。「こっちにわかっているのは、ロンソンはミシガンへ向かっていて、その途中でテロリストの計画を阻止し、乳幼児を救出したってことだけ。言わせてもらうと、ロンソンが悪人なのか、わたしはもはや確信が持てないわ」

「彼が赤ん坊を助けたのは立派だが」アウレリオは反論した。「それでデュエイン通りのビルにいた人たちが生き返るわけじゃない。正体不明の第三者の命令に従っているように見えることや、そいつとの会話をなぜ隠そうとするのかの説明にもならない」

「大統領令第五十一号があるのよ」ヘンドリックスは指摘した。「わたしにできることはないわ」

「あいつの通信の監視ならできるだろう。実は、まさにそれを頼むつもりだった。お願いできないだろうか」

「わたしにできることはするわ、エージェント・ディアス。でも理解してもらわないと。ただの骨折り損になるかもしれない調査に時間をかける余裕はないのよ」

「それは重々理解してる。少しでも時間を割いてもらえたらありがたい」

「何かわかったら知らせるわ。ほかには？」

「いや、いまはない。感謝する、中尉」

ヘンドリックスが通話を切る。アウレリオはいらだちを発散したい衝動を抑え込み、歩きだした。地図はすでに頭に入っている。山脈をくねくねとのぼる国道二十二号線を通って、三百二十二号線に出たら、アルゲイニー山中にある小さな町、ステートカレッジまで北西へ進み、クリアフィールドで州間高速道路八十号線にあがる。距離はおよそ二百キロ。途中、のぼりくだりがたっぷりある。急げば三日で行けるだろう。

そこからさらにペンシルベニアとオハイオの州境まで二百キロ弱。そして規模はともあれ、ミシガン州のどこかしらの町へたどり着くまで、もう三百二十キロといったところか。ディビジョンのエージェントに支給されているブーツが、耐久性に優れたもので助かった。

町を出る前に、アウレリオはコンビニエンスストアをのぞき、棚にスナック菓子でも残っていないかと見渡した。ほとんど何もないが、ＤＣハリアーズの野球帽がある。気候があたたかくなってきたから、これまでかぶっていた防寒帽はもういらない。野球帽のつばを好みの具合に曲げると、頭にのせて店を出た。

道路ではたくさんの鹿と小動物を見かけたが、サスケハナ川を渡るまでは人っ子ひとり目にしなかった。川では一艘《いっそう》のボートが流れに漂い、男と少女が釣りをしていた。アウレリオはしばしふたりを眺めた。どこで、どうやって暮らしているのだろう。彼は生まれも育ちもワシントンDCで、三ヶ月前にニューヨークへ行くまで、ずっとそこで暮らしてきた。大都市の外の暮らしは、アウトブレイク以前も以後も何も知らない。小さな町々も大都市同様にウイルスにやられたのだろうか？　電力とその他のインフラが停止したことにより、人々が大きな街へ集中し、地方が過疎化しているのは容易に想像がつく。

一方で、冬を乗り越え、魚釣りや狩猟の道具を持っていれば、地方のほうが食べていくのは楽かもしれない。菜園で野菜を育て、収穫物や獲物の保存法を学ぶことで、自給自足に近い暮らしを営める。少なくとも、事故や病気に見舞われるまでは。そうなったときは、一番近くの医者でも百キロ先だ。

ボートは川を曲がり、先へ流れていった。見えなくなる寸前、少女が魚を釣りあげた。釣り糸の先でピチピチと跳ねる魚のうろこに、陽光が反射する。父親らしき男が魚をはずしてやり、そこでふたりの姿は消えた。

アウレリオは歩き続けた。日没までに目にした人数はほんのわずかで、どの集団も四、五人を超えることはなかった。丘の向こうに夕陽が落ちると、川沿いにあるポート・ロイヤルという小さな町のそばで、幹線道路を離れ、農家の中へ入ることにした。屋内に足を踏み入れて中を見回し、誰もいないのを確かめる。埃っぽいにおいだ。ここ数ヶ月のあいだに料理がされた気配も、火が使われた気配もない。一階は空っぽだ。

小型懐中電灯をつけ、玄関ホールから階段をあがった。バスルームがひとつ、寝室が三つ。そのうちふたつは無人だった。三番目で遺体をふたつ見つけた。大人がひとり、子どもがひとり。どちらもほぼ骨と皮で、一部を動物に食べられていたが、武器は見当たらなかった。ベッドに横になったまま、一緒に亡くなったのだろう。アメリカ合衆国を襲った数百万もの悲劇のひとつにすぎない。

アウレリオは一階に戻り、キッチンの食器棚と食料庫を漁った。どれもネズミにやられているが、缶詰は別で、きちんと積みあげられたままだ。彼は桃とツナの缶詰をひとつずつ開けた。窓の外を眺め、暗闇の中で食べる。夜空を流れる雲に星々が隠れては現れた。空には半月がかかっている。

喉が渇き、蛇口をひねってみた。何も出てこない。仕方なく、携帯している最後の水を飲み干した。朝になったら、裏手の井戸を調べるか。それまでは、アイク・ロンソンと、なんであれあいつがミシガンで計画していることについて、鬱々《うつうつ》と考えるしかすることはない。

月を眺めて座っていたとき、ＪＴＦの任務記録にアクセスできれば、自分でミシガンの調査を進められることにふと気がついた。もっとも、ＩＳＡＣはこんな田舎、ペンシルベニア中部の深い谷間では、システムが安定しないようだが。それでも外の長いポーチへ出て、任務記録へのアクセスを試みた。やはりだめか。接続状態の問題か、周波数帯域の問題か。アウレリオはヘンドリックス中尉へメッセージを送り、ミシガンに関する言及のある任務記録の調査を依頼し、それでよしとすることにした。

ピッツバーグが近づき、それでも彼女から連絡がこなければ、自分で調査してみよう。だが、アウレリオは訓練を積んだ情報分析官ではない。一方、ヘンドリックスは専門家だ。加えて、彼女であれば、アウレリオは存在すら知らないＪＴＦの作戦記録と情報記録にアクセスできる。だからやはり、彼女に調べてもらおう。

その日歩いた距離を足と腰に感じ、彼はロッキングチェアを見つけると、腰をおろした。ブーツを脱いで両脚を伸ばす。ハイラインで負傷した足首はまだ腫れているが、痛みはずいぶんましになった。さらにビールがあれば最高だな。そう考えてガバッと椅子から立ちあがり、キッチンへ引き返した。うれしいことに、冷蔵庫の一番上の棚にビールが二本見つかった。下の棚と野菜室に広がる黴は無視して一本取り、ポーチへ戻る。まったく知らないビール会社だ。地元の醸造所なのだろう。だが味はよく、アウレリオは舌を流れるビールが腹の中であたたまる感覚を楽しんだ。

そうだ、ここでは襲撃される心配はないのだ。ブラックフライデー後は、ニューヨークでもワシントンＤＣでも、どこにいようと、常に気を抜かないようにしていた。わずかでも気をゆるめたら――アウレリオにとって、そしておそらくほかの多くの人々にとって――致命的に結果になりかねなかった。だがここでは、明かりがともれば数キロ先から見える。眠り込んだとしても、ポーチがきしむ音で一瞬にして目が覚めるだろう。

自分は安全なのだ。それは奇妙な感覚だった。

一方で、こうして安全でいられるのは、かつてこのあたりに住んでいた人たちが、死んだか、去ったかしたためでもある。それが交換条件なら、アウレリオは多少の危険の中で暮らすほうを選ぶだろう。彼は孤独には向いていない。人のそばにいたかった。

子どもたちのそばにいたい。グラシエラは逝ってしまったが、彼にはまだアイヴァンとアメリアがいる。西へと、子どもたちから一歩離れるたびに、間違った方向へ向かっている気がした。

しかし、アウレリオには任務がある。彼は誓いを立てたのだ。その任務を果たし、誓いを守り、それからワシントンDCへ行こう。いまこの瞬間、アイク・ロンソンに対して憎しみを覚えるのは、あの男がやったことを完全に理解しているからではなく、彼の無責任な行動のせいでペンシルベニア、そしておそらくミシガンまで行かねばならず、ようやく子どもたちの世話をできるその日が、何週間も、何ヶ月も先延ばしにされるからだ。

ここからでは子どもたちを守ることはできない。その事実はアウレリオを苦しめた。ニューヨークへ行くことを決めたのは、そこで必要とされていたからだ。だがいま、ワシントンDCで必要とされているときに、アウレリオはそれに応えるべくワシントンDCにいるのではなく、ペンシルベニア州ポート・ロイヤルで死んだ男のロッキングチェアに座っている。

おれは誰を探しているのだ？　ディビジョンのエージェントが裏切り行為を働き、誰かを千キロ追跡していることの、何がそこまで重要なんだ？

ハリスバーグを発って三日後、クリアフィールドにたどり着いたときも、それらの疑問はアウレリオを悩ませた。ヘンドリックス中尉から連絡はない。それどころか、ニューヨークからはまったく音沙汰がなかった。ＩＳＡＣになんらかの障害が発生したようだ。通信状況は不安定で、ＨＵＤは使い物にならない。彼はクリアフィールドで住民を見かけた。その多くは八十号線を少し離れたところにあるダッチ・パントリーというレストランのまわりに集まっていた。駐車場には馬車が止まっている。

そのとき、アウレリオははっとした。馬車。帽子に吊りズボン、ワンピースという皆同じ服装をしている住民たち。ペンシルベニア・ダッチ【訳注】か。なるほど、ここは電気も電話も車も使わず、自給自足という移民当時の生活様式を続ける〝アーミッシュ〟の居住地なのだ。ならば、電力停止も彼らの暮らしにはさして影響がなかっただろう。どのみち使っていないのだから。

荷馬車を眺め、アウレリオの頭にある考えがひらめいた。

【訳注】ペンシルベニアに住み着いたドイツ系移民とその子孫を指す。アーミッシュ派のキリスト教集団も多く含まれる。

CHAPTER 25
アイク

ストラウズバーグでＪＴＦの指揮官に赤ん坊を渡してから七十二時間後、アイク・ロンソンはオハイオ州にいた。

ＪＴＦの指揮官とともに作戦報告書を作成後、アイクは四時間の睡眠を取り、次の朝には出発した。ミシガンまで送ってもらうことは可能かと尋ねると、橋の安全が完全に確保されるまで、守備隊はそこを動けないのだと指揮官に言われた。それ以上のことは指揮官に決定権はなかった。

「ブルームズバーグまでなら送ってやれるが」指揮官は言った。「そこにトラックで荷物を取りに行くことになっている」

「それでいい」アイクは尋ねた。「ところで、赤ん坊はどうなった？」

「この町で世話をしてくれる者を探しているところだ」指揮官は答えた。「そうそう、赤ん坊は女の子だ。ウイルスで子どもを亡くした者は大勢いる。誰かが引き取ってくれるだろう」

それで少しは心が晴れ、アイクはトラックに乗り込んだ。西へ向かい、爆破から守った橋を渡る。朝の八時にはトラックをおり、ブルームズバーグをあとにした。ストラウズバーグ、ブルームズバーグ……ピッツバーグ。ペンシルベニアにある町はどれもバーグで終わるようだ。アイクは州間高速道路八十号線をたどり、アパラチア山脈をのぼってくだった——それともここはポコノ山脈になるのか？　地理には詳しくない。だがミシガンがどこにあるのかは知っている。だから、彼は歩きだした。日が沈み、夜を過ごす場所を見つけなければならない頃には、六十キロ以上の距離を歩き通していた。

彼がいるのはマッキーヴィルという町の郊外で、その朝ＪＴＦのトラック運転手と別れてから、見かけた人の数は十人程度だった。たしかにここはニューヨークではない、とアイクは思った。これがニューヨークの深夜なら、自分は十中八九、作戦行動中だ。ディビジョンがひとつの場所からほかへ注意をそらすたびに発生するかに見える混乱と暴力を抑え込もうとしていることだろう。ニューヨークに暴力が蔓延するのは、ウイルスの発生地点《グラウンド・ゼロ》にいたことにより、誰もが集団的トラウマを経験したからだ。すでに溜まっていた憤懣《ふんまん》がニューヨーク封鎖で爆発したせいもある。そして、法と社会——もしくは自分たちより強大ななんらかの権力——の縛りなしでは、一部の者は野蛮人と化すという、紛れもない事実ゆえでもあった。

それが、六週間ほど前、マンティスが仲介者を通して接触してきたときに、アイクが耳を貸した最初の理由だった。彼女は東海岸の巨大都市《メガロポリス》地域の外で台頭した新興勢力の代弁者だ。彼らは混乱によって引き起こされた被害を見た。現政府とＪＴＦでは、秩序を回復して人々を守る役目を果たせない現実を見た。

彼らは別のやり方を考えた。少なくても、最初は険しい道のりになる。しかし、とマンティスはアイクに問いかけた。新たな、強いアメリカの一部になれるとしたら、あなたは関心があるか？

ウイルスにより、アイクはガールフレンドと子どもひとりを亡くした。前妻ともうふたりの子どもは、火炎放射器ですべてを〝浄化〟しようとするクリーナーズというカルト集団に一月のはじめに焼き殺された。ＪＴＦは彼の家族を守らなかった。ディビジョンもだ。だから、ああ……もちろん。もっとましな何かに関心があった。

六週間が経ったいまも、その気持ちは変わらない。だが、アイクは懸念を抱き始めていた。誰がこの組織を率いているのかも、組織の具体的な計画もいまだ知らないのだ。彼らの目指すところをアイクも信じていた。それゆえ賛同したのだ。だが、彼らが何者で、自分は彼らの計画にどう組み込まれるのかを、そろそろ説明されてもいいではないか。彼らのためにディビジョンに背を向け、そのせいで民間人を死なせたのだ。その分は彼らへの貸しのはずだった。

マンティスの見方は違っていた。それは翌朝ロックへヴンに到着したあと、彼女に連絡を入れて判明した。マンハッタンで彼女が連絡してきてから四十八時間後、誤差は一分以内だ。

「マンティス、こちらはセンチネル」

「こちらマンティス。そちらの状況は、センチネル？」

　アイクは現在地を伝え、偽装がばれないようJTFの支援依頼に応じたことを説明した。「おそらくはよい判断だったのでしょう、センチネル」彼女は言った。「しかし、二度と横道にそれないように。エイプリル・ケーラーを発見し援助することが、目下あなたに与えられた唯一の任務よ。任務成功の暁には、より大きな責任を担う地位へ移ってもらうわ」

「了解、マンティス。彼女の現在地に関して新たな情報は？」

「ニューヨーク州北部、シラキュースの西部で目撃情報がひとつ。現時点では情報源が不たしかなため、この情報にもとづき行動を起こす必要はなし。ただし、調査は続行している」

「わかった。彼女が探しているものに関してはどうだ？」

「推測はついているけれど、確定はしていない。最初の接触時に先入観を持っているより、直接彼女から探りだすほうがいいでしょう」

　気に入らないが、自分ではどうすることもできない。「了解だ、マンティス。ほかに何かあるか？」

「以上よ、センチネル。四十八時間後に次の報告をお願い」

通話は終了した。マンティスがなおも意図的に秘密を隠していることにいらだち、それを静めるのにしばしかかった。一般的な機密保護措置の一環ではあるものの、自分が何を探っているのか皆目わからぬまま、与えられた情報だけで動くことは通常は求められない。これはテストだ。この任務でアイクはマンティスへ、そしてそのうしろにいる黒幕へ、自分を証明するよう求められている。

いいだろう。自分を証明するのはこれが初めてではない。

アイクはバックパックを背負い、歩きだした。エイプリル・ケーラーがニューヨーク州北部を通過中となると、自分のほうがすでに先にいる……彼女がより速い移動手段を見つけていない限りは。移動速度はともかく、ニューヨーク州北部から西へ向かえば、必ずバッファローに行き着く。そこからエリー湖の南岸をたどることになるだろう。アイクは思案した。進路を北へ変更して湖岸へ先回りし、そのルートに沿って彼女を追跡すべきだろうか。彼女がどれほどのスピードで動いているか見当もつかないとなると、これは賭けになる。

それより、可能な限り早くクリーブランドへ到着するほうがより安全だろう。そこで地元のディビジョンかＪＴＦの情報源から――まだアイクの裏切りが発覚していないとして――いくらか情報を引きだし、その後アナーバーへ移動しよう。その途中のどこかでエイプリル・ケーラーと接触できるかもしれないが、できなかった場合、少なくとも彼女より数日前にアナーバーにたどり着き、とある赤毛の女性をディビジョンが探していると、話を広めておく必要があった。

もっといい情報がマンティスかＪＴＦから入手できれば状況は一変する。しかし、自分の目と耳と直感だけで、エイプリルを探す計画を立てておかなければならないことはわかっていた。ならば目下の状況ではこれが最善の計画だ。時間が鍵となる。従ってスピードが重要だ。

アイクには考えがあった。道路を渡り、大型倉庫へ近づく。倉庫の壁面には、物置やプレハブハウスを製造する会社の広告が描かれていた。ドアは施錠されていたが、難なく開けられた。事務所を見つけ、そこで電話帳を探す。電話帳をいまだに使う時代遅れがいるのもたまには役に立つ。これがなければ、最寄りの自転車専門店を探しだすのに何時間もかかっていただろう。目的の店はそこから八キロ北の町にあった。

ディビジョンのエージェントに求められることのひとつに、優れた身体能力がある。この十年、アイクは数千時間を費やし自転車で体を鍛えてきた。グリーンポイントのアパートメントにはいまも自転車がそのまま置かれているだろう。百六十キロの距離を十二時間で走破するセンチュリーライドは何度もやっており、地形が平坦でどこまでも走れそうなフロリダでは、その倍の距離を、倍の時間で走るダブルセンチュリーにも一度挑戦した。しかしここはペンシルベニア中部だ。郊外の道路ははじめの三十キロはだんだんと上昇し、そこから急勾配ののぼり坂が十キロか二十キロ続いた。丘の頂上からは見事な眺望が広がり、彼はそこでひと休みした。いい自転車を選んだ。ブラックフライデー以前に使っていたものよりいいやつだ。軽量のカーボンフレーム。高品質のパーツ、レース用タイヤ。それに自転車をこぐのは爽快な気分だった。坂をのぼりきり、両脚が焼けるようではあるが。いまの彼の肉体はサバイバル向きであり、長距離自転車走向きではない。

とはいえ、問題はない。目的地にはたどり着く。

アイクはふたたび自転車にまたがり、こぎだした。拷問のような坂をさらにふたつ越え、一日が終わる頃にはクリアフィールドに到着した。尻はハンマーで叩かれ続けたみたいにヒリヒリしている。高速道路の出口からくだり坂を滑走し、ファストフードレストランとコンビニエンスストアが集まる一角へ入った。店のひとつの回転ラックに道路地図が置いてあり、それで見るとトレドまでは残り五百キロ弱だった。翌日、彼はその三分の一の距離を走り、オハイオ州ヤングスタウンの郊外に到着した。

朝になったらマンティスへ次の連絡を入れよう。アイクのスマートウォッチはまだオレンジ色のままだ。どうやら彼の偽装は発覚していないらしい。この二日間は、ディビジョン・エージェントの大半が配置されている大都市の作戦範囲外にいたため、ＩＳＡＣは静かだった。しかしいまや、ヤングスタウンとカントンからクリーブランドへ延びる市街地に入っている。これらの地域にいるエージェントたちの作戦中のやりとりから、北中西部の町は食料が手に入りやすいため、ニューヨークより幾分ましだとわかった。ニューヨークの空港、道路および鉄道駅は、病気の兆候が見られる前にウイルスを拡散するのに大いに貢献した。この地にまでウイルスが広まる頃には、地方で大規模封鎖を行っても無駄なのは明らかだ。

とはいえ、この地域でも、エージェントたちは忙しく活動している様子だ。遅かれ早かれ、彼らはアイクがいることに気づき、作戦支援を求めてくるかもしれない。そうなると難しい立場に立たされる。二度と横道にそれないよう、マンティスからはっきり命令された。しかし……。

考えるのはやめろ。アイクは自分に命じた。問題が起きたら対処し、それまでは任務に専念するのだ。

その任務は最終的には新たな強いアメリカを作ることだろう。マンティスが言ったように、はじめは厳しい選択を迫られるが、自分がより偉大なものの一部となることをアイクは確信していた。疫病に襲われたアメリカを、闇から新たな未来の光へ案内する、たくましい導き手となることを。

CHAPTER 26
エイプリル

結局、ロチェスターの南の水門のひとつで問題があり、エイプリルが目的地に着くまでには八日かかった。それでも、ニューヨーク州のトナウォンダでソニアとジュリアの船をおりたときには、いい旅のスタートを切れたと思えた。まだ先は長いとはいえ、八日で旅程の半分近くを消化できたわけだし、ソニアの話では、ミシガン州まで湖岸に沿う航路を乗せてくれる船もあるかもしれないらしい。そうした船ならクリーブランドやトレドまで歩いて進むよりもはるかに早く到達できる。

加えて幸運なことに、この八日のあいだエイプリルは一発の銃声も耳にしていなかった。ニューヨークから遠く離れるほど、状況の違いがはっきりと認識できる。ソニアにもそう言ったところ、マンハッタンを出たときにすべてのトラブルと縁が切れたと思うのは間違いだと警告された。「水路の状況がかなり落ち着いているのは、人々が生きるために必要としているから」ソニアは説明した。「陸地じゃ小さな町でも都市部と同じひどいことが起きているという話も聞く。文明のうわべを引きはがしてしまうのは簡単なんだ。わかるかい？」

エイプリルはソニアの意見が正しいのだろうと考えつつ、これから目にするこの国のほかの土地のほうが、マンハッタンのうんざりするほどの状況よりもましなはずだと思わずにはいられなかった。それでもソニアの忠告を心にしっかりと刻み、用心を怠ってはいけないとみずからに言い聞かせる。

「別れる前に、これを受け取って」ソニアはそう言ってビニール袋をしっかりと巻いた包みを差しだした。数キロ入りの小麦粉袋ほどの大きさだ。

「これは何?」エイプリルは包みを受け取って振ってみた。中身は見当もつかないが、かすかにかさかさという音がする。

「たばこだよ。何かがどうしても必要になったときに使うといい。いまは金よりも価値があるから賢く使いな。持っていることを他人に明かすんじゃないよ。絶対に」

「ここまでしてくれなくていいのに」エイプリルは包みを返そうとした。「本当よ。むしろ借りができたのはわたしのほうなんだから」

しかし、ソニアは手を振って包みを受け取ろうとしない。「あんたの銃はこの旅にじゅうぶん役立ってくれたし、一緒にいるのは楽しかったからね。元気で、エイプリル。探しものが見つかるよう祈ってる。オールバニーのあたりに戻ってくることがあったら、今度は川のセーリングに連れていってあげるよ」

ソニアが背を向けて残りの荷をおろす作業の監督をしに行ってしまうと、エイプリルはたばこをバックパックにしまった。旅の次の段階へ進むときが来たのだ。まずはエリー湖の南岸を進む方法を見つけなくてはならない。北のカナダを抜けられればいいが、誰にきいても無理だというはっきりとした答えが返ってきた。カナダもドルインフルの問題を抱えてはいるものの、国境を隔てたアメリカ側のように社会が崩壊するほどの惨状には見舞われていない。その分、警戒態勢もしっかりしているので、陸路だろうと水路だろうと、アメリカからカナダに渡るのは不可能だった。

つまり、エリー湖の湖畔に沿って移動するしかない。エリー湖からクリーブランド、トレドを通って北に方向を変え、アナーバーへ向かう。エイプリルは頭の中にある地図でその経路を思い描いた。

ただし、ソニアの言ったとおり湖岸沿いを航行する船があれば話は別だ。エイプリルがそれを確かめようとトナウォンダの小さな港の港湾労働者たちに尋ねると、彼らは集まっている船員たちを指さした。船員たちが言うには、湖を航行する船が存在するのは事実だが、トナウォンダまで来るものはないらしい。「川の流れがきつすぎて湖に戻れなくなるからな」船員のひとりが説明し、明るい青色のナイアガラ川を指さした。

「それじゃ、ここでは燃料を手に入れられる人はいないの？」エイプリルはブレイクと彼の謎めいた供給源のことを思いだしながら尋ねた。ここにだって、少なくともたまには燃料を入手している者がいるはずだ。

「あんたでも手に入れられるよ」別の船員が答える。「でもそういう相手を見つけるのは大変だし、見つかってもえらく高くつく。水路を移動したいなら、バッファローで乗せてくれるやつに金を払うほうがずっと簡単だ」

「目的地は？」三人目の船員がきいた。

「最終的にはミシガンよ」エイプリルが答える。

「そうか」船員たちがひとしきり考え、燃料の価格について彼女に教えてくれた船員が口を開いた。「そういえば、バッファローとエリーのあいだでたまにトラブルが起こるらしい」エイプリルの銃を顎で示し、言葉を続ける。「あんたがそいつの使い方をよく知っているのなら、乗せてくれる船もあるかもしれないな」

「でなかったら」最初に話した船員が言った。「水上のトラブルを避けてエリーまで歩くっていう手もある」

「歩いてる途中でジェイムズタウン・アーリアンズに遭遇しなきゃいいがな」三番目に口をきいた船員が付け加える。

「トラブルって？」エイプリルは尋ねた。

「水賊だよ。陸上に盗賊がいるように水上にもならず者たちがいる」

「わかったわ。船だと水賊に行き合うかもしれないのね。陸を行っても……ジェイムズタウン・アーリアンズ？　その連中に遭遇するかもしれない」

「そう、恐ろしいやつらだよ。バッファローからエリーまで、湖から十五から三十キロほど陸に入ったあたりまではすべて連中のものだ。あんたは白人だから殺されはしないかもな。だが、行き合ったが最後、結婚させられるぞ」最初の船員は、両手の指をカニのはさみのように曲げ、結婚という言葉を強調した。

「それなら湖を行ったほうがよさそうね」

船員たちがうなずく。「しかし、女のひとり旅とはね。おれなら眠るときも片目を開けて、両手で銃を握っておくよ」最初の船員が忠告した。

「隔離が始まったとき、わたしはマンハッタンにいたのよ。自分の身は自分で守れるわ」

「マンハッタンだって？　驚いたな。それなら大丈夫だろう。だが、どうやってあそこから脱出したんだ？」

エイプリルは正直な答えを頭の中に思い浮かべた。

〝まず、ドルインフルを予言した本を書いた引きこもりの科学者を見つけだしたわ。それから彼に借りがあった好戦的な修道士の組織に封鎖を突破する方法を教えてもらって、さらにエリー運河の向こう側の端まで連れていってもらう対価にできる、値がつけられないほど価値のある美術品をもらったのよ〟

そう答える代わりに簡潔に言った。「長い話よ。それより、バッファローの埠頭までの距離はどのくらいかしら？」

距離は十五キロほどだった。エイプリルは馬が引く荷車のキャラバン隊に加わって旅を続けた。キャラバン隊の荷物は、湖で待つ貨物船やバッファローの湖岸に広がる市場の商人たちに届けられる。エイプリルは、まだ側面に遠乗りの広告が残る馬車の荷車に座ってミリタリー・ロードをまっすぐ進み、それから川沿いの高速道路の支線へ入った。やがて雨が降り始め、川の色が明るい青から鉄を思わせる灰色に変わっていった。バッファローの湖岸に到着する頃までには、彼女は上等な上着を身につけていたことをありがたく感じていた。

バッファローの市場の中央で荷車から飛びおりると、卵からアレルギーの薬まで、あらゆるものを売りつけようとする人々がエイプリルのもとへ殺到した。野菜や鶏肉を持って駆け回る子どもたちの姿もまじっている。その中で十匹以上の魚のえらを突き刺した棒を持った少女とぶつかりそうになった。「とれたてのウォールアイ【訳注】だよ」期待のこもった笑みを浮かべた少女が言った。

「ほしいのはやまやまなんだけど――」エイプリルは応じた。そういえばニューヨークを出てからというもの、ほとんど干し肉と果物しか食べていない。「旅の途中だから」

少女が彼女の横をすり抜けていき、キャラバン隊のほかの人々に魚を売り歩き始める。エイプリルも船を探しにそのまま歩を進めた。バッファローからアナーバーまで歩いた場合、ジェイムズタウン・アーリアンズの脅威がなかったとしても、少なく見積もって十日はかかってしまう。その点、船なら一番遅いものでも時間を大幅に節約できるはずだ。

エイプリルは市場を歩く途中でボトルの水を補充し、伸縮性のある包帯一本とデンタルフロスひと箱を、一ダースのゆで卵と束にまとめた温室栽培のニンジンと交換した。運河の途中に立ち寄った土地で調達した鹿肉のジャーキーとチーズに加えれば、二、三日分の食料としてじゅうぶんなはずだ。

その後、エイプリルは湖岸にたどり着いた。そこには帆船が数艘と外輪のある蒸気船が一隻係留され、荒天がもたらす波に揺られている。どの船の甲板にも人の姿はなかったが、蒸気船の煙突からは煙があがっていた。興味深い。この船はいったいどうやって燃料を調達したのだろう？　もしかして船を改造し、木を燃やしてボイラーを動かしているのだろうか？

エイプリルは蒸気船のタラップの下まで歩いていって声をかけてみた。「こんにちは！　誰かいない？　あがってもいいかしら？」

すると、操舵室の窓から年配の男がひょっこり顔を突きだした。その拍子に帽子が脱げ、広く禿げあがった染みのある頭皮とそれを囲むように残っている乱れた白髪があらわになる。「なんだ？　あんたは何者だ？」

風雨の中で叫び返すことはせず、エイプリルはタラップをのぼっていった。落ちた帽子を拾いあげ、操舵室から出てきた男に手渡す。「乗せてくれる船を探しているの」

「どこへ行く？」

「あなたはどこへ行くの？」

「理想を言えばトレドだが、たどり着けるところで妥協するかもしれん」

男が改めて帽子をかぶり、顔についた雨をぬぐった。「その銃は見せびらかすために持ち歩いているのかね？　それとも実際に使えるのか？」

「使えるわ。使いたいわけじゃないけど」

「クリーブランドまでは行く。それでいいか？」

「かまわないわ」

「いいだろう」男が手を差しだし、エイプリルは握手に応じた。「デュエイン・シューラーだ。あんたの名は？」

「エイプリル・ケーラー」

「エイプリル、下に寝台があるから、そこに荷物を置いてくれ」シューラーが振り返り、ついてくるよう合図する。「ただし、銃はずっと持っていてくれよ。一時間後に出航だ。航行は出だしが一番危ないからそのつもりでな」

彼はエイプリルを下の甲板にある寝台のひとつに案内した。「あんたのほかには船員が三人と乗客がいる。風次第だが、クリーブランドまでは九時間といったところだ。夕食も出すぞ」

「ありがたいわ」エイプリルは応じた。「航行の出だしが一番危ないというのはどういう意味かしら？」

「このあたりの水賊と遭遇することが多いんだ」上の甲板に戻りながら、シューラーが答えた。

エイプリルも彼のうしろをついていく。「水賊の話は聞いているわ。でも、トナウォンダの船員たちは、ジェイムズタウン・アーリアンズよりはましだと言ってたけど」

「ジェイムズタウン・アーリアンズよりたちの悪いやつなんてどこを探してもいないよ」シューラーが空を見あげて言った。雨はおさまってきたようだ。「つまり、比べる基準にするのが間違いだってことさ」

市場で仕入れたものを詰め込んだ鞄を持った船員たちが、十人ばかりの乗客を引き連れてタラップをのぼってくる。甲板の後部は、すでに積み荷で覆い尽くされていた。「この船はどこで見つけたの？」エイプリルは尋ねた。

「前はニューヨークのアップステートにある湖で観光客を乗せていたんだ。どこの湖かは忘れた。運河が開かれたあと……三月だったかな、ある男がこいつに乗ってここまで運河を渡ってきてね。そのあと……さっき言っただろう？　航行は出だしが危険だって。クリーブランドへの最初の航行にはおれも乗っていたが、その男は途中で命を落としてしまった。それからこの船はおれのものになったというわけさ」

シューラーは船員たちが荷物を置いて乗客を船室に案内するのを見ながら言うと、エイプリルに顔を向けた。ひどく真剣な表情をしている。「さっきも言ったが、銃を手放すな。絶対にな」

【訳注】大型の淡水魚の一種。

CHAPTER 27 ヴァイオレット

子どもたちがナショナルモールの回転木馬でセバスチャンと出会ってから三、四日経ったあと、ジュニーが大人たちのグループを率い、JTFと話し合うためにホワイトハウスへと出かけていった。彼らはほぼ一日ずっと留守にしていて、戻ってくるなり夕食のあとで会合を開くと告げた。「全員参加よ」ジュニーは宣言した。

「子どもたちもか？」マイクが尋ねる。

「ええ、そうよ。子どもたちにも話しておかないと」

その夜の夕食はいつもより静かだった。全員が何か重大なことが起きているのを感じていたが、具体的なことを知っている人は少ししかいない。その人たちも、ジュニーから自分が話すまで黙っているよう頼まれていた。静かなだけでなく、奇妙な感じもする。食事はここ数週間で食べていたものよりも上等だった。菜園ではもう食べられる植物の収穫が始まり、新鮮なサヤインゲンが川で捕ったシマスズキに添えられている。アナコスティア川とポトマック川の合流するあたりで釣りができる場所を発見したのは、マイクだった。そこはワシントンDCの中心部から遠いので、人々が争うような場所でもない――少なくともいまのところは。

食べるのが特に遅い人たちを残してほとんどが食べ終わった頃、ジュニーが立ちあがってスプーンでグラスを叩いた。話し声がやんで部屋の中がしんと静まり返る。「結婚式のときにすることなんだろうけれど――」彼女は切りだした。「こうでもしないと、みんなに注目してもらえないと思って。話を始めるわよ。まず、わたしたちは重要な決断を迫られているわ」

マイクが彼女の隣に立って付け加える。「大事な話だからみんなよく聞いてくれ。仕事の分担を話し合うのとはわけが違う。これは……そう、生死に関わるかもしれない話なんだ」

彼のひと言はその場にいる全員の注意を引きつけた。もちろんヴァイオレットも例外ではない。彼女はほかの子どもたちを見回した。いつものように、七人はまとまって座っている。一緒に遊んだり何かをしたりした日には、キャッスルにいるほかの子どもが加わることもあるが、基本的にその子たちは家族と同じだ。それに対して、ヴァイオレットと彼女の友人たちには家族などいなかった。

まあ、アイヴァンとアメリアには父親がいるけれど、とヴァイオレットは思った。とはいえ、生きていればの話だ。

そんなことを考えているうちに、ジュニーがふたたび話し始めた。「何日か前、ここワシントンDCにいる市民軍のひとつが接触してきたの。みんなも見たわね。その組織は、ほかの組織よりましかもしれない。少なくとも黙示録を妄信しているような連中とは違っていたわ。でも、しょせんは市民軍でしかなかった。力は銃身から生まれると信じていて、銃をたくさん持っている自分たちの考えのほうが、ほかの人たちよりも優れていると思っている人たちよ。わたしはそうは思わない。人間はみな一蓮托生《いちれんたくしょう》だと信じているし、たいていの場合、正しさと力は関係ないはずだわ」誰かが下品な野次を飛ばし、話がいったん途切れた。ヴァイオレットには誰が野次を飛ばしたのかわからなかったが、ジュニーは声のしたほうをしばらくじっと見つめ、それから話を再開した。「でもそれはあくまでも信条であって、ここは現実の世界よ。手っ取り早く言うと、彼らは取り引きを求めてきたの。彼らの味方につけば、この街と国の支配権をめぐって争うほかのすべての組織から守ってくれるそうよ」

「貢ぎ物と引き換えにな」マイクが口をはさんだ。

部屋のどこかかから怒りもあらわなつぶやき声があがったが、ジュニーが両手をあげて制した。「聞いて。わたしたちはいままで知らなかったけれど、どうやらこの避難所はこれから始まる戦いの真っ只中にいるみたいなの。これからわたしたちが生きていく国がどんな国になるかを決める戦いよ。いままでのアメリカはウイルスに奪い去られてしまった。そこで、アメリカがこれからどうなっていくかという問題が浮上しているわけ。議事堂にいる勢力は、スミソニアンの博物館群も制圧して、東と南をほぼ完全に掌握しつつあるわ。個人的には、彼らが掲げる将来像には賛同できないけれど、わたしにはこのキャッスルにいるすべての男性と女性と子どもたちに対する責任がある。だからあなたたち全員に問いたいの。これからわたしたちが取り得る選択肢を説明するわ。そのうえで投票をしましょう。そして、何があろうとその結果に従って行動する。それが民主主義であり、わたしたちの信じる理想だと思う。少なくとも、そうあってほしいと願っているわ」

すべての男性と女性と子どもたちか。ヴァイオレットは考えた。本当に子どもたちも投票に参加できるのだろうか？　大人たちが子どもたちの考えを気にかけてくれるの？

セバスチャンの何かが、彼女をおびえさせていた。アメリアとサイードも同じように感じているのはわかっている。回転木馬にいた彼女たちに近寄ってくる歩き方からして、何か引っかかるところがあったのだ。ヴァイオレットはその何かを言い表す言葉を知らない。それでも、彼の笑顔はどう考えても本物とは思えなかった。ヴァイオレットと同様、ジュニーもセバスチャンを信じていないらしいとわかったのはうれしいことだった。

「彼らと話し合ったあと、わたしは自分が思う責任ある行動を取ったわ」ジュニーがさらに言葉を続ける。「ＪＴＦと話をしに行って武装組織のメンバーが語っていた内容を伝え、ＪＴＦは来年この街と国がどうなっていると思うか、本当のところを尋ねてみたの。ＪＴＦの人たちはいつもどおり礼儀正しくて親切だったけれど、同時に現実的でもあったわ。彼らは自分たちの物理的な力を把握しているから、できることとできないことはわかっている。そのＪＴＦがわたしに言ったことをみんなにも伝えるわね。彼らは人員不足で圧倒的に不利な状況にある。わたしたちやフォード劇場、そのほかの避難所の安全確保に全力を尽くしているけれど、そんな中でも複数の勢力がワシントンＤＣの支配権を奪取しようとしているのは確認済みだそうよ。政府はその動きに対して何もできないとも言っていたわ。エリス大統領は事態を掌握しようと、できることはすべてやっているみたい。それでも……まあ、あとは外のありさまを見ればわかるわね」

誰かが口をはさんだ。「エリス？　メンデスはどうしたんだ？」エリエゼル・メンデスはウイルス攻撃を受けたときの副大統領で、一月にウォーラー大統領がドルウイルスに感染して死亡したあと、大統領執務室を引き継いだ。少なくとも公式にはそういう話になっている。もちろん、キャッスルの中に真相を知る者はいない。

「メンデスについては何も聞かされていないけれど、亡くなったようね」ジュニーが答えた。「それでアンドリュー・エリスにお鉢が回ってきたんじゃないかしら」

人々のあいだで不満の声があがる。ワシントンＤＣにはエリス嫌いが多いのだ。「わたしはあの男に票を入れた覚えはない」ヴァイオレットら子どもたちの近くに座っていた男性がぼそりと言った。

「この中の誰もがエリスに票を投じてはいないわ」ジュニーが続ける。「わたしなんて、彼がどこの州の出身かも知らないもの。それでも、大統領職の継承がルールでそう決まっている以上、次に選挙をするまでは彼が大統領よ。わたしたちは選ばなくてはならないわ。これまであった仕組みを信じるか、それとも、それを捨てて成長しつつある新しい組織に加わるかのどちらかをね。つまり、過去に手にしていて、ふたたび取り戻せるかもしれないものにしがみつくか、それとも議事堂を占拠している組織の味方になるかということよ」

「待って」ジュニーと同じテーブルの一番遠い位置にいる女性が言った。「JTFが言っていたことは、まだほかにもあるんでしょう?」

「JTFはこうも言ったわ。わたしたちはキャッスルの防御を強化して、嵐に備えないといけないってね。支援する努力は続けるけれど、実際に嵐が来たら、吹き飛ばされないよう守ってくれる保証はないそうよ」ジュニーはため息をついた。「議事堂を占拠している連中と話した印象からすると、JTFの見解は正しいと思う。戦いが迫っていて、わたしたちとしては巻き込まれないようにしたい。そのためには、戦いが終わるまでじっと身を伏せて、自分たちの身を自分たちで守るのが最善の策だと思うわ」

「その最善策とやらを選んだとして、議事堂の人たちが戦いに勝ったらどうなるの?」

ジュニーから最も離れた部屋の隅にいる女性が声をあげた。ヴァイオレットも見覚えのあるその女性は、たしかバージニア州のどこかで警察官をしていたはずだ。「彼らはわたしたちがＪＴＦの側についたと思うわよ」

「彼らの見方が正しいわ」ジュニーが答える。「もしアメリカ合衆国という国家がまだ存在しているると信じるのなら、何があってもＪＴＦの側につかなくてはならないもの。もう存在していないと考えるなら……そうね……エイブラハム・リンカーンの言葉はみんな知っているでしょう？　分断された家は立ちゆかないということよ。わたしたちは選ばなくてはならない。どちらの未来を信じるかをね。わたしは自分の信じるものをわかっているわ」

「市民軍がわたしたちを殺しに来たら、いくら信念があったところでなんの助けにもならないわ」元警官の女性が反論した。

「そのとおりよ」ジュニーが同意する。「でも、戦いが始まってもいないうちに降参するのは、もうアメリカを信じないという決意をするのと同じだわ。もう合衆国憲法を信じていないことになる。そう言いきる心の準備がわたしたちにできているのかしら？」

人々がそわそわして、ひとりごとを言ったり、隣の人につぶやきかけたりし始めた。ジュニーがそんな人々を見回し、それからマイクのほうに視線を向けた。ヴァイオレットの印象では、マイクは励ますようにジュニーにうなずきかけ、その隣に立った。

「みんなの考えていることはわかる」マイクは言った。「いざというとき、ＪＴＦがわれわれを助けられないのではないかと心配しているんだろう？　ぼくもジュニーもそれは心配だ。だが、ぼくは議事堂の連中がわれわれを守ってくれるとも思っていない。やつらはわれわれのことを、勝手に自分たちのものだと信じ込んでいる縄張りの中にいる〝よそ者〟と見なしているんだ。そんな存在とアメリカ国民、どちらでありたいと願う？　ぼくとしては、いまはＪＴＦの策に従うべきだと考えている。来月でも再来月でも、状況が変わったらそのときにまた考えればいい。だが、いまは現状のままがいい。ひとたびキャッスルに武装組織の一団を入れてしまったら、戦いが始まったときにみずから火線の上に立つことになる」

「しっかり考えて」ジュニーがあとを引き受ける。「ひと晩かけて考えてちょうだい。みんなの同意が得られたら、投票をしましょう。でも、いずれにしても明日の話よ」

ジュニーが座り、マイクも続けて腰をおろした。室内で聞こえるのは人々がもぞもぞと身を揺らし、足を動かす音だけだ。やがて人々が立ちあがり、食事のあと片づけに移った。言いたいことがある者は誰ひとりいなかった。

そのあと、子どもたちが自分たちの部屋に戻り、ロウソクの火を消して眠ろうかというときにジュニーがやってきた。ノックして部屋に入ってくると口を開く。「話があるの」

「あの人たちなら、わたしたちがキャッスルに招いたわけじゃないわ」アメリアがすかさず主張した。「向こうが近づいてきたの。それで……」

「わたしたちは怖くなってしまったの」ヴァイオレットがあとを続ける。「そうなんだ。ぼくたちは帰りたかったのに、あの人たちが一緒に来るって言うから断れなくて……」毛布にくるまって頭だけを出したサイードが付け加えた。

「あなたたちがどうしてそうしたのかは、わかっているつもりよ。ただ、あの人たちは信用できないということは覚えておいてね」ジュニーが空いている椅子に腰をおろした。

「いまとなっては正しいことをしてくれるのはJTFだけで、ほかは誰も信用できない気がするわ。この街にはたくさんの勢力がいて、みんな自分たちがすべてを手に入れられると思っているの。肉の切れ端をめぐって争う飢えた犬みたいなものね」

「それじゃぼくたちがその肉みたいだ」ワイリーが言った。

「そうならないように努力しているところよ」ジュニーが応じる。「一緒にいる限り、わたしたちは大丈夫」

「本当に？」部屋の隅からシェルビーの小さな声が聞こえてきた。窓の下のその場所は、彼女のお気に入りの寝床だ。

「本当よ。信じ続けるの。信じていればきっと実現するわ」ジュニーが立ちあがり、ともっている最後のロウソクの火を吹き消した。「さあ、眠りなさい。これから何日か忙しくなるわよ」

CHAPTER 28 アウレリオ

アウレリオはペンシルベニア州とオハイオ州を抜けられる方法をいくつも考えたが、まさかアーミッシュ版のポニー・エクスプレス【訳注1】を使うことになるとは思ってもみなかった。それがいま、こうして五台目の馬車に揺られている。最初にアーミッシュの馬車をつかまえたのはクリアフィールドで、それからクラリオン、スリッパリー・ロック、セーレム、オーヴィルと乗り継いでここまで来た。どれも数日前までは名前を聞いたことすらない土地だ。この旅以前はアーミッシュの人々と話したこともなく、それどころか、アーミッシュといえばカウボーイやマウンテンマン【訳注2】のように半ば神話的な存在だと思っていた。ところが、実際のアーミッシュは——少なくとも長距離を移動する馬車を操る者たちは——現実的で口数が少なく、多少目立ちはするものの、それなりに親切だった。彼らは二十世紀に登場した技術のほとんどを拒絶していたために、疫病の影響をそれほど受けなかったらしい。いまアウレリオの隣に座って馬車を操っているルーカスは、現代的な生活をしていなかったおかげでウイルスの蔓延を生き延びたと確信している。

「ニューヨークでは何人死んだ？　十人のうち七人、それとも八人か？」

「そんなに多いとは思えないな」アウレリオは答えた。「でも、それに近いかもしれない」

「われわれのコミュニティでは十人中三人だ。神は信じる者をちゃんと見ているのさ」

アウレリオは信心深いほうではないが、ここで宗教について議論したくはなかった。

「そうかもしれないな」

「そうに決まっている」ルーカスが断言した。

やがて馬車はオハイオ州のウィラードへ入った。アウレリオには、どこにでもある典型的な小さな町に見える。町の中心となる地区では大通りに店が連なり、そのまわりの数ブロックが住宅地になっていた。店はフランチャイズと地元のものが半々といったところだろうか。町の中心部から、すべての方角にある平坦で広大な農地に向かって、二車線の道路が放射状に延びていた。農機具の販売店の駐車場に地元のアーミッシュが開いた交易所がある。似たような馬車が並ぶそこのスペースに、ルーカスは馬車を止め、地面におり立った。

わずか数分とはいえ、ようやくまっすぐ立てる。アウレリオは喜んでルーカスのあとに続いた。十代と思われる少年たちがやってきて、ルーカスの馬車に積まれた袋や箱を近くにある空の馬車へと運び始める。挨拶代わりにうなずきかけてきたその馬車の御者に、ルーカスは歩み寄った。

「このイングリッシュはトレドへ行くそうだ」ルーカスがアウレリオを指さして紹介する。アウレリオは何日かアーミッシュと行動をともにしてきたが、イングリッシュと呼ばれるときに感じる奇妙な感覚はどうしてもなくならなかった。その呼び名がアーミッシュでない人々を指しているのは明らかだ。

「わたしはトレドへは行かないぞ」御者の男性が応じる。「魚を手に入れにサンダスキーへ向かう」

ルーカスに視線を向けられ、アウレリオは尋ねた。「サンダスキーというのはどこにある？」

アーミッシュの男たちが互いに目を見交わした。「トレドから七、八十キロ離れたところかな？」口を開いたのはルーカスだった。

「八十キロ近いさ」男性がルーカスに言い、アウレリオに向かって付け加えた。「湖に面した土地だよ」

「そうか」アウレリオは応じた。「トレドに近づくのは間違いない。乗せてくれると助かるよ」

アーミッシュの男性が帽子を取って袖で額の汗をぬぐい、かぶり直してから手を差しだした。「フランク・レンチュラーだ」年齢は五十歳ぐらい。白髪まじりの黒髪で髭を生やし、あまりにも対照的な白い額と茶色く日焼けした頬が印象的な男だ。握手をすると、ずっと屋外で働いている男ならではの力強さがアウレリオにも伝わってきた。

アウレリオがフランクを手伝って荷物を積んだあと、馬車はすぐに出発し、ほぼ真北に向かう田舎道を進み始めた。「目的地までどのくらいかかる？」アウレリオはきいた。

「六、七時間かな」フランクが馬に目を向けたまま答える。「有料高速道路《ターンパイク》で問題が起きるかどうかによる」

「どんな問題が起きるんだ？」

「たまに盗賊が出る」フランクが頭を傾けて座席のふたりのあいだを示す。アウレリオが目をやると、右足のすぐそばに銃身と銃床を切り詰めたショットガンが置かれていた。

ターンパイクが九十九号線と交差する地点に近づくと、いま通っている九十九号線がターンパイクの下をくぐってまっすぐ続いているのが見えた。ただし、ターンパイクと四号線をつなぐ立体交差《インターチェンジ》へ入っていく横道もある。「サンダスキーに向かう主要道路はあっちなんだ」フランクが言った。「だが、盗賊が出る」言葉を切って顎でまっすぐ前を示す。「それと比べて、こっちの道は距離がやや長くなる代わりに、普段からトラブルが少ない」

ターンパイクの下をくぐる地点まで数百メートルというところまで来て、フランクがさらに言った。「わたしは生まれてこの方、ターンパイクというものを走ったことがない。

要するに大きな道路だろう？」

「おれもない」アウレリオは答えた。「ワシントンDCで生まれ育ったからな。だが、そうだ。要するに大きな道路だよ。車線が六つもある」

「ラムスプリンガ【訳注3】のあいだに何度か自動車に乗ったことがあるよ。そのあと家に戻ってから三十年経ったいま、世界のほうが時間を逆戻りしてわれわれに近づいてきた。いまでは自動車に乗っている人は多くないんだろう？」

「ああ」アウレリオは答えた。高架橋になっているターンパイクの防護柵の上に何人かの頭が突きでている。

「ふん」フランクが言った。「誰かがこっちを見ているみたいだ」

「さっさと抜けてしまったほうがよさそうだ」手綱を振るい、馬を小走りで駆けさせる。

「おい、そこのアーミッシュ！」アウレリオたちが声の聞こえる距離まで近づくと、高架橋の男たちのひとりが叫んだ。こちらから見て左へ腕を伸ばし、四号線につながるインターチェンジがある方向を指さす。「そこを通る者はみな四号線に乗ってもらう！」

アウレリオは高架橋の上にいる者たちから見えない低い位置でG36を手にし、安全装置を解除した。「インターチェンジは通りたくないんだろう？」

「ああ」フランクは頭をわずかに動かしてうなずき、そのまま馬を走り続けさせた。

「やつらはどう出ると思う？」

「わからないな」

高架橋の下の影の中で何かが動くのをアウレリオの目がとらえる。続けて四人の男たちが姿を現した。ふたりは拳銃を、ひとりは自動小銃AR‐15を手にしている。「止まったらろくなことにならない。そうだな？」

フランクがもう一度小さくうなずいた。高架橋の真下にいる男がAR‐15の銃口を持ちあげる。残りの男たちのうち、ふたりが馬車に手のひらを向けて両手をあげた。

「おれが撃ったら、できるだけ速く馬を走らせてくれ」アウレリオは言った。

フランクがうなずいた。「問題は馬じゃない。車体のほうだよ」

男たちとの距離が四十メートル、三十メートルと縮まっていく。

二十メートルほどになったところで、アウレリオはG36を持ちあげて発砲した。

動いている標的を撃つのが難しいのと同様に、動いている乗り物から止まっている標的を撃つのもまた難しい。真正面にいる二頭の馬の頭で射線が制限されているのでなおさらだ。アウレリオの初弾は狙いをはずした。AR‐15を持った男は撃ち返さず、たじろいであとずさった。この動きでアウレリオは相手が素人なのを見抜くとともに、もう一度引き金を引く時間を得た。

今度は命中した。男の脚に当たったらしい。「ハイヤー！」同時にフランクが叫び、手綱を馬の背に叩きつける。馬たちが速度をあげて突進し、高架橋の下の男たちを追い散らした。

だがひとりだけ、馬車に背を向けて同じ方向へ駆けていく男がいる。男は馬車が追い抜きざま、右の馬に飛びかかって馬具をつかんだ。片方の脚を振りあげて馬と馬具をつなぐくびきにかけ、銃を引き抜く。

フランクが何か叫んだが、アウレリオには聞こえなかった。馬車はもう高架橋の下を抜け、反対側の日なたに出ている。しかし、男に馬を撃たれれば、すぐに残りの盗賊たちが追いついてくるだろう。かといって、アウレリオが男を撃つにしても、この角度からでは馬を撃ってしまう可能性が高い。

G36を床に落とし、車体の前部を乗り越えて馬の背に飛び乗った。片方の手で馬具をつかみ、もう片方で手刀を作って盗賊の前腕に思いきり叩き込む。銃声が一度響いたが、銃は男の手から離れ、音をたてて馬車の下に落ちた。しかし、馬の背に乗るのが初めてのアウレリオもしがみついているのがやっとで、どうにか男めがけて拳を繰り出しても効果的に命中させられない。

男がナイフを抜き、彼の腕をつかんで馬具から引きはがそうとするアウレリオに切りつけた。だが、男も馬具を放さない限り力を込められない。一方、もし馬具を放せば、二頭の馬のあいだから車体の下に落ちるのは間違いなかった。男もまた有利な体勢を作れず、ふたりはともに手詰まりの状態に陥っている。後方で銃の発射音が続く中、それでも馬車はひたすら道路を進み続けた。

盗賊の男が瞬時に小さく円を描くように腕を動かし、アウレリオの手を振り払った。昔ながらのやり方で、思うように動けない相手に対しては有効だ。続けてアウレリオの腹めがけ、低くまっすぐにナイフを突きだす。

選択の余地はない。アウレリオは横によけ、肘を曲げて突きだされた相手の腕を自分の脇腹にきつく抱え込んだ。馬上にある体の均衡が大きく崩れ、とっさに馬具を放して代わりに男のシャツをつかむ。どうせ落ちるなら、相手も道連れにしてやる。

ついに馬に振り落とされ、アウレリオは盗賊の男もろとも落下した。舗装道路ではなく男の上に着地しようと空中で体をひねる。その試みは半分成功し、男が先に背中から道路に落ち、直後にアウレリオの右肩が男の胸にぶつかった。次の瞬間、慣性の法則が働いて馬の進む方向に投げだされ、側頭部が道路に叩きつけられる。アウレリオは男から離れて大の字になり、どうにか体を回転させて路肩の砂利の上にうつ伏せになると、そのまま動かなくなった。耳に入ってくる音がひどく遠くに感じられ、自分の両手がどこにあるのかもわからない。顔をあげてみると、目の焦点もうまく合わせられなかった。

数メートル離れたところで盗賊の男が横向きに丸くなり、酸素を求めてあえいでいる。アウレリオは手と膝をついてゆっくりと身を起こし、立ちあがろうとした。うまく立ちあがれず砂利に座り込み、大きく息をする。

いきなり顔に影が差し、見あげるとフランクがのぞき込んでいた。「落ちたときに頭を強く打った」アウレリオはどうにかそれだけ伝えた。

「見ればわかる」フランクが言った。「出血もひどいぞ」

アウレリオは気づいていなかったが、言われてみれば顔の半分ほどが血だらけになっているのが感じられた。

「行こう」フランクがアウレリオに手を貸し、立たせながら促した。「ここには長くいられない」

アウレリオを馬車に乗せると、フランクは手綱を操り馬を急がせる。アウレリオは、ようやくものを考えられる程度には意識が回復してきた。血まみれの顔に触れてみると、眉の端と頬骨の上に裂傷ができている。ふと、骨というのはこういうときのためにあるのだろうと考えた。そのおかげで少なくとも目は無事だったわけだ。

「感謝するよ、ミスター・ディアス」フランクが話している。「あの連中にすべて奪われて殺されていたかもしれない。そういう目に遭った者もいるんだ」

「力になれてよかったよ」アウレリオは返した。馬車の揺れに耐えかねた彼は、道路に向かって胃の中のものを吐きだす。

アウレリオが姿勢をもとに戻すと、フランクが言った。「そうとうな脳震盪を起こしているに違いない」

「そうかもしれない」アウレリオは同意した。視界はもとどおりだし、認知力に問題はないように思える。現在の大統領は？　アンドリュー・エリス。いまは何月？　五月。

水で口をゆすぎ、道路に吐く。ニューヨークにいたときなら、一日休んで脳の損傷を示す症状が出ないかどうか確かめただろう。だが、ここではそうしたことを調べる手段がないし、そんな時間の余裕もない。早くアイク・ロンソンを見つけださなくてはならないのだ。

数キロ走った先で、フランクが手綱を操って小走りだった馬たちをふたたび歩かせた。「やつらが追ってくるんじゃないのか？」アウレリオは尋ねた。肩が死ぬほど痛む。脱臼しているのは間違いないが、動かした感触では関節が完全にはずれているわけでもなかった。運が味方してくれれば、休んでいるうちに回復するかもしれない。

残念なのは、その休む時間すらないことだ。

「たしかに追ってくるかもしれない」フランクが答える。「だが、馬を傷つけるわけにはいかないよ。これ以上はな」

その言葉を、アウレリオは最初理解できなかった。だが、馬をよくよく見ると、一頭が出血している。いったん馬車を止めて、ふたりとも路上におり立った。フランクが馬の状態を見ているあいだ、アウレリオは追っ手が来ないか後方を確認していた。目のまわりが腫れ始めているのが自分でもわかる。一分ほどして、フランクが言った。「運がよかったよ。銃弾が皮膚をかすめただけみたいだ」

アウレリオも馬に近づき、傷を確かめた。盗賊が放った銃弾が馬の胸あたりの皮膚を十五センチほどにわたって溝状にこそぎ取っている。ただし、骨は見えていない。「撃たれるしかない状況で、こいつは理想的な撃たれ方だ」アウレリオは言った。

フランクが馬の額をやさしく叩く。「そうかもな」同意すると、ふたたび馬車に乗り込んだ。「暗くなる前にサンダスキーまで行こう。あそこならあんたの手当てもできる」


【訳注1】過去にあった馬を使う郵便サービス。

【訳注2】一八〇〇年代のロッキー山脈にいた猟師や探検家。

【訳注3】アーミッシュになるかどうか選択する前に、一度親元を離れて俗世を経験する期間。

CHAPTER 29
エイプリル

蒸気船はまずエリーに立ち寄った。乗船時のシューラー船長との会話では、そんな話は聞いていない。「クリーブランドに行くものだとばかり思っていたわ」エイプリルは言った。

「行くさ。エリーに寄ったあとでな」そう応じると、シューラーは大声で船員たちに指示を飛ばし始めた。エイプリルが操舵室の外の壁に寄りかかって不満をつのらせるあいだに、蒸気船は減速して湖からプレスク・アイル湾に入る水路を通過した。いままでペンシルベニア州のエリーという町について考えたことなどなかったが、絵画のように美しい港だ。ドルインフルの登場以前はすてきな町だったのだろう。いま町中がどうなっているか判断するのは難しい。だが、少なくとも水路のこちら側の陸地は活気があり、制服を着た警官の姿すら見える。港の一番奥では列をなす小さな風車の羽が風を受けて回り、埠頭のどこかから聞き違えようもない発電機の稼働音が聞こえた。ここには電気があるのだろうか？　あったとして、どのくらいの電力なのだろう？

ウイルスが及ぼした影響は地域によって大きく異なるらしい。エイプリルはここへ来てそれを明確に認識しつつあった。完全に人がいなくなったところもあれば、人々がどうにか日常らしきものを取り戻しつつある場所もある。これまで見てきた悲惨な焼け跡と同じ数だけ、人々が団結して命をつないだところもあるのだろう。その中には、ふたたび栄え始めている場所だってあるのかもしれない。ジェイムズタウン・アーリアンズのような連中に支配されている町と同じ数だけ、ここエリーのようにその日を生き抜くという共通の目的に向かってすべての人種が協力している町もきっとある。

ニューヨークだけが世界のすべてではない。それがわかってよかった。

とはいえ、シューラーが航行の予定をすべて明かさなかったことへのいらだちは消えなかった。航行のあいだじゅう攻撃にさらされるかのような彼の極端な物言いに対するいらだちも。陸から見えないように進んできたおかげで、ここまでほかの船は三隻しか見ていない。短い暴風雨のあとで湖面がおだやかになったため、シューラーは岸にへばりついて進むのではなく、エリーに直進する針路を取ったのだ。

「カナダとの国境線をたどってエリーの北まで行き、そこから南へ進むこともあるんだ」

エリーまでの距離を半分ほど進んだあたりで、船員のひとりがエイプリルに教えた。彼はボイラーに燃料をくべていたため汗びっしょりで、涼んで休憩しようと甲板へ出てきたところだった。ドレッドヘアも灰だらけだ。「カナダの沿岸警備隊に国境から離れろと怒鳴られるがな。でもあいつらはトラブルが起きるとだいたい助けてくれる」

「だいたい？」

「誰だろうと、いつも頼りきりというわけにはいかないさ」船員が答えた。甲板にあがってから、早くも二リットルは水を飲んでいる。髪を束ねているバンダナをほどき、頭を振って結び直した。「エリーまではあと二時間というところだ」そう言い残し、船員が甲板の下へ戻っていく。エイプリルは南の水平線を見つめ、ふたたび陸地が見えてくるまでそうしていた。

エリーですって？　エイプリルはシューラーを探しにその場を離れた。


そうしていま、エイプリルたちは薪の積み込みと、乗客の何人かが下船するのを待っている。新たに乗船する客はなく、九十分が経ち、さらにシューラーと薪を積み込んでいた港の作業員たちとの激しい口論が終わったあと、船は蒸気機関の音をたてながら水路を抜けてふたたび湖に出た。湾を形成する細長い地形のプレスク・アイルをぐるりと回り、クリーブランドを目指して南西に針路を取る。

エイプリルが操舵室にあがると、シューラーが浅瀬で半分沈んでいる貨物船を避けようと操縦しているところだった。「夜までにクリーブランドに着けそうだ」彼は告げた。

「よかった。水の上では問題が起こりそうにないわね」エイプリルは横を通り過ぎていく難破船を見ながら言った。どうやら貨物船は座礁したらしく、厳しい冬のせいでばらばらになり始めている。彼女の脳裏に、船員たちがウイルスで死亡し、そのまま船が漂流したのではないかという疑念がよぎった。

「まだわからんよ。ここまではついていたんだ」シューラーがエイプリルに視線を向ける。「警戒を怠ってはいけない」

「マンハッタンに五ヶ月もいたのよ。警戒をゆるめたくても、できるかどうかわからないわ」

「そんなものか。ニューヨークはどんな感じだ？　電力の供給が途絶える前にテレビで見た限りでは、ずいぶんひどかったようだが」

「ええ、それはもうひどかったわよ。いまは少しましになったかしら」

「だが、あんたが残りたくなるほどよくはなっていない。危険を冒してひとりで旅をするくらいだ。よほど脱出したかったんだろう？」

「この国のニューヨーク以外がどうなっているか見たかったの。実際に違いを見るのは興味深いわ。三十キロ進むごとに状況が変わっていく」

「観光旅行のために封鎖を突破したわけか」シューラーはあからさまに信じていない口ぶりだ。

「違うわ。人探しのためよ」ある意味では本当だ。ビルの真実の姿を探し求めているのだから。生きていたときと死んだときの。

「なるほど」そう応じたシューラーは、難破した貨物船の横を通り抜けると、昔ながらの伝声管《でんせいかん》を使ってボイラー室に指示を与えた。「出力最大だ」

「了解、出力最大」金属製の管から声が返ってくる。

一分ほどすると、エイプリルにも湖の水をかく外輪の動きが激しくなり、船が加速していくのが感じられた。こうして体感してみるとなかなか興奮する。そういえば、機械で動く乗り物には乗るのは十二月の最初の週以来だ。プレスク・アイル湾の風車を見たときと同じように気分が高揚する。人々はまだ頑張り続けているのだ。これでＢＳＡＶが実在し、供給を後押しできるまで政府が団結を保っていられたら、事態は本当によくなっていくかもしれない。

エイプリルの上機嫌はクリーブランドまで続いた。その町は見間違えようもない電気の明かりで空を照らし、数キロ離れた湖上にまでその存在を告げている。「驚いたわ」思わず感嘆の声がもれた。「街全体に電気が行き渡っているの？」

「まさか」シューラーが答える。「全体にはほど遠い。湖に近い、いくつかの地区だけだ。ＪＴＦが設備を配置して大型の発電機とつないだんだ。たぶん湖岸に近い何基かの風車ともな」

蒸気船が減速し、湖岸の飛行場の隣にある貨物港へと入っていく。船の係留が終わったあとで、エイプリルは尋ねた。「ここから先へ行く気はないのね？」

「ああ」シューラーが返した。「ここで荷物を積んで客を乗せるんだ。ひと晩ぐっすり眠ったらバッファローに戻る」

「わかったわ。乗せてくれてありがとう」

「どういたしまして。あんたがそのショットガンを使うところを見ずにすんでよかったよ。湖沿いの二号線を行くなら、アナーバーまでは百六十キロほどだ」

「教えてもらって助かるわ。途中の状況がどうなっているかわかる？」

「いいや。だが、あのフットボール場にJTFの基地がある」シューラーが西を指さす。エイプリルがそちらに目をやると、たしかに湖岸に巨大なスタジアムが見えた。電気が通っている地区のうちのひとつだ。「あそこできいてみるといい」

「そうするわ。そっちも水賊に気をつけて」エイプリルは皮肉を込めて言った。

「今回出くわさなかったのは、幸運だったと思ったほうがいい」シューラーが真剣な顔で言い返し、船員たちを怒鳴りつけに甲板の下へおりていった。エイプリルは下船したあと、ロックの殿堂であるガラス張りのピラミッドを回り込んでフットボール場へ向かった。途中でほかの船の船員たちが荷物を積み込んだりおろしたりする横を通り過ぎ、マンハッタンとの違いに改めて驚いた。

この地では封鎖措置に煩わされることもなく、人々はさまざまな取り引きをして命をつないでいる。マンハッタンの封鎖が解除されたらどうなるのだろう？　混乱がブルックリン、クイーンズ、ブロンクスといった島の外へ波及するだろうか？　それとも、密輸や闇市場の仲買人を通さずに必要なものを手に入れられるようになり、状況が安定するのだろうか？

マンハッタンに戻ることがあれば、それを自分の目で確かめられるかもしれない。

そんな考えは、いままで脳裏をかすめたことすらなかった。戻る必要などない。それに、いま考えるには重大すぎる問題だ。だからその考えをいったん頭の片隅にしまい込み、五大湖科学センターの脇を抜けてフットボール場の壁が途切れている東端へ向かった。そこにある入口からはコンクリートの防護柵が百メートルほど延び、唯一のゲートには防御を固めたＪＴＦの検問所が置かれている。エイプリルはショットガンを背中にぶらさげ、両手が常に見える位置にあるよう気を配りながらゲートに歩み寄った。

「止まれ」守衛の男が声をかけてきた。「何者か言え」

「名前はエイプリル・ケーラー、ミシガン州のアナーバーへ行く手段を探しているの。ここなら助けてくれると思って」

「助ける？　運んでもらうつもりか？　そいつは無理な相談だ」

「話を聞かせてくれればそれでいいわ。ここからアナーバーまでの現状は？」

男がヘルメットをぐいとあげる。まだ二十歳そこそこといった感じだ。「どうやって行くつもりだ？　歩きか？」

「そうね。ほかに手がなければ歩くわ」

「こう言っては悪いが、そんなの狂気の沙汰だ」

「たぶんね」エイプリルは内心でつぶやいた。〝わたしがこれまでしてきたことを聞けば、そのときこそ本当に狂気の沙汰だと思うでしょうね〟

「そうだな。西の郊外はほとんど人もいない」少し黙ってから、男が言った。「そっちへ向かうなら、できるだけ湖のそばを離れないほうがいい。特に古い製鉄所の近くを通るときは。あそこはよくトラブルが起きる。その先は……くそっ……おれにもわからない。そこからトレドまでは、サンダスキーの周辺を除けばかなりの田舎だ」

「ありがとう。そういう話が聞きたかったの。行く前に水を補充してもかまわない？」

「いいとも」彼は一歩さがり、防衛線の内側にある検問所を通過したところに止まっている給水トラックを指さした。

エイプリルは二本のボトルを水で満たし、そのうちの一本をすぐに飲み干してもう一度補充した。ここへ来るまでに自然の水を何度も飲んできたし、胃もそれに慣れている。だが、都市の近くで同じことをするのはいい考えとは思えない。産業がほとんど活動を停止しているとはいえ、川にはきれいになるまで数十年はかかる有害物質が残っているからだ。

バックパックをふたたび背負うのと同時に、背後で声がした。「ちょっといいか」

彼女が振り返ると、そこには黒い肌と目をしたディビジョンのエージェントが立っていた。引き締まった体つきの男はこちらをあからさまに疑う表情を浮かべ、アサルトライフル――ＦＮ ＳＣＡＲ《スカー》を抱くようにして持っている。「何かしら」エイプリルは言った。

「そのバックパックをどこで手に入れたか教えてほしい。スーペル90もだ」

エイプリルは男の目をまっすぐ見据えて答えた。「わたしの命を救って亡くなったディビジョンのエージェント、ダグ・サットンの遺体からもらったものよ」

「本当か？」

「本当よ。前に乱暴なギャングに友だち数人と人質に取られたとき、彼がわたしたちを見つけてくれたの」

「どこで起きた事件だ？」

「ニューヨーク」

「ニューヨークだと？」エージェントが繰り返す。「ニューヨークの人間がオハイオでいったい何をしている？」

「できるだけ早く通り過ぎようとしているところよ」

エージェントは長いあいだ、彼女をじっと見つめた。ニューヨークにダグ・サットンという名のエージェントがいたかどうか、そして彼の死に関してどんな情報があるか、ディビジョンの通信システムを通じてすでに確認は終えているはずだ。「忠告するからよく聞くんだ。きみに対していまのおれのように、疑わしきは罰せずという姿勢で接しようとしないエージェントはたくさんいる」彼は言った。

「どういう意味？」答えの見当はついているが、エイプリルは尋ねた。

「ディビジョンの装備を身につけている民間人を見たら、事情を調べるのはあと回しにして、まず銃をぶっ放すエージェントが少なくないという意味さ。そんな民間人が十人いたら、九人はエージェントを殺している。おれが撃たなかったのは、きみがＪＴＦの基地内にいて、ここで何かをやらかすほど愚かには見えなかったからにすぎない」

ディビジョンの装備に気づいて尋ねてきたエージェントなら、前にもひとりいた。あれは初めてダークゾーンに入る直前のことだ。そのときは、ディビジョンの装備を遺体から回収した者は殺されるなどという話は出なかった。あれ以降に登場した新しい慣習なのだろうか？　あるいは、エージェントの全員がそういう行動に出るとは限らないということなのかもしれない。

「いろいろ考慮してくれたことに感謝するわ。わたしはそろそろ行かないと。長い旅路が待っているの」

「どこへ行く？」

「アナーバーよ」

「アナーバーに何がある？」

「運がよければ、誰がわたしの夫を殺したのかがわかるわ」エイプリルは答えた。一部だけ真実を明かして話すのにも慣れてきたようだ。アナーバーに到着したらSBGxやBSAVについて質問して回らなくてはならないが、いまここでそれをするつもりはない。

「いいだろう」エージェントが険しい表情でエイプリルをにらみつけた。ただし、銃はまだ彼女のほうに向けられてはいない。「ISACがサットンの話の確認が取れたと伝えてきた。行ってもいいぞ。ただ改めて言っておく。仲間でもないのにおれたちの装備を身につけるのは、賢い行いじゃない」

「忠告には感謝するわ」エイプリルは答えた。

エージェントが背を向けて去ると、彼女も早々にその場を離れた。

日がかなり傾いてきたが、エイプリルは早くクリーブランドを出て、ほかのエージェントに遭遇する可能性の低い田舎に入りたかった。ああいう警告をされた以上、ディビジョン・エージェントの助けを当てにはできない。彼らにはそれぞれの行動規範があるが、多くの場合は、彼女は拘束――あるいはもっとひどい行為――の対象となってしまうらしい。

つまり、動かなくては――それも迅速に。

フットボール場の反対側は広い未開発の空地で、乗り物で埋め尽くされていた。馬車や牛車がほとんどを占める中、エイプリルの耳はエンジン音をとらえた。鼻も何かのにおいを感知している。あれは……フライドポテトのにおいだろうか？　彼女はトラックや荷車の列のあいだを歩き、アイドリング状態の平台型のトラックを探し当てた。平台にふたりの男が立ち、鉄製の足場をつなげている。運転台のうしろには、揚げものに使う植物油に違いない液体でいっぱいの大きなプラスチック容器がふたつ置かれていた。油のにおいは強烈で、ウイルスが蔓延する前は滅多に食べなかったにもかかわらず、エイプリルの心にファストフードへの強い郷愁を呼び起こした。

乗用車やトラックを植物油で走るよう改造している人たちがいるという話は聞いたことがある。しかし、実際に目にするのは初めてだった。「すみません」エイプリルは声をかけた。「これからどこに向かうの？」

「空港のあたりに行く」男たちのひとりが答えた。

「方向はどっち？」

彼は西を指さした。

「頼みがあるの。条件つきの提案よ」

足場をつなぎ終えて立ちあがった男がきく。「どんな？」

エイプリルはバックパックをおろし、運河の旅の終わりにソニアがくれたビニール袋の包みを出した。指で包みに小さな穴を開け、男に向かって掲げてみせる。「嗅いでみて」

男がかがんで包みにできた破れ目に顔を近づけ、においを嗅いで目を見開いた。

「たばこが二キロほど入っているわ。いますぐ出発してミシガンまで行ってくれるなら、半分はあなたたちにあげる」

「ミシガンのどこまで?」

「アナーバーよ」

男がしばらく考えてから答えた。「往復するには燃料が足りない。トレドまでなら連れていく」

「取り引き成立ね」エイプリルはトラックの平台にあがってプラスチック容器の横に座り、たばこの包みをぽんぽんと叩いて付け加えた。「いますぐ行けるわよね?」

CHAPTER 30
アイク

ミシガン州のダンディーにあるアウトドアとキャンプ用品の大型量販店の中で、次にマンティスと連絡を取ったとき、アイクは大いに驚かされた。

「重要な情報があるの、センチネル。エイプリル・ケーラーが十二時間前にクリーブランドに姿を現したわ」マンティスが言った。

「彼女が?」十二時間前といえば、この店の正面にある大きな駐車場に到着した頃だ。その後、アイクは彼が店に入るのに反対した地元民たちとちょっとしたトラブルになったものの、すぐに解決した。それからキャンプ用品のコーナーにあった新品の寝袋で一夜を過ごし、今朝は新たな気分で目を覚ましたのだ。

「彼女が自分たちと同じ装備を身につけていたのに気づいたディビジョンのエージェントが、話をした模様」マンティスが淡々と告げる。「装備を入手した経緯を説明させたあと、エージェントは彼女を解放したの。ただし、その際のやりとりは報告され、ディビジョンに記録されているわ」

運のいい女性だ。接触したのが自分なら、まず気絶させて連行したあと、もっと厳しい尋問を行っていたかもしれない。多くのエージェントはそうするはずだ。だが、全体の状況がわからない以上、ここであれこれ批評したところで意味はない。ディビジョンをディビジョンたらしめているのは、個々のエージェントがみずからの裁量で状況判断をくだす権限を与えられている点だ。アイクの知る限り、クリーブランドのエージェントも彼と同じ訓練を受けている。つまり、アイクがエイプリル・ケーラーを本能的に敵だと判断したとしても、そのエージェントと同じ行動を取っていたかもしれない。

「じゃあ、もし彼女が十二時間前にクリーブランドにいたのだとしたら……」アイクは頭の中で計算した。歩きならいま頃はトレドの近くにいるはずだ。

「われわれの監視下にいるエージェントは、エイプリル・ケーラーの行き先がアナーバーだと報告している。すぐにそこへ向かって、センチネル」

「彼女がアナーバーに到達する前に接触するのが得策かもしれないな、マンティス。信頼を得るための時間ができる」

「それはわれわれも考えたわ、センチネル。あなたとの接触前に彼女が目的を達成してしまうのは危険だというのがこちらの判断よ。あなたが先に接触する必要がある」

「了解だ、マンティス。彼女の具体的な行き先を知っているなら、教えてくれるとこちらも動きやすい」

マンティスが沈黙する。この先アイクをどれくらい信用するべきか推し量っているのは間違いない。マンティスの回答によって、アイクが相手をどれくらい信用すべきかも決まる。

「エイプリル・ケーラーの行き先はミシガン大学の北キャンパスである可能性が高いというのが、われわれの予想よ」

「ありがたい情報だ。できればもう少し――」

「いまあなたに明かせるのはここまでよ、センチネル。アナーバーに向かいなさい。先回りしてエイプリル・ケーラーに接触し、援助しつつ彼女の目的を確かめる。それがあなたへの命令。わかった？」

「了解」

マンティスが通信を切る。

現在地からアナーバーまで、自転車で三時間ほど。アイクは外に目をやった。天気はまだもっているが、西の空に雲が立ち込めている。それからしばらくのあいだ、何か役立つものはないかと期待しながら荒らされた店内を探してみたものの、すでにダンディーの住民がほとんど持ち去ったあとだった。見つかったものといえば、新しい靴下と下着くらいだ。

それでも何もないよりはましだろう。アイクは着替えをすませ、エイプリル・ケーラーが通る可能性のある道をいくつか思い描きながら、自転車を押して店の外に出た。もし彼女が徒歩で移動しているなら、トレドを通過しなくてはならない。その後、常識的に考えてトレドから北へ延びてアナーバーの東側へと続く二十三号線を行くはずだ。そのくらいのことなら店の駐車場で自転車のタイヤを確認しながらでも想像できた。

大穴はエリー湖だろう。アイクはできるだけ人との接触を避けてオハイオ州を通過したが、トレドを抜けたときには川を航行する船をたくさん見かけたし、その中には湖に向かっていたものもあった。自動車が普及する以前には、陸を進むより船に乗るほうがよほど速かったのだ。自転車で一日に百六十キロも移動するような物好きでない限り、いまの状況はその当時とほぼ変わらない。その物好きのアイクにしても、この先もずっと自転車に乗り続けるつもりはなかった。体力を維持するため馬のように食べているとはいえ、過酷な運転に必要なカロリーを補うだけの食料はとうてい手に入らないからだ。アナーバーに入り次第、自転車はいったんどこかに置いておくことになるだろう。

それに今回の任務が成功すれば、もう自転車は必要なくなるかもしれない。マンティスたちの組織は、自動車を含む多数の機械類を利用できる立場にある。勧誘の際に聞かされたその話をアイクが信じたのは、マンティスが先端技術を駆使しているのを目の当たりにしているからだ。実際、彼のスマートウォッチの盤面はいまもオレンジ色のままだし、ISACのローグエージェントのリストに彼の名前は載っていない。

アイクはあと少しだと感じていた。あと少しでマンティスたちが何者なのか知らされ、組織の計画の一部を正式に担うことになる。

あとはエイプリル・ケーラーよりも先にアナーバーへたどり着き、やってくる彼女を見逃さなければいいだけだ。

そこまで考えて、アイクの意識は湖に戻った。もし船で移動するなら、おそらく行き先はデトロイトだろう。そうなるとアナーバーへは東から州間高速道路九十四号線を使って入ってくるはずだ。九十四号線はアナーバーのすぐ外で国道二十三号線と交差している。彼はＩＳＡＣを使い、アナーバーの詳細な地図を呼びだした。ミシガン大学北キャンパスは二十三号線から離れた位置にあるが、二十三号線と九十四号線のインターチェンジはそれよりもさらに離れた南にある。ケーラーが自分の行き先を正確に把握したうえで東からやってくるのであれば、まっすぐ大学を目指してインターチェンジよりも北から入ってくるかもしれない。

これは厄介な問題だ。ケーラーはいまアイクのいる場所の数キロ圏内にいるかもしれないし、まだトレドを目指している途中かもしれない。あるいは、エリー湖に浮かぶ船に乗っている可能性もある。

それぞれの可能性についてもう一度検討し、陸から来ようと湖から来ようと、とりあえずケーラーは東からアナーバーへ入ると結論づけた。それならば、アイクが最初にやるべきは、まずそこへたどり着くことだ。あとのことは着いてから考えればいい。

アイクが九十四号線と二十三号線のインターチェンジに着いたのは、午前九時だった。あたりに目をやってみても特に見るべきものはない。数キロにわたって延びる空っぽの道路と、雑草だらけの広大な駐車場に囲まれた人けのない建物がいくつかあるだけだ。映画館のほか、個人向けの倉庫スペースと思われるアルミ小屋が列をなしている。南側は、ほぼ草と木だけの公園になっていた。

そこから二十三号線を北へ進むと、幹線道路の下にウォッシュトノー大通りが走っている別のインターチェンジに差しかかった。西に大きなショッピングセンターがあり、その駐車場にはＪＴＦの野営基地が置かれている。アイクはインターチェンジの円を描くランプをおり、基地へ近づいた。エイプリル・ケーラーがすでにここまで来ているなら、ＪＴＦになんらかの接触をしているかもしれない。ただし、その可能性はあくまでも五分五分だ。問題は、ケーラーが何をどこまで知っているのか見当もつかないことだ。彼女は明確な目的を胸に特定の場所を目指して最短距離で向かうかもしれないし、目的達成の寸前で多くの不確定要素に囲まれるという、アイク自身とおおよそ似たような状況に陥っているのかもしれない。

アイクが基地の検問所へ近づくと守衛たちが敬礼したので、彼も手を振って応えた。

「どちらから？」守衛のひとりが尋問ではなく、ただの会話として尋ねる。彼らは休養がじゅうぶんで落ち着いているように見えた。最近、散髪をしたらしい。

「ここしばらく遠くに派遣されていたんだ」アイクは答えた。「人を探している。女性なんだが、ここに寄っていないかと思ってね」

「民間人でここへ来る者はほとんどいませんよ」別の守衛が言った。「問題があれば別ですが、このあたりはわりと平和なので。アナーバーに残された人々のほとんどはフットボール場の周辺に集まっています。そこにJTFの本部基地があるので。街の南側、あちらです」彼が指で方向を示す。

アイクはその情報を頭に刻んだ。JTFの主力が町の南にいて、彼の作戦目標が北にあるというのは好都合だ。ケーラーの目的が判明して行動に出る際に、問題が発生する確率が低くなる。「ここにISACのインターフェースはあるか？」

最初に話した守衛が頭を傾け、後方にある臨時の指令所を示した。「もちろん。それにしても、ディビジョンの人員はほとんどがデトロイトとランシングに集中しているのにめずらしいですね。ここらでエージェントといえば、たいていキャンパス周辺で物資の警備にあたっていますよ」

「北キャンパスのほうです」別の守衛が付け加えた。

「それはどこにある？」

最初に口をきいた守衛が西を指さした。「ヒューロン・パークウェイを通るのが一番速い行き方ですね。ウォッシュトノー大通りを一・五キロほど行けばヒューロン・パークウェイと交差するので、そこを北へ。川を越えるとフラー・ロードがありますから、そこを左に曲がれば標識が見えるはずです。ここからだと、七、八キロくらいでしょう」

「ありがとう」アイクは言った。「デトロイトから来る場合はどの道を通って北キャンパスへ向かうと思う?」

「九十四号線を使うでしょうから、たぶん同じですね」二番目に話した守衛が答える。

「ですが、十四号線を使った場合は――」

「なぜ十四号線を使う?」

「それは道を間違えて――」

「こいつの話は聞かなくていいですよ」最初の守衛が相棒の言葉をさえぎった。「デトロイトから来るのなら、間違いなく九十四号線かミシガン大通りを使います。どちらもイプシを――西隣のイプシランティという町です――通過して、結局はこのウォッシュトノー大通りに出るか、あなたと同じように二十三号線を北上して、川の近くでおりることになります。それから、さっきも言ったようにフラー・ロードに入る」

守衛たちの会話があまりにも日常的なことに、アイクは衝撃を受けた。ふたりの男が道順について議論を戦わせているのだ。人々がM16自動小銃を手に社会の秩序を守ろうとやっきになる必要もなく、道順について平和に口論することができるアメリカ合衆国を想像し、アイクは一瞬だけ感傷的な気分になった。

結局のところ、彼がいま行動を起こしているのも、それを実現するためなのだ。

「聞いてくれ」アイクは言った。「きみたちに頼みがある。おれが探している女性についてだ。身長は百七十センチくらい、赤毛の白人で、たぶんディビジョンの装備品のバックパックを持っている。名前はエイプリル・ケーラー」

ここで彼女の名を教えるのは少しばかり危険でもある。だが、クリーブランドでエージェントと接触したことで、ケーラーはすでにJTFとディビジョンの追跡対象になっているに違いない。それならば、まずい情報をもらしているわけではないはずだ。

それに、情報を明かすことで、JTFの守衛たちを巻き込むという期待どおりの成果をあげられた。彼らの多くは、ディビジョンのエージェントを戦うスーパーヒーローとして崇めている。そんなちょっとした英雄崇拝が役に立つなら、それも結構なことだ。

「彼女もエージェントなんですか?」二番目の守衛が尋ねる。

「違う。だからこそ彼女と話す必要があるんだ」まったくの事実というわけではないが、エイプリル・ケーラーが危険な逃亡者のたぐいだとにおわせることで、JTFの関心を引きつけられる。「もし見かけたら、厳しい対応をしないで、ISACを通じて知らせてほしい。おれの名はアイク・ロンソンだ」

「わかりました、エージェント・ロンソン」

「ありがとう。ところで、自転車をここに置いていってもいいかな?」

「もちろん」守衛たちが声を揃えて答えた。

そのやりとりを最後に、アイクはその場から立ち去った。まず間違いなく、彼らがこの地区のJTFにいまの話を広めてくれるだろう。ケーラーが東からやってきたとしても、誰かが気づいて連絡をよこすはずだ。

ならばアイク自身は、ケーラーが南から入ってくる場合に備えておけばいい。一時間ほど歩き、アナーバーの南にあるミランという町の鉄道橋の上で足を止めた。北側には小さな刑務所があり、南側には放置された自動車部品の工場がある。刑務所を見て、警戒心が呼び起こされた。以前、ニューヨークでライカーズ島の刑務所から脱走した囚人たちが構成するギャング組織ともめたことがある。ニューヨークと違ってここでは、希望も家族の絆もない大勢の怒れる囚人たちがトラブルを起こすことはないという保証はない。つまり、アナーバーへ向かうケーラーがトラブルに巻き込まれるとしたら、このあたりになる可能性が高いだろう。接触して援助する。アイクは自分の任務を心の中で復唱した。

太陽が沈み始め、町に明かりがともる。そのほとんどはすぐ西にある小さな繁華街に集まっているが、人がそこに集中しているわけではないらしく、工場の敷地にも人々がいるのが見えた。さらに幹線道路をはさんだ工場の向かい、部品の店や修理工場が固まっているあたりにも人の気配がある。

もしケーラーが歩いてアナーバーに向かっているなら、ここに到達するのに少なくともあと一日はかかるはずだ。だが、ニューヨークからクリーブランドまでをより速く移動する方法を見つけたのは明らかだった。ならば、すぐにでも準備を整えるべきだろう。ケーラーが徒歩で来る場合に通過する時間を予測し、それまでこの場所で張り込みをする。そのときまでに彼女が姿を現さなければ、アナーバーまで戻って次の策を――その内容がどんなものになるにせよ――実行すればいいだけだ。

次にマンティスに報告するまで、あと三十六時間ある。運が味方すれば、それまでにアイクの任務は完了しているはずだった。

CHAPTER 31 ヴァイオレット

夕食後の話し合いから数日間、キャッスルは蟻塚のごとく忙しかった。人々が仕事の内容ごとに班に分かれ、あらゆるところで動き回っている。ヴァイオレットの目には、互いの邪魔をすることに多くの時間を費やしているように映った。キャッスルの人々の圧倒的多数がJTFを信頼するほうに票を投じたため、人々はJTFの提案に従い、総出でキャッスルの防御を固めることになった。

ジュニーとマイクは、キャッスルとその南の庭園を囲む位置にあるふたつの博物館を含めた一ブロックの周囲に防壁を作るべきだと判断した。そこで、ひとつの班が近くの路上に出て、捨てられた車の窓やドアを壊して押し動かし、十二丁目からアーサー・M・サックラー・ギャラリーの前を通過して芸術産業館の角まで並べていった。同時に別の班が建設現場から集めてきた合板、廃材、足場の板などで壁を作り、キャッスルと近くにあるふたつの博物館の隙間をふさいだ。壁の設置は順調に進んで昼食前には完成し、インディペンデンス大通りに車を並べる作業も午後の早い時間には完了した。車の列の中央には隙間が設けられ、人の出入りができるようになっている。「この入口には警護をつける」列に加える最後の一台を押すのを手伝いながら、マイクが言った。「時間があれば、車のうしろにも壁を作ろう」

時間があれば……か。並んだ車のうしろから作業を眺めながら、ヴァイオレットはぼんやり考えた。本当に攻撃されるのだろうか？ ほかの大人たちがキャッスルとふたつの博物館の一階にあるすべての窓を板でふさぐ作業をしているので、あちこちから金づちで釘を打つ音が聞こえてくる。ヴァイオレットはキャッスルに光が入らなくなるのがいやだったが、大人たちが自分たちのやっていることをきちんと理解していると、いまは信じるしかない。

そのほかには、建物の外に面した三つのドアをふさいでいる人たちもいた。キャッスルの入口を南の一箇所だけにするためだ。人々が一日じゅう働き続けたその日の夜、子どもたちは不安のあまり誰ひとりとして寝つけなかった。子どもたちが怖がっているのを察するといつも来てくれるジュニーは姿を見せず、それがさらに不安を大きくしている。まだ忙しいのかもしれないが、それならいっそ、ヴァイオレットもジュニーと一緒に働いていたかった。子どもたちはその日ずっと、ものを取りに駆け回っては、大人から邪魔だと叱られていたのだ。

その日の夕食の席で、マイクとジュニーが作業の進み具合を報告した。キャッスルの一階、それからキャッスルとふたつの博物館のあいだは、守りを固める作業がほぼ終わったそうだ。朝にはふたつの博物館の一階にある窓をふさぐ作業――マイクは窓の〝強化〟と言った――も終わるらしい。

子どもたちはひとり残らず、ウイルス感染が始まってからの数ヶ月で銃撃戦を目撃している。そしていま、暗い部屋の中でそれぞれが新たな戦いを生き延びられるかどうか考えていた。「こんなときに誰が助けに来てくれるか知ってる?」アイヴァンが口を開いた。

「ディビジョンだよ」

「そうね」アメリアが賛成した。「ディビジョンはいつも助けてくれるわ」

たしかに池でも助けてくれた。あと少しで手遅れになるところだったが、それでも終わってみればディビジョン・エージェントのおかげで最悪の事態を免れたのは事実だ。ヴァイオレットは、確実にディビジョンを呼びだせる電話番号でもあればいいのにと思わずにはいられなかった。

もちろん、そうなると電話が必要になる。いまや電話だのハイテク機器だのを持っているらしいのは、JTFとディビジョンくらいのものだ。

「ホワイトハウスからJTFがこっちを見ているからね」ノアが言った。「何か悪いことが起こったら、きっとすぐ来てくれるさ。大丈夫だよ」

「でも、大丈夫じゃなかったら、わたしたちはどこへ行けばいいの? 何か計画を考えておかなきゃ」シェルビーが主張する。彼女はまだ小さい――たしか九歳になったばかりだ

——のに、やたらと計画にこだわる。計画があったほうが安心できるのかもしれない。一方のヴァイオレットは、誰にも嘘をつかれていないと感じるときにより安心感を覚える。だから、実行する手段がないのに計画を立てることは、自分に嘘をつくことになるような気がした。

「もう寝たほうがいいよ」ワイリーが言った。「疲れているんだ。ぼくが撃たれたのを忘れちゃったのかい？」

「みんな、ワイリーが撃たれたらしい」サイードがからかった。

「そりゃ疲れるわよね」アメリアも軽口を叩いた。

笑ったのは何人かだけで、残りの子どもたちは不安のあまり面白がるどころではなかった。ヴァイオレットの頭の中には、眠って目を覚ましたとき、ブラックフライデー以前のような世界だったらどれだけいいだろうという思いがひたすら渦巻いていた。

晴れあがった次の日の朝早く、キャッスルの人々は作業を再開した。大人たちは忙しく、何かを不安がっている時間もないようだ。ジュニーはフルーツ・カクテルやミートボール入りのスパゲティといった、ずっと保管していたとっておきの缶詰を出してきて、希望する全員が普通の食事に加えて食べられるように準備した。

午後も半ばに差しかかった頃、ふたたびセバスチャンがやってきた。

今回は彼ひとりだった。ヴァイオレットとほかの子どもたちは、車の列を補強している大人たちのためにものを運んでいるところで、ワイリーも体調がいいらしく、廃材を運ぶのを手伝ったり、再利用するために釘を抜いたりしていた。ヴァイオレットがセバスチャンに気づいたのは、新たにキャッスルの入口となった黒のSUVとそれよりも少し古い白のSUVとの隙間に、彼が差しかかったときだ。セバスチャンが黒のSUVのボンネットを叩きながら声をかける。「こんにちは。マイクかジュニーはいるかい?」

セバスチャンの目がヴァイオレットをとらえた。「きみは回転木馬にいた子だな」

ありったけの勇気をかき集め、ヴァイオレットは答えた。「こんにちは」

「マイクかジュニーを連れてきてもらえるかな? ここで待っているから」セバスチャンが落ち着き払った様子で黒のSUVのフェンダーに寄りかかった。ヴァイオレットはキャッスルの中へ急いだ。

マイクは図書室の本棚を建物の反対側の窓まで運ぶのを手伝っている最中だった。「この前来た国旗のタトゥーを入れた人――」ヴァイオレットは声をかけた。「セバスチャンよ。あの人がまた来たわ」

マイクが渋い顔でうなずく。「そうか。ありがとう、ヴァイオレット。彼と一緒に来た人はいなかったかい?」

「ううん、ひとりだった」ヴァイオレットはマイクと一緒に歩いて外に出た。

「ほかの子たちを探してきてくれ。何かあったときのために離れたところにいるんだ。いいね？」マイクが彼女の肩に手を置いて命じる。

「でも、ひとりだったよ」ヴァイオレットはマイクに思いださせようとした。

「そうかもしれないし、ほかにも誰かいるかもしれない。道の角の見えないところに大勢を待たせていることだってできるからね。とにかく、言うとおりにしてくれ。わかったか？」

ヴァイオレットは歩く方向を変え、サックラー・ギャラリーの近くで廃材の釘を抜いているワイリーとアメリアのところまで行って声をかけた。「回転木馬にいたセバスチャンが戻ってきたよ」三人で車の列に沿ってこっそり移動し、何が起きているか見聞きできるくらい近いが、マイクが話をやめて立ち去るよう注意することがない程度に離れたところまで近づく。

「このあいだ話したあとでこちらが期待した反応とは違うな、マイク」ヴァイオレットたちが盗み聞きできる位置についたとき、セバスチャンが言った。

「この街が脅威だらけなのはよく知っているだろう、セバスチャン」マイクが答える。「うろついていたならず者たちにうちの子どもたちのひとりが殺されかけてから、まだ一週間も経っていないのでね。もう一度ウイルスをばらまこうとしているカルト集団みたいなのがルーズベルト島にいるという話も聞こえてくる。われわれはその手の厄介事から距離を置きたいんだ。そうしたすべてからな。庭園で作物を育て、自分たちの身を守りながらすべてが正常な状態に戻るのを待つよ」

「いい考えだ」セバスチャンが応じた。「ただ、いまの状況では実現できないな。遅かれ早かれ、すべての者がどちらの側につくか選択を迫られる。政府は片足を墓に突っ込んだまま、もう片方の足でバナナの皮を踏んでいるようなものだ。JTFは事態に圧倒されてホワイトハウスの一キロ先の治安も維持できていないし、外からの支援も来ない。そんな組織の助けを当てにしているのなら、きみらの運はもう尽きていると言っていい」

セバスチャンはまだSUVに寄りかかったままだ。彼が指でボンネットに何かしているのに、ヴァイオレットは気づいた。絵でも描いているように見えるが、気のせいかもしれない。

「たいしたセールストークだ」マイクが皮肉を込めて言った。

セバスチャンが肩をすくめてにやりと笑う。「事実は事実だ、マイク。ワシントンDCに秩序を打ち立てられるのはおれたちだけだ。ワシントンDCに秩序がなければ、アメリカ合衆国に秩序がないことになる。合衆国に秩序がなければ、各州の団結はもはや保てない。おれたちがあらゆる手を使って崩壊を防がないと、アメリカという国自体が終わってしまうんだ。単純な話だよ。きみたちがどう考えているかは知らないが、おれたちはそんな事態は絶対に認めない」

「同感だ」マイクが言った。「ぼくだってそんな事態にはなってほしくない」

「それなら自分たちの選択を再考してみることだ」セバスチャンがサングラスをかけ直して続けた。「きみたちの自衛権をどうこう言うつもりはまったくないよ、マイク。きみ自身ときみが面倒を見ているすべての人間にはみずからの身を守る権利がある。ただ、誰から身を守るのかは、慎重に考えるべきだ。きみたちが身を守ろうとする相手は、きみたちを敵と見なすしかなくなるわけだからな」

セバスチャンは指先をこすり合わせ、拳を作ってボンネットをこんこんと叩いた。

「長々としゃべってしまったな。とにかく、あと数日考えてみてくれ。次はきみたちが忙しくないときに来るから、そのときに続きを話そう」

セバスチャンがインディペンデンス大通りを去っていく。しばらくその背中を目で追っていたマイクが振り返ると、自動車の列で作業をしていた全員が彼を見つめていた。「作業を急ごう」マイクが言う。「どれだけの時間が残されているか、見当もつかない」

みんなが作業を再開し、ワイリーとアメリアも廃材の山へと戻っていった。それに加わる前に、ヴァイオレットはセバスチャンが何を描いていたのかを確かめなくては気がすまなかった。二台のSUVのあいだに立ち、よく見ようと背伸びをする。

埃が積もったSUVのボンネットの上には、アメリカの国旗が雑に描かれていた。

CHAPTER 32 アウレリオ

アウレリオは、サンダスキーでフランクに傷を縫ってもらい、手配された場所に泊まった。翌朝から、追跡を続けるつもりでいたが、体が言うことを聞いてくれなかった。一度寝入ったあと、そのまま十六時間近くも目が覚めなかったのだ。起きたときにはもう夕方で、出発するには遅すぎる時刻になっていた。つまり、丸一日を無駄にしてしまったことになる。眠る場所を提供してくれた漁師はもう湖へ出ていた。一家が住居としている漁業研究センターの奥の部屋からアウレリオが出ていくと、漁師の娘と家族の友人らしい女性が夕食をとっていた。漁師たち以外にもいくつかの家族が暮らすこの建物があるサンダスキーの小さな港は、西のフェリーの埠頭からひとブロック離れたところにあり、ヨットやボートをつなぐマリーナにはさまれていた。

食事をしている女性の名前は覚えているが――ジャッキーだ――娘の名前は出てこない。「おなかは空いた？」ジャッキーがアウレリオに尋ねた。「あれだけ眠ったんだから、かなり空腹のはずよ」

テーブルには魚のフライをのせた大きな皿が置かれている。アウレリオは席につき、ジャッキーに礼を言った。休んでいるあいだにアイク・ロンソンはどこまで進んだだろう？　フライを食べながら考えをまとめた。頭はまだ痛み、目は腫れているが、認識力に問題はないようだ。脳震盪を起こしていたとしても、それほどひどくはなかったようだ。ひどかったとしても、深刻な症状は現れていなかった。

「ライリーはじきに戻るわ」ジャッキーが声をかけてくる。「わたしとマッディは外で網を直さないと。すぐそこにいるから、あなたは休んでいて」

アウレリオはうなずいた。フライを食べ終え、武器と持ち物を確認する。ジャッキーが泥棒だとは思わないが、用心に越したことはないし、ターンパイクの高架橋の下で戦ったときに何かをなくしている恐れもあった。あとで探してないとわかるより、いまここで把握しておいたほうがいい。

なくなっているものはないようだ。アウレリオは持ち物をふたたびしまい、バックパックを、ドアのかたわらに立てかけたG36と並べて置いた。手元にはまだ予備の拳銃がある。外へ出て湖からの新鮮な空気を吸いながら歩いていると、HUDが点灯して着信を知らせた。「エージェント・ディアス？」

「ヘンドリックス中尉」彼女からの連絡に驚きつつ、アウレリオは答えた。

「しばらくあなたの所在地が信号の圏外になっていたわ。ISACが攻撃されたの。その手口はまだ特定されていないけれど、一部の電波塔が破壊されたみたい。これからしばらくはJTFの勢力と信号の両方が強いところにいないと、通信できないわ」

「了解」ここサンダスキーは、たぶんクリーブランドとデトロイトにあるJTF基地の勢力と信号が有効な範囲内にある。おそらくトレドとアナーバーもそうだろう。「連絡をもらえてうれしいよ」

「これからわたしが話す内容を聞いたら、そうも言っていられないかもしれないわよ。端的に言うわ。アイク・ロンソンはエイプリル・ケーラーという女性を追っている。彼女はアナーバーに向かっていて、二十四時間前にはクリーブランドにいたわ」

アウレリオは頭の中で計算した。彼女が急いで歩いているのなら、ちょうどいま頃はサンダスキー付近にいるはずだ。だが、ニューヨークからクリーブランドまでわずか十日で着いたとなると、徒歩より速い移動手段を見つけたと考えるべきだろう。

すでに彼よりも先を行っていると考えなくてはならない。

「了解。エイプリル・ケーラーだな。彼女についてわかっていることはあるか？　アナーバーを目指す理由は？」

「〝どこにでもいるただの民間人〟というよりはわかっているわ。でも、アナーバーを目指す理由は不明よ。確認できたことだけ話すわね。アイク・ロンソンと連絡役との通信をまた傍受して、一部の解読に成功したの。それで彼女の名前と行き先が判明した。ほぼ同時に、クリーブランドのエージェントがディビジョンの装備を身につけた民間女性と接触したという報告を受けたの。女性の外見と、彼女が目的地はアナーバーだと明かしたという話から、この女性がケーラーと同一人物の可能性が極めて高いと、われわれは考えているわ」

埠頭へ出ていたアウレリオは、夕暮れの太陽がサンダスキー湾をオレンジ色と金色に染める中で網を修繕《しゅうぜん》するジャッキーと少女を眺めた。「納得できる話だ」

「ここからはわれわれが戦略的に関心のある点よ。エイプリル・ケーラーの名前をこちらのシステムで検索したところ、JTFの科学部門のために助言と研究を行っていたロジャー・コープマンという科学者と接触したという記録が出てきたの」

その名は聞いたことがある。「コープマンか。その男はダークゾーンの中に隠れ家のような場所を持っているんじゃないのか？」

「ええ、そのとおりよ」

「こいつは驚きだ」アウレリオは思わず毒づいた。「その女性は赤毛の白人で、我と同じエージェントの装備を身につけていたんだな？」

「クリーブランドのエージェントもそう報告していたわ」

「ロンソンが市庁舎での作戦を投げだす三、四日前、おれはダークゾーンでその女性を見かけている」

「それなら、たぶんあなたはケーラーが最後にコープマンと話したのと近い時間に彼女を目撃したのね。彼に何を言われたにせよ、その内容が彼女をミシガンへ導いたのは確実よ」ヘンドリックスの言葉が途切れ、アウレリオの耳に遠くで何かがこすれる音が聞こえてきた。ファイルを漁っているらしい。「ケーラーの夫、ウィリアムはバイオテクノロジーの研究者で、シークエンス・バイオテック・グループ——通称SBGxという企業で働いていたわ。ブラックフライデーの直後に殺されているわね。広域スペクトル抗ウイルス剤として知られるワクチンの設計に関わっていたせいで殺害された可能性があるわ。コープマンはその情報を手に入れられる立場にあり、JTFにおけるアマーストのウイルスに対するワクチンと治療法の研究にも精通していた。ドクター・ジェシカ・カンデルが率いるJTFの研究チームは、その固有のウイルスに有効な治療法の確立に成功したので、ワクチンのサンプルをアナーバーの研究施設に送ったの。そこで変異種にも対応するワクチンと治療法の研究が進んでいるはず。全体の絵が見えてきたかしら、エージェント・ディアス?」

はっきり見えるとも。「ケーラーが存在するかもしれないワクチンについて知っていると考えた何者かがいて、そいつがアイク・ロンソンに彼女を追跡させた」

「こちらからはそう見えるわね」ヘンドリックスがまたしても言葉を切り、紙がこすれる音がした。「確証はないけれど、あなたに対して行動を提案するにはじゅうぶんな証拠が集まったと考えているわ。もちろん、あなたには大統領令第五十一号にもとづいて自分が必要だと思うことを実行する自由があるのは承知のうえで」

「提案というのは？」

「アイク・ロンソンが追っているものがなんであれ、あるいはエイプリル・ケーラーの知っている内容がなんであれ、ロンソンから連絡役に渡るのは絶対に認められない。それがわれわれわれの見解よ」

「おれの見解も同じだ、ヘンドリックス中尉」

「いまどこにいるの？　わたしが見ている限りではオハイオ州のサンダスキーになっているけれど、さっきも言ったとおり、ここ数日はＩＳＡＣを信頼できなくなっているの」

「その情報に関してはＩＳＡＣが正しい。いまはサンダスキーだ。どうにかして明日にはアナーバーに入る。アイク・ロンソンの居場所はわからないか？　こちらでは見つけられないんだ」

「ＩＳＡＣの最新情報ではトレドになっているわ。ただし、それ以上詳しい位置は特定できない」

中尉が話しているあいだにアウレリオもＩＳＡＣを見てみると、結果は彼女の言うとおりだった。「わたしは例の暗号通信をもう少し調べてみるわ」ヘンドリックスが続ける。

「どうも、ロンソンはＩＳＡＣを妨害するなんらかの対抗策を持っているらしいの」

「そんな芸当ができるのは、よほどの高機能装置だな」

「そうよ。ロンソンが誰のために働いているにしろ、彼らは最先端のテクノロジーを利用でき、しかもディビジョンやJTFとは違う目的で動いている。この任務はとても重要なものになってきたわよ、エージェント・ディアス」

違う。アウレリオにとっては、最初から重要な任務だったのだ。

「了解だ、中尉。すぐに動いたほうがよさそうだ」

「同感よ。幸運を祈っているわ、エージェント・ディアス」

アウレリオは通信を切り、たったいま聞いた話を整理した。まず、ドルインフルに対するワクチンが存在する可能性がある。これだけでも驚くべき情報だ。いままでは、ウイルスが変異してふたたび猛威を振るうかもしれないという不安な状況下で、ディビジョン・エージェントの任務をこなしてきた。本当にワクチンが存在するなら、疫病の脅威がなくなり、真に安定した状況でアメリカの再建を始められる。

エイプリル・ケーラーが何者にせよ、腐敗したディビジョン・エージェントのもとへまっすぐ導いてくれるかもしれない人物なのは間違いない。

アウレリオは埠頭の端まで歩いた。アナーバーまでは百六十キロ以上あり、歩けば二日はかかる。一刻も早くたどり着かなければならない。「ジャッキー」彼は声をかけた。

ジャッキーが糸を結ぶ手を止めて顔をあげ、少女も彼を見あげた。いまだに少女の名を覚えていないのに気まずさを感じないでもないが、いまはそれよりもずっと重要な問題がある。

フェリー乗り場を指さし、アウレリオは尋ねた。「あのフェリーの行き先は?」

「以前は湖のカナダ側にあるピーリー島まで行っていたわ」ジャッキーが答える。「でも、冬から船は戻ってきていないし、いまは誰もカナダには行けないわよ。陸上も水上も国境は固く閉ざされているの」

「そうか。だが、ほかに客を乗せるフェリーはあるんだろう? もう車に乗っている人間なんてほとんどいないんだから、水上交通を利用しているはずだよな?」

ジャッキーが立ちあがって伸びをし、両手をこすり合わせた。「もちろんよ。シダーポイントへ行けば、湖岸沿いを航行するフェリーが何隻かあるわ」

彼女が指さす湾の向こう側へ目をやると、ジェットコースターやそのほかの乗り物が夕暮れの太陽の光を受けて輝いている。湖岸に近い防波島に作られた遊園地だ。アウレリオは遊園地から東に向かって水上を走る黒々とした一本道を目で追った。その連絡路は彼のいる場所から一・五キロほどのところでサンダスキーの陸地につながっている。

「あそこからクリーブランドとトレドへ向かう船ならあるわ。天気がよければデトロイトまで行くこともあるわよ」ジャッキーが説明した。

アウレリオは完全に暗くなる前にジャッキーたちに別れを告げ、連絡路を渡ってシダーポイントに入った。急勾配を作ったり曲がりくねったりしている巨大な鉄の骨組みが、夕闇の中でそびえている。それは薄気味悪く悲しい光景で、子どもを遊園地へ連れていくことが、ごく当たり前に楽しめた頃を思い起こさせる。またきっとそうなる。おれは役割を果たし、そのための手助けをするだけだ。

水際を目指して、遊園地内を歩いていく。開けた水面が広がる島の湖側は長い無人のビーチになっていて、数艘の船が乗りあげていた。あんな船ではなんの助けにもならない。

湾に面した反対側の水際には大きなマリーナがあった。冬の嵐にやられたのか、十艘以上の船がつながれたまま沈んでいる。しかし、いくつかある長い波止場の先には、沈んでいるものよりも大きな船が何隻か係留されていた。アウレリオが魚のフライの香りを嗅ぎながらボートハウスとレストランを通り過ぎると、レストランの中では人々が集まって食事をしながら話をしていた。船上にも人の姿が見えたので、まずはそちらに向かうことにする。彼らなら必要な情報を知っているはずだ。

「やあ」波止場の端まで近づき、アウレリオは声をかけた。船は三隻あり、ふたつの防砂堤のあいだから湾への水路が見える左の方向に船首を向け、横づけに停泊している。

一隻の船員がロープを巻く作業をやめた。キャンバス地のショートパンツ以外は何も身につけていない三十代くらいの男で、黄土色のくせ毛が、日焼けが染みついた肩にかかっている。たくましい両腕はタトゥーで埋め尽くされていた。彼は船べりから身を乗りだして応じた。「何か用か？」

「ここにフェリーがあると聞いて来た」アウレリオは答えた。「急いでミシガンまで行かなきゃいけなくてね。本当なら昨日には着いていたかったくらいで、困っているんだ。誰に頼めばいいかわかるかな？」

「今夜連れていってくれるやつはいないよ。おれは明日トレドへ行くから、それでよかったら乗せてもいいぞ」

「どうしてもアナーバーに行きたい。大げさな言い方はしたくないが、人の命がかかっているんだ」

「前にあんたのお仲間を見たことがある。どうせ観光じゃないとは思ったよ。だが、おれは明日トレドに行かなきゃならないんだ。そっちの船の持ち主のブリンという女が建物の中にいる。あんたが彼女のほしいものを持っていれば、最優先でデトロイトまで乗せていってくれるよ」

「ブリンだな」アウレリオは確認した。「わかった。ありがとう」

「お安い御用さ」その言葉を最後に男はふたたびロープを巻き始め、アウレリオはレストランの中に入っていった。

ウイスキーのボトルや食べ終えた魚の骨がのった皿が置かれた長いテーブルを囲む人々の中で、女性は四人しかいない。アウレリオが入っていくと全員が彼に注目し、銃と装備を見て静かになった。「ブリンを探している」彼は言った。

がっしりとした体格で、白髪まじりの髪をクルーカットにした女性が、ウイスキーを飲もうとする手をぴたりと止める。「ここにいるわよ」

「話がある。少しいいかな？」アウレリオが尋ねた。

彼女はウイスキーをひと息に飲み干し、自分でもう一杯注いだ。「もちろん」

ブリンはアウレリオに手を貸したいようだったが、同時にみずからの身を案じていた。長い交渉を避けるには、彼女が断らないと思われる申し出をすることだ。「朝のうちにデトロイトへ連れていってくれたら、こいつはあなたのものだ」

アウレリオは荷物からグロック19を出し、それが何かわかるように銃身を握った手をゆっくり慎重に動かした。弾倉を落とし、薬室に装塡された弾もはじき出す。「新品も同然だ。予備の武器として持っていたものだが、日がのぼる前に出発できるならあなたに譲る。弾を込めた弾倉ふたつもつけよう」

「取り引き成立ね」ブリンが言った。翌朝、東の空が白み始めた頃、彼女の船は船尾に立つアウレリオとともに出発した。長さがおよそ十二メートルの古く美しい木造船は、エンジンが石炭で動くよう改造してある。「あなたが見たかどうか知らないけれど、港に石炭がその貯蔵庫があるのよ。ウイルスの感染が始まったとき、すべてが閉鎖されて、石炭がそのままそこに残されたの。だから冬のあいだに何人かの友だちと一緒にこの〈三月ウサギ《マーチ・ヘア》〉号を整備した。その甲斐あってこの仕事を手に入れたわけ。石炭がある限りは続けられるわ」

「運がよければ、石炭が尽きる前に事態が好転するかもしれない」アウレリオは言った。〝三月のウサギのように狂気じみている《as mad as March Hare》〟という慣用句が頭をよぎり、この船を〈三月ウサギ〉号と名づけた理由を知りたいとも思ったが、我慢して何もきかなかった。

「いまのところ事態が改善しているとはとても思えないけれどね」ブリンが話している途中で船尾に作られた間に合わせの煙突から黒煙があがり、そばにいたアウレリオは避難した。湾から湖に出たところで、ブリンが船を加速させる。「天気が急変しなければ、あと六時間でデトロイトに着けるわ」

　到着は早くても午前十一時だ。さらに、デトロイトの湖岸からアナーバーまでは八十キロほど。まだまだ時間がかかるが、どうすることもできない。アウレリオとしては、エイプリル・ケーラーが徒歩で移動していて、アイク・ロンソンが彼女をまだ見つけていないことを願うしかなかった。ＩＳＡＣはロンソンについて、ミシガン州南部のトレドの北、アナーバーの南にいるという最新の位置情報を除けば何も伝えてこない。アウレリオは少しのあいだ、ＩＳＡＣに何が起きたのかを考えた。たしかに何かがおかしい。リアルタイムでの追跡機能が動いていないし、ＨＵＤの戦闘モードも働かなくなっている。それでも、少なくとも地図機能とデータベースへのアクセスはまだ問題ないようだった。

ブリンがまっすぐ北西へと船を進め、じきに陸地が視界から消えた。湖面はいくらか波立っていたものの荒れているというほどではなく、太陽がのぼるにつれて明け方の風もおさまった。船に乗るにはちょうどいい日だ。もっと楽しめる状況だったらいいのにと思わなくはないが、任務の重圧が――そして、その裏にずっとある、ワシントンDCに戻ってアイヴァンとアメリアのそばにいたいという切望が――ほかのことを考えるのを難しくしている。ブリンはずっとしゃべり続けた。話題は魚、サンダスキーの政治状況、東へ向かう軍の車列がオハイオ州を通過したという噂に端を発する陰謀説まで、実に幅広い。アウレリオは陰謀説が気になって尋ねてみたが、彼女も詳しいことは知らないようだった。

「よく聞く話よ」彼女は答えた。「あなたたちの車列じゃないの?」

たしかにその可能性はあるので、アウレリオはそれ以上の追求を控えて湖に目をやった。

それから三時間ほどすると、ミシガン州が視界に入ってきた。「いいペースだわ」ブリンが言う。「デトロイトまで、六時間ではなくて五時間で着けるかもしれない」

そのほうがいいのはもちろんだが、そのあと八十キロの道のりをどんなに急いでも、アナーバーに着くのは真夜中過ぎになる。状況次第では訓練を受けたディビジョンのエージェントと戦うことになるかもしれないと考えると、望ましいとは言えない展開だ。

やがて船が岸に近づき、片側にゴルフ場、反対側に広い湿地帯のある河口が見えた。ブリンが船をほぼ真北に向け、デトロイト川の広い河口へと進める。「水の流れに逆らうから、少し速度が落ちるわよ」彼女は言った。そのあいだも船は音をたてて前進した。

アウレリオは、ゴルフ場の近くに船の進水路と船着き場があるのを見つけた。「ブリン、おれをあそこにおろせないか？」

「水位次第ね」ブリンが答える。「もうずいぶん長く水路の底はさらっていないでしょうし、このままデトロイトに向かったほうがいいと思うわ」

アウレリオのスマートウォッチがこの地域の地図を表示する。ここでおりればアナーバーまでは六十キロほど。船に乗る時間を一時間以上、歩く時間を二、三時間は短縮できるはずだ。「頼むよ。おれがアナーバーに早く着けるかどうかに大勢の命がかかっているんだ」

ブリンが疑わしげな表情を浮かべつつも、船を岸に近づけていく。「やっぱり無理よ。座礁する危険は冒せないわ」

ふたたび船の針路が真北に戻った。そのまま川沿いの小さな住宅地の前を通過したところで、アウレリオはマリーナを見つけた。「あれを見ろ。水路だ」

船を減速させてから、ブリンが言った。「厳しい状況だけど、わかったわ。こうしましょう。水路の入口までは船を進める。でも、中には入らない。ほかの船が沈んだことがあるかもしれないし、その答えが判明したときにはもう手遅れにもなりかねないから」

「じゅうぶんだ」アウレリオは同意した。「飛びおりられるところまで近づいてくれれば、それでいい」

ブリンが船を人の歩く速度くらいにまで減速し、マリーナの水路の入口へ寄せていった。水路の片側は開けたピクニックエリアになっていて、反対側は木々が密生している。ゆっくりと水路に近づくとエンジンがうなりをあげ、船体がデトロイト川から北に向かって流れでる水流から一時的にはずれた。

船が水路の端に近づいた瞬間をとらえ、アウレリオは身を躍らせてジャンプした。ブーツが砂利の上に着地してすぐ振り返り、ブリンと目を合わせる。「ありがとう。やはりデトロイトへ行くのか？」

「ここまで来たからには行くわよ」ブリンが答えた。「この航行のもとが取れるかどうか確かめてくるわ。ここから少し北に行ったルージュ川の貯蔵地にはまだ石炭があるしね。じゃあ気をつけて、エージェント・ディアス」

「そっちも気をつけて、ブリン」

彼女は船を後退させて水路の入口から離れ、船首を北に向けると、ふたたびデトロイト川の主流に戻っていった。

午前九時少し前、こうしてアウレリオはアナーバーまで約六十キロの地点に到達した。

CHAPTER 33
エイプリル

エイプリルはトレドの北、ミシガンとオハイオとの州境にあるシルヴァニアという町で夜を過ごした。彼女をそこに置いていくことに及び腰だったトラックの運転手は言った。

「川の周辺は治安がかなり悪くなっている。あんたが銃を持っているのは知っているが、それでも危険だ。シルヴァニアでおりるなら、人を避けてひとりで動け。そこから二十三号線を北にまっすぐ進めば、アナーバーに着く」

運転手の忠告に従い、エイプリルはゴルフ場と幹線道路のあいだにある林の中に身を潜めて朝を待った。熟睡とはいかないまでもいくらか眠ったあと、鳥のさえずりとともに目を覚まして歩き始める。目的地に着くまでの食料と水はじゅうぶんにあり、積極的に速いペースで進んだ。目的地に近づき、ビルにまつわる真実の解明も加速度的に近づく気がする。しかもＢＳＡＶが存在するかどうか確認できるかもしれない――本当に可能だろうか？――のだ。

五月は一年のうちでもいい時期だ。エイプリルは、風の運ぶ生命の息吹を台なしにしてしまう煙突や車の排気ガスなどないほうがずっと心地よいと思わずにはいられなかった。

アメリカだけでも数百万人が亡くなった感染病《パンデミック》の大流行の明るい面を見ようとする衝動は、生き残った者が感じる罪悪感と正反対のものかもしれない。世界のほかの場所がどうなっているのか知りたいと切望しつつも、この数ヶ月は自分が生きていくので精いっぱいだった。いまは事態が――少なくともいくつかの土地では――わずかなりともよくなっているのであれば、これからは次の食事や寝床の心配以外のことを気にかける余裕を持てるのかもしれない。

幹線道路の両側の開けた土地で、人々が集まって手で植物を植えたり、馬で地面を耕したりしているのが見えた。こうして人生は続いている。もしBSAVが本当に存在していて、ドルインフルを死滅させられるなら、多くの人々の人生はさらに続いていくだろう。パンデミックの生存者たちは、ゼロからやり直すチャンスを得ることになる。

ただし、それは人々が土地と資源をめぐって争う多数のグループに分かれるのを防ぐ統治機関がまだあればの話だ。その点については大いに議論の余地がある。道中で通り過ぎた町ではいずれも何人かの人を見かけたが、みんな自分のしていることに集中していて、エイプリルに視線を向ける者はいても、迷惑をかける者は皆無だった。スーペル90に恐れをなしたのかもしれないし、あるいはたまたま悪意とともに朝の目覚めを迎えた者がいなかっただけかもしれない。いずれにせよ、そのおかげでエイプリルは午後の早い時刻、上出来と言っていい時間にミランの町へ到着できた。幹線道路の端に警告標識が残されていて、次のように書いてあった。

刑務所エリア
ヒッチハイカーを乗せるな危険

いい忠告だ。エイプリルはいま乗せる側ではなく乗せてもらう側にいるが、それでもより慎重に周囲を警戒し、スーペル90を肩にさげるのではなく手で持つことにした。ニューヨークでライカーズ刑務所のギャングたちが何をしてきたのかは、この目で見ている。ここでトラブルに巻き込まれる危険を考慮し、準備は万全にしておかなければならない。

左にソーダの瓶詰工場、右に自動車の部品工場のある地点に差しかかったとき、右の工場から鋭い口笛の音が聞こえた。ただの口笛ではなく、何かの合図に違いない。エイプリルが音のしたほうに目をやると、部品工場の屋根に立っている三人の男たちが彼女を指さしていた。

続けて反対側を見ると、瓶詰工場から三人の男たちが出てくるところだった。男たちは駐車場と幹線道路のあいだにある藪を抜け、エイプリルのほうへ向かってくる。どちらかが近くまで来たときにもう一方から行く手を阻まれたら最悪だと思いつつ、彼女は歩き続けた。瓶詰工場から出てきた男たちがいっせいに走りだす。距離にしておよそ四十五メートル。

男たちが舗装道路の上までやってくると、エイプリルは体ごと彼らのほうを向き、スーペル90を構えた。「落ち着けよ、お嬢ちゃん」男たちのひとりが言い、残りのふたりが彼女の背後に回ろうとするかのように横へ足を踏みだした。

「わたしをそんなふうに呼ぶやつは撃つことにしているの」エイプリルは返した。「さがりなさい」

声をかけてきた男の視線が彼女からはずれ、肩越しの背後へと移る。エイプリルは背筋が凍る思いで確信した。うしろにいる誰かに目で合図を送ったのだ。

スーペル90の反動に備えて両足を踏ん張り、引き金を引く。エイプリルの放った大粒の散弾が、二十メートルも離れていないところにいた男の体を鎖骨から臍《へそ》にかけて穴だらけにした。残りのふたりが横に逃げた隙を見て、彼女は北へ駆けだし、右に目をやって部品工場からの追っ手を確かめた。

まずい状況だ。部品工場から出てきた追っ手は少なくとも六人。スーペル90が効果を発揮できる距離でもない。エイプリルは足を止め、瓶詰工場から出てきた残りふたりのうち、近くにいる男に向かって三度発砲した。ひとりは倒れたが、もうひとりのほうは道路を横切り、部品工場の男たちと合流しようとしている。大勢でかかれば怖くないということだろう……そして、彼女の銃にはあと四発しか残っていない。

追いつかれる前に全員をやっつけるのは不可能だ。

エイプリルは身をひるがえし、ふたたび駆けだした。足はかなり速いほうだ。しかし、バックパックや武器を身につけたまま男たちの集団から走って逃げきれるほどではない。それでも逃げたのには、彼らが少しでも固まるよう誘導する狙いがあった。路上を十歩進んだところで振り返り、追いかけてくる集団に向かって残った四発の散弾を立て続けに発射する。血しぶきがあがるのは見えたものの、立ち止まって死体を数えている余裕はなかった。スーペル90をその場に落として駆け続ける。

きびすを返してふたたび逃げだす直前に見た光景で最悪だったのは、男たちのひとりがAR-15を手にしていたことだった。もし相手が本気でエイプリルを殺そうとしていたのなら、もうとっくに殺されていただろう。

つまり、向こうには殺す気がないのだ。

バッファローで船員と話したとき、ジェイムズタウン・アーリアンズが女性を強制的に結婚させているという話を聞いた。

冗談じゃない。エイプリルにはまだナイフがあった。走って橋の下を抜け、鞘《シース》のスナップをはずしてナイフを引き抜く。

百メートルほど先に鉄道橋があり、そのすぐ右に農家が見えた。家は無人らしく、あたりに人の姿もない。

いや。鉄道橋のたもとあたりで人が動いている。人影が幹線道路と同じ高さの地面に向かって滑りおりていた。その手には銃が握られている。

エイプリルが人影をさらによく見る前に、何者かに背後から飛びかかられた。両腕で腿を抱え込む完璧なフットボールのタックルだ。彼女は舗装道路に激しく倒れ込んだが、相手にのしかかられる寸前に身をよじって回転し、ナイフを下から男の脇腹に突きたてた。男が咳ともうなり声ともとれる音を口からもらし、彼女を放す。エイプリルが這うようにして男から離れたところへ、AR-15を持った男を含む三人が追いついてきた。男が彼女に銃口を向ける。

「もう逃がさないぞ」呼吸を乱した男が言った。

次の瞬間、銃声が響いて男の膝から力が抜けた。男が舗装道路に膝をつき、そのまま前に倒れ込む。別の男があわてて銃を拾ったが、どこから撃たれたのかわからず、なすすべもなかった。

エイプリルの視界の端で何かが動いた。反射的にその動きから遠ざかるほうへと足を踏みだすと、男の姿がいきなり視界の中央に入った。男の背負うバックパックのオレンジ色のサークルとISACの端末がエイプリルの目に飛び込んでくる。

ディビジョンのエージェントだ。

エージェントが身をかがめるのと、男が発砲したのはほぼ同時だった。銃弾がエージェントの頭上をかすめ、AR-15の銃身が反動で持ちあがる。一瞬のうちに、エージェントが柔道か何かの技で、男をつかんで顔から道路に叩きつけた。エイプリルにはどうやったのかわからないが、その動きの中でいつのまにか銃を手にしている。「待って」彼女は制止しようとしたものの、言葉が完全に口から出ないうちに、エージェントが男の後頭部に二発の銃弾を撃ち込んだ。

追ってきた男たちの最後のひとりは、銃を構えたエージェントが近づいてくるのを見てあとずさった。「ちょっと待てよ。おれたちは――」

エージェントは有無を言わさず男の胸に銃弾を撃ち込み、彼が倒れたところでまたしても頭を撃った。

エージェントが振り返り、道路に目をやる。エイプリルもそちらを見てみると、路上には死体とまだ動いている怪我人が転がっていた。怪我人のひとりが立ちあがり、足を引きずりながら部品工場のほうへ戻っていく。

「やるな」エージェントがエイプリルに視線を戻して言った。「おれが来るまでに三人を片づけ、四、五人を負傷させた」

彼はエイプリルのナイフが左の脇に刺さったままの死体に歩み寄り、ナイフを強引に引き抜いて死体の背中で血をぬぐった。それから彼女のところに戻り、ひょいとナイフを反転させて刃のほうを持つと、柄を差しだした。「おれの目が節穴だったら、きみをエージェントだと勘違いしていたかもしれない。だが、きみはスマートウォッチをしていないし、HUD内臓のコンタクトレンズもつけていないようだ。バックパックとスーペル90をどこで手に入れたのか、いますぐ説明したほうがいい」

エイプリルはナイフの柄をつかみ、エージェントが刃から手を離す。彼女は改めてナイフをきれいにしてから鞘に戻した。銃を落としたところまで戻ろうと、エージェントの横を通り過ぎ、すれ違いざまに説明する。「もとの持ち主の名はダグ・サットンよ。わたしの命を救って亡くなったの」

銃を拾いあげて振り返ると、エージェントがすぐそこに立っていた。長身で黒髪の白人男性で、短い顎髭を生やし、長距離走の選手のように痩せているが、それよりも少し筋肉質に見える。

「あなたたちはスーパーヒーローみたいな存在ねと言いたいところだけれど――」エイプリルはスーペル90に弾を込めながら言った。これを使い果たせば、手持ちの弾はあと十二発しかない。「無抵抗の相手を殺したわね」

「このあたりに刑務所はないからな」エージェントが答える。「いや、あるのか。この道を少し行ったところに刑務所がある。つまり、暴力的な犯罪者を安心して任せられる矯正施設がないと言いたかった。きみだって知っているだろう」言葉を切って肩をすくめ、さらに付け加える。「それに、連中は遅かれ早かれ、きみを殺すつもりだったぞ」

男が手を差しだした。「アイクだ。アイク・ロンソン」

エイプリルはエージェントの手を握って答えた。「エイプリル・ケーラーよ」いままで気がつかなかったが、右手には死んだ男の血がべっとりとついている。

「きみはどこへ向かっているんだ、エイプリル？」彼女が道端の草と自分のズボンで血をぬぐっていると、アイクがきいてきた。

「アナーバーよ」

「そうか」アイクが彼女をじっと見つめる。女性を値踏みするようなまなざしではない。彼女の身のこなしに感心しているらしい目つきだ。「なぜアナーバーへ？」

頭の中にいくつもの嘘が浮かんだが、エイプリルは結局、真実を——少なくとも部分的には——話すことにした。「夫を殺した相手を突き止めるのが主な目的よ」

「そうか」アイクが同じ返事を繰り返す。「どこから来た？」

「ニューヨーク」

「十二月からこっち、電話も通じない状況なのに、きみはどこからか夫がアナーバーで殺されたのを聞きつけ、今度はその理由を調べに行く。そういうことか？」

「いいえ、夫はニューヨークで殺されたわ。わたしの目の前でね。それから夫を殺した犯人たちを探しているの。その答えがアナーバーにありそうなのよ」エイプリルは真実を一部しか明かさないという、ある種の嘘をつき続けるのに重圧を感じ始めていた。アイクに

BSAVのことを明かしたらどうなるのだろう？　相手はディビジョンのエージェントではないか。ディビジョンは人助けをするものだし、現にこのアイク・ロンソンはたったいま自分の命を救ってくれた。

その一方で頭の中には、ロジャー・コープマンの本から苦労して解き明かした最初の真実がはっきり刻まれていた。

〝ディビジョンの中には、いくつものディビジョンが存在する〟

「きみさえよければ同行したい」アイクが言った。「ひとりじゃないほうがいい気がするんだ」

「ここまでひとりで来たのよ」エイプリルは少しばかり言い訳がましく返した。たしかにディビジョンのエージェントでも戦士のたぐいでもないが、彼女にもドルインフルの脅威を生き延び、いまだってこうしてニューヨークからおよそ九百七十キロをひとりで旅してきたという自負がある。

「たしかにそうだ」アイクが同意した。「それでも、ここから先は無理だと思う。すまないな、悪気はないんだ」

認めたくはないものの、エージェントの言い分にも一理ある。

アイクが頭の中を見透かすように彼女を見つめ、返事を待っている。「同行してくれるというなら――」エイプリルは言った。「わたしとしてはありがたいわ。ほかの任務とかは大丈夫なの？」

「どのみち、おれもアナーバーでやることがあるんだ」アイクがにやりと笑って答えた。「一緒に行こう。こちらとしては一石二鳥というやつだ」

CHAPTER 34
ヴァイオレット

セバスチャンがやってきた次の日、ジュニーが子どもたちを集めて出かけると告げた。

「どこに行くの？」尋ねたのはアメリアだ。

「違う避難所の人たちと会いに行くのよ」ジュニーが答える。「洪水が起こる前、あなたたちと同じホテルにいた人たちもいるわ。その人たちはわたしたちよりも議事堂の人たちから離れたところで暮らしているから、そこの現状を見に行くの」

最初はジュニーが引率する遠足みたいな空気だった。子どもたちはまず、ジュニーの先導で、四人の武装した護衛の男たちと一緒に地下鉄のスミソニアン駅へ向かった。子どもたちがトラブルに巻き込まれないよう、男たちが先に様子を見るために駅の中へとおりていく。「地上を移動するのが難しくなってきているから」ジュニーが言う。「地下鉄を使うことにしたの。ただ、列車は動いていないから、新しい使い方をすることになるわ」

氾濫した水は引いてきているものの、スミソニアン駅の線路はまだ水に浸かっている。前もって子どもたち全員に懐中電灯を持たせていたジュニーが指示した。「いいわね。一列に並んで、地面が少し高くなっている端を歩くのよ。それで濡れずにすむわ」

一行はプラットホームの端まで歩き、そこから線路におりた。ヴァイオレットはアイヴァンとシェルビーのあいだにいる。ふたりともヴァイオレットと手をつなぎたがったので自分の懐中電灯をしまい、行き先を照らすのはふたりに任せることにした。トンネルはひたすらまっすぐ前方へ延び、そのまま暗闇の中に消えている。

先頭に立つジュニーが言った。「行きましょう。たったふた駅分の距離よ。ゆっくり歩いても十五分か二十分もすれば着くわ」

トンネルの壁には洪水で流れ込んだ水の跡が染みになっている。一番高いところでヴァイオレットの頭の上まで水位が達したようだ。いまは水もほとんど引き、線路の溝に残っている程度だ。トンネルの端を歩いてさえいれば、靴をほとんど濡らさずにすむだろう。フェデラル・トライアングル駅を通過し、さらに数分歩くと、メトロ・センター駅に到着した。ここは複数の路線が交わっているので駅自体が大きく、プラットホームや頭上の掲示板、いまは静止しているエスカレーターの数も多い。ジュニーはなおも歩き続け、子どもたちもあとに続いた。トンネルでも駅でもほかに人の姿が見当たらず、ヴァイオレットはなぜだろうと思った。地上でほかの人間におびえている人々にとって、雨風もしのげるここはいい場所のはずだ。あるいは、彼女の知らないなんらかの理由があるのかもしれない。

しかし、ヴァイオレットが頭に浮かんだ疑問をジュニーに尋ねる機会はやってこなかった。じきにエスカレーターをのぼり終え、メイシーズ百貨店の向かいの道路に出たからだ。地上に出た一行は列ではなくふたたび固まって歩き、見捨てられた店やレストランの前を通過した。十丁目とぶつかったところで右へ曲がり、大きな聖堂の前を通り過ぎる。さらに二ブロック歩くと、フォード劇場に差しかかった。ワシントンDCで学校に通う子どもなら全員そうであるように、ヴァイオレットもその劇場を知っている。遠足のときに見たことがあった。劇場の向かいにはエイブラハム・リンカーンが亡くなった家があり、暗殺犯の……？　「サイード」彼女は尋ねた。「リンカーンを撃ったのは誰だっけ？」

「ジョン・ウィルクス・ブースだよ」サイードがすぐに答え、自分たちがどこにいるのかに気づいて顔を輝かせた。「スパイ博物館のすぐ近くじゃないか。いまから行ける？」

「それはまた今度にしましょうね」ジュニーが答えた。

彼女はフォード劇場と、同じブロックの角にある大きな建物とのあいだに作られた間に合わせのゲートへと子どもたちを連れていった。大きな建物のほうには派手なバーがあり、人が住む部屋もたくさんある。ジュニーがゲートにいるショットガンを持ったふたりの男にうなずきかけると、彼らもうなずき返した。「トーマス、子どもたちを連れてきたわ」彼女は男たちのひとりに言った。

頭上から音が聞こえて、ヴァイオレットは上を見あげた。この角度からでは見えないが、フォード劇場と隣り合った大きな建物のそれぞれの屋上に大勢がいるみたいだ。人数は劇場の屋上のほうが多い気がする。

「ああ」トーマスが応じる。「きみたちが来るかもしれないとJTFが言っていた。だが、子どもたちを連れてくる前に話し合いをするものだとばかり思っていたよ」

「時間がないのよ、トーマス。今日でないと、次の機会があるかどうかもわからないの」

トーマスはジュニーと目を合わせようとしない。ヴァイオレットには、彼が懸命にジュニーや子どもたちから目をそらそうとしているのがありありと感じられた。「こちらもこの件について話し合う時間がなかったんだ」彼は言った。

「JTFと話したわ。あなたたちは了承していると言っていたわよ」

「JTFがきみたちに何を言ったのかは知らない」トーマスが勇気をかき集め、ジュニーと目を合わせる。「だが、こちらではまだ話し合ってもいないんだ」

「こちら？　わたしたちはもうその〝こちら〟に来ているのよ、トーマス。子どもたちを連れてね。わたしはこれからどうすればいいの？」

「いいか、JTFから最初に聞いたときは、いい考えだと思った。しかし……やはりうまくいかないよ。こっちだって食料不足だし、じゅうぶんな部屋もない。このうえさらに人を受け入れるとなると……」トーマスが首を横に振った。「それに、セバスチャンやその仲間たちがきみたちのところに来たらしいじゃないか。あの男の背後に誰がいるか知っているのか？　自分たちの主張を通すためなら人を殺すことも恐れない連中だぞ。彼らと敵対するきみたちを、われわれが受け入れたら、あいつらの目にどんなふうに映ると思う？」

「子どもたちの話をしているのよ、トーマス」

ここまでのやりとりで、ヴァイオレットはこれが遠足でも散歩でもないのに気がついた。ジュニーが子どもたちをここへ連れてきたのは、誰かに会わせるためではない。子どもたちが新しく暮らす場所を求めてのことだったのだ。そして……トーマスはそれを拒絶している。

「いやよ。ジュニー、そんなのいや」シェルビーが目をうるませて声をあげ、ヴァイオレットとアメリアはいまにも泣きだしそうな彼女のもとに駆け寄った。

「大丈夫よ」アメリアが言う。「わたしたちはずっと一緒だわ。きっと大丈夫だから」

ジュニーが子どもたちの前にしゃがみ込むと、全員が彼女のまわりに集まった。ヴァイオレットたちは自分たちが孤児なのを知っている。父親がどこかにいるかもしれないアイヴァンとアメリアを除く全員が、もう自分の両親がこの世にいないのをわかっていた。つまり、いまここにいる子どもたちにとっては、ジュニーが親に一番近い存在なのだ。それなのに、どうして彼女は子どもたちだけを追い払おうとするのだろう？

「みんな聞いてちょうだい」ジュニーが語りかける。「ＪＴＦと国旗のタトゥーをした人たちとのあいだの問題が解決するまでの話よ」

「でも、もし……」みんなの視線がノアに集中した。ノアは続きを口に出せずに押し黙ったままだったが、ヴァイオレットは彼が何を言いたいのかわかる気がした。

〝でも、もしジュニーが殺されてしまったら？　二度とキャッスルに戻れなかったらどうなるの？〟

それは、ヴァイオレットの心に浮かんだ疑問と同じだった。

「ジュニー」トーマスが口をはさんだ。「今日のところは帰ってくれ。こっちでも話し合ってみるから。ただ、いま七人全員を引き受けるのは無理だ。とにかく無理なんだ」

「要するにこの件について話し合っていなかったの？　それとも話し合って拒否することにしたけれど、面と向かってわたしにそう言う勇気がないの？」子どもたちに囲まれたジュニーがトーマスを挑発するように立ちあがる。まるで追い返したいならそうすればいいと言わんばかりだ。ヴァイオレットにはすでにこの先の展開が読めていた。大人は子どもがほとんど何も気づいていないと思っているが、たいていの場合、大人が自信満々で演じているのが茶番劇にすぎないと子どもは見抜いている。話を続けるふたりの大人を見ながら、ヴァイオレットはふたつのことに気づいた。

ひとつ目は、ジュニーが子どもたちをキャッスルから移動させなくてはならないと思っているのは、何か悪いことが起きようとしているからだということ。

ふたつ目は、トーマスに子どもたちを受け入れる気がないということ。今日だけではない。この先もずっとだ。

「聞いてくれ、ジュニー」トーマスが言った。「こっちだって、この状況が終わるまでどうにか生き延びようとしているだけなんだ」

「わたしたちだって同じだわ。違うのは、わたしたちがすでに標的にされていることだけ」こんな言葉を子どもたちの前でもらしてしまうなんて、ジュニーらしくない。ヴァイオレットは、いつもと違うジュニーを――恐怖におびえ、最悪の状況の中で最善のことをしようとあがいている彼女を――見た気がした。

準備をしておかないと。

ヴァイオレットはみずからに言い聞かせた。ジュニーたちが守れないのであれば、子どもたち自身が自分の身を守らなくてはいけない。それがどういうことかも、どうすれば守れるのかもまだよくわからないが、ジュニーとトーマスの会話から、自分を含めた孤児たちが自力で生きていかなくてはならないときが近づいていることだけはよくわかった。子どもたちはそれを自覚し、準備しなくてはならない。

「あと一週間、我慢してくれ」トーマスが言った。「様子を見るんだ。そのあとでまた話をしよう」

もはや返す言葉はない。ジュニーと子どもたちは、フォード劇場の人々が助けてくれないことをはっきりと悟った。「一週間ね」ジュニーが軽蔑の滲むこわばった声で答える。

「一年間と言われたのと同じような気がするわ」

トーマスの反論を待たずにきびすを返し、子どもたちを連れてメトロ・センター駅へ戻り始めた。

子どもたちはトンネルの中をほぼ歩ききるまで感情を殺して黙っていたが、スミソニアン駅近くの浸水した箇所の端を歩いていたとき、唐突にアイヴァンが口を開いた。「どうしてぼくたちをよそにやろうとするの？」

ジュニーが立ち止まり、振り返ってアイヴァンを見た。「違うわ。よそにやろうとしたわけじゃないの。わたしだって、あなたたちにはキャッスルにいてほしい。できることなら、ひとり残らず両親のもとに戻してあげたい。自分の子どもたちに戻ってきてほしいと思っているのと同じくらい、そう望んでいるわ。でも、わたしの子どもたちもあなたたちの両親も、もう戻ってこない。しかも、じきにわかるけれど、一週間後には自分たちが生きていられるかどうかもわからないのよ。わたしはただ、あなたたちを守ろうとしているだけ。昨日まではキャッスルにいるのが一番安全だと思っていたけれど、いまはその自信がないの。でも、こうなったらもう自信のあるなしは関係ないわね。わたしたちはキャッスルにとどまって、何があっても切り抜けて生き延びるだけよ。みんな一緒にね」

ジュニーがスミソニアン駅の路上に向かう階段をのぼっていく。ヴァイオレットは出発したときに自分が遠足気分でいたことを思い返した。結局、遠足とはほど遠い外出になってしまった。

一行は太陽の光が降り注ぐインディペンデンス大通りへ戻った。「わたしたちはいまいる場所にとどまる。そういうことよ」ひとブロック歩いてキャッスルが見えてきたとき、ジュニーが言った。その打ちひしがれた声音を聞いたヴァイオレットの胸に、両親が死んで以来、何に対しても感じたことのないほど大きな不安がわき起こった。「それ以上、言うことはないわ」

そのジュニーの言葉を、子どもたちは受け止めた。だからキャッスルへ戻るまで誰も何も言わなかったが、ヴァイオレットはもっと語るべきことがあるのをわかっていた。何か悪いものがやってくる気がする。そして、大人たちはその悪いものを食い止める力が自分たちにないのを知っていた。

つまり、子どもたちは自分で考えて問題を解決しなくてはならないのだ。

CHAPTER 35 エイプリル

その日、アナーバーに到着するまで、エイプリルは六十キロ以上の距離を歩き、昼頃には極度の興奮状態と精神の崩壊を経験した。当然、疲れてはいる。ただし、彼女とアイクには少なくとも行くべき場所の手がかりがあった。

大学のある大きな街の例にもれず、アナーバーには訪問者や学生をさまざまなキャンパスへ案内する標識があふれている。エイプリルは昔ながらのやり方で地図を確かめた。大学の工学分野の研究所の大半が集中する北キャンパスは、街の中心からヒューロン川を渡ったところにある。それに気づいた頃には、ふたりはアイクが提案した通りを歩き、すでに中央キャンパスの端まで来ていた。疲れているエイプリルは通りの名前を覚えていない。だが、その通りはＪＴＦの小規模な基地や、数知れず並ぶ無人の店、男子学生の社交クラブの宿舎に転用された威厳ある古い家々に面していた。前方には、それ自体がひとつの街のように巨大なミシガン大学病院がそびえている。病院の窓のいくつかには明かりがともり、曲線を描いて病院の前を通る道路上――そう、通りの名前はウォッシュトノーだ――にはパトロール中のＪＴＦの兵士たちや検問所が見えた。

アナーバーは悲惨な状況を経験したらしい。社交クラブが使っていた家の多くは焼け、中央キャンパスの南端に沿って並ぶバーやレストランは窓が割れ、壁には弾痕が残っている。ふたりがウォッシュトノー大通りからはずれ、キャンパスの中を歩いている途中で、アイクが言った。「JTFの本部基地はフットボール場の近くにある。街の南側だ」

夫のビルが大学フットボールの大ファンだったので、エイプリルもその競技場の写真を見たことがある。フィールドの五十ヤードラインに大きな黄色のMの字が描かれ、選手たちのヘルメットには、ビルがクロアナグマ（クズリ）の爪のように見えると教えてくれた三本の線が入っている。クロアナグマはイタチ科の動物だが、凶暴な性質で、鋭い爪を持つ。その別名は〝ウルヴァリン〟――。立っていられないほど疲れているときに、こんなささいな思い出がよみがえってくるなんて、人間の記憶とは面白いものだ。

通りかかったキャンパス内のバス停が、目指す行き先をさらに絞り込むのに役立った。「なるほどね」懐中電灯でバス停に掲示された地図を照らしながら、エイプリルは言った。「北キャンパスの端に医用生体工学の研究棟があるわ」距離にすれば、いま立っているところから四、五キロくらいだろう。

「きみは医用生体工学者なのか？」アイクが尋ねた。

「いいえ。でも夫がバイオテクノロジーの研究者で、医療関係のプロジェクトに関わっていたの。わたしが探している人もたぶんこの建物にいるか、少なくともいたと思うわ。いずれにせよ、探すのはここからね」

「理にかなっている。いまから行ってみるか？」

行きたいのはやまやまだが、もう脚が棒みたいになっている。それに、長い時間をかけてビルの真実に肉薄したことが、皮肉にもかえってエイプリルに最後の段階へ進むのをためらわせた。

もしもコープマンが間違っていて、ここにいる誰ひとりとしてビルを知らなかったら？　そしてＢＳＡＶについても同様だったら？　そのときにどう感じればいいのか、いまは考えることすらできなかった。疲労が極限に達して頭の中できんきんと音がする。

今日は人を三人も殺し、自分も殺されかけ、おまけに十三時間も歩き通しだった。ビルを知っている人物と出会えたとしても、疲れのあまり筋の通った質問をできそうにない。

「いいえ」エイプリルは答えた。「今日は疲れたわ、アイク。大変な一日だったから」

「たしかにそうだな」アイクがあたりを見回し、病院に近いＪＴＦの検問所が発している電光から、キャンパスの建物に囲まれた中庭へと視線を移していく。エイプリルの頭にまたしても記憶の断片が浮かんだ。たしかこの中庭はダイアグと呼ばれていたはずだ。「それに、暗くなってから訪れるのは避けたほうがいいだろう。人が疑り深くなる時間帯だ」

彼は言った。

「そうね」エイプリルは応じた。

「夜のうちは身を隠しておこう。ひとブロック戻ったところに、いい場所があった」

アイクが選んだのは、一階に小さな食料品店のある建物の屋上のカフェだった。足で踏むたびにきしむ階段をのぼると、二階は水たばこのバーになっていた。さまざまなたばこを並べてあったはずのガラスのカウンターは壊され、空になっている。壁際にあるガラス扉の冷蔵庫も同じ状態だ。床には空のボトルが散乱しているが、人が身を潜めている形跡はない。

「なんだかくさいわ」エイプリルは言った。

アイクがうなずいて答える。「おれは外で寝てもかまわない。いい夜だしな」

彼の言うとおりだ。ふたりで屋上に出ると、エイプリルは並んでいる建物の裏路地におりる外階段があるのに気づいた。壁には銃弾がうがった穴があり、床板のあいだの溝には空の薬莢がいくつもはさまっている。ただし、ここでどんな戦いが繰り広げられたにせよ、終わってからずいぶん時間が経っているようだ。通り全体が静まり返っている。

「暖房炉がある」アイクが言った。庭やテラスで暖を取るために使う鋳鉄製の炉の一種だ。彼は外階段近くのバルコニーにある木製のベンチをふたつ壊してばらばらにし、木を削って燃えやすくしたものを炉の底に入れた。その上に板を何枚か組みあげ、使い捨てのライターを取りだす。

エイプリルのバックパックの底にも同じようなライターが八個だか十個だか入ってい

た。冬のあいだに何度か食料と交換したので、いまはその数になっている。必要なときに火をおこせる力は、人を苦境から救いだしてくれる。彼女は生きている限り、絶対にライターを手元に置いておこうと決めていた。

火はなかなか心地いいものだった。エイプリルが編み細工の長椅子を引っ張ってきて脚を伸ばして座ると、火をはさんだ反対側に椅子を置いて腰をおろしたアイクが言った。

「よし、これでいい」

「そうね。でも、あなたはここにいる必要はないのよ。ここまで連れてきてくれただけでじゅうぶんだわ。ほかの任務は大丈夫なの？」

「大統領令第五十一号がある。まずきみを目的地まで送り届けて、それからここでおれを必要としている人物に会いに行く」

彼の言い回しに、エイプリルは注意を引かれた。「ここで？　いつもは違うところにいるの？」

アイクが小声で笑った。「オハイオ、ミシガン、ペンシルベニア。いろいろなところにいた。必要とされる場所に、できる限り駆けつけたい」

「わたしが必要としたときにいてくれて、本当によかったわ」眠気に襲われながら、エイプリルはきいた。「それにしても、なぜあんなところに？」

「パンデミック以前に刑務所があった土地はトラブルの発生源になる傾向が強い。そういう場所を把握して目を光らせておきたいんだ。そこへきみが偶然通りかかった」

「ついてたわね」エイプリルの口からあくびがもれる。「この幸運が明日も続くといいけど」

「続くとどうなる?」真剣な表情で尋ねるアイクに、エイプリルは好感を覚えた。命を救われたからだけではない。話しやすいからだ。

「そうね……運がよければ、明日、医用生体工学の研究棟に行ったらビル……夫を知る人がすんなり見つかって、その人からなぜ彼が殺されたのか教えてもらえるでしょうね。それから――」

エイプリルは口を閉ざした。ビルがドルインフル再流行の脅威に終止符を打つワクチンの開発を助けていたかどうか調べるという目的について、うっかりもらしそうになったからだ。ニューヨークからオールバニー、そしてここへ来るまでに、目的の一部しか明かさないというのが条件反射のように身についてしまったらしい。だが、この状況ではもうその必要もない。アイクには話しても大丈夫だろう。なんといっても、彼はディビジョンのエージェントだ。エージェントがローグと呼ばれる裏切り者になる場合もあるのは知っているし、そのときはスマートウォッチが赤く光るのも知っている。ディビジョンには、ひとりひとりのエージェントの行動を追跡するAIシステムのようなものがあるはずだ。アイク・ロンソンのスマートウォッチはオレンジ色に光っている。

何より、アイクは彼女の命を救ってくれた。エイプリル・ケーラーは悲しみに打ちひしがれる乙女ではなく、ブラックフライデー以降、進んで危険な橋を渡ったのも二度三度どころではない。その結果として絶体絶命の窮地に二度追い込まれたが、いずれもディビジョンのエージェントに救われた。最初はダグ・サットン、二度目がアイク・ロンソンだ。

「実はね、ほかにも理由があるの」そう切りだしただけで、エイプリルはようやく誰かに話せるという強い安堵感に包まれた。「ニューヨークから来たというのは、もう話したかしら？」

アイクの眉がぴくりとあがる。「ご主人がそこで殺されたとは聞いた。きみはマンハッタンにいたのか？」

エイプリルはうなずいた。「ええ」

「どうやって隔離地域を脱出したんだ？　まだ封鎖されているんだろう？」

「わたしに借りのある友人がいたの。正直なところ、わたしももっと大変かと思っていたんだけど、パトロールが巡回する時間さえ知っていれば大手を振って出ていけるところが何箇所もあるのよ。わたしは鉄道橋でハーレム川を渡ったわ」

「橋に警報か何か仕掛けられていなかったのか？　それじゃ封鎖とは言えないな」

「仕掛けてあったわよ。警報に引っかからないよう、案内の人が橋げたを伝って渡る方法を教えてくれたの。そこからは船でオールバニーに向かったわ。自分でも現実と思えないのがここからね。エリー運河を船でバッファローまで出たのよ。一八四〇年代か何かみたいに」

「きっと大勢の人がそう思うんだろうな」

「きっとそうね」ここまでの道のりについて話したせいか、エイプリルはいくらか元気を取り戻し、とうとうすべてを打ち明ける決心をした。「脱出の方法を教えてくれた男性は科学者だったわ。彼は……ビルを直接知っていたかどうかは定かじゃないけれど、研究分野は関連があったから、ビルの仕事については知っていたの。わたしがその彼を探しだしたのは、ビルが殺された理由を知る手助けをしてくれるかもしれないと思ったからよ。現に助けてくれた。ある意味ではね。でも、彼の説明を聞いているうちに、まったく新しい疑念が……いいえ、疑念だけじゃなくて……」話に取りとめがなくなってきている。彼女は体勢を変え、両脚を伸ばしたまま片方の腕に体重をかけて少し背筋を伸ばした。「こう言えばいいかしら。彼から聞いた話のせいで、探求の旅みたいなものに出なくては気がすまなくなったの」

そこでエイプリルは口をつぐんだ。ＢＳＡＶの話をしようとした寸前で、そんなことを言っても気が触れているようにしか聞こえないと気づいたからだ。

「何を探求するんだ？」アイクが先を促した。

そのときテラスを歩く足音が聞こえ、ふたりは凍りついた。アイクが予備の銃を取ろうと手をおろし、エイプリルも体をひねって足をおろそうとする。彼女の腕も、椅子の肘掛けに立てかけてあるスーペル90のほうへ反射的に伸びた。

続けて、火明かりの中にディビジョンのエージェントの姿が浮かびあがり、エイプリルはぴたりと動きを止めた。エージェントは小柄な男性で、全身がばねでできているみたいに動きが俊敏だった。たき火に照らされた顔は頬骨が張っていて、鼻が高く、野球帽のつばの下にはまぶたの大きい感情豊かな目が光っている。どことなくマヤ人を思わせる容貌だ。男がエイプリルからアイクへと視線を移す。彼はふたりが銃を手にしているのを見ても不安そうにせず、いきなり笑みを浮かべて言った。「すまない、驚かせるつもりはなかったんだ。あんたはアイク・ロンソンだな？　そうだろう？」

CHAPTER 36
アウレリオ

ＩＳＡＣによると、アウレリオが夕方にアナーバーに到着した頃、アイク・ロンソンはまだ街の南にいた。だが、アーバーランドという六〇年代を彷彿させる風変わりな名前のショッピングセンターの駐車場に置かれたＪＴＦの基地に立ち寄ったときには、その日の午後遅くに現地のＪＴＦがエイプリル・ケーラーと酷似した女性が基地の前を通過し、ウォッシュトノー大通りを西へ向かうのを目撃したと聞かされた。そこでアウレリオは同じ通りを行き、キャンパス地区を何時間か探したあと、地区の南端のサウス・ユニバーシティ大通りに面した建物の屋上のひとつに小さな明かりがともっているのを見つけたのだ。

その建物のあるブロックをぐるりと回ったアウレリオは、裏路地があるのを発見し、外階段をゆっくりのぼっていった。屋上でロンソンとケーラーの姿を認めてからは、十五分ほどふたりの様子を観察した。姿を現す前にロンソンがケーラーを虜囚《りょしゅう》と見ているか、共謀者と見ているか、あるいはただの民間人と見ているかを知っておきたかったからだ。彼女が自分を虜囚だと思っていないのはすぐにわかった。彼女のほうがロンソンよりも多く話しているところからして、ふたりで何かの計画について話し合っているわけでもなさそうだ。ならば、ロンソンはケーラーが何を追っているのか知らず、ケーラーはロンソンが裏切り者であることを知らないのだろう。

つまり、一番率直な接触が最善である可能性が高い。いままさに構築中のケーラーとの信頼関係を危険にさらしてまで、ロンソンはアウレリオに銃を向けたりしないはずだ。それに、ケーラーの目的がまだ不明である以上、彼女を撃つこともできない。

だから屋上のテラスに出て気軽な挨拶をしたとき、アウレリオはロンソンが何もできず、話を合わせてくると踏んでいた。そして……その予想は正しかった。「ああ」ロンソンが返事をする。「ああ、おれがアイクだ。そう言うおまえは何者だ？」

アウレリオは自己紹介をし、さらに続けた。「ディビジョンの装備を身につけた民間人がこのあたりにいるという情報を聞いて探していた。きみがそうだな？」ケーラーに向かって尋ねる。「なぜその装備を持っている？」

「二月にわたしの命を救ってくれたエージェントから譲り受けたのよ」彼女が答えた。「彼は死んでいたし、わたしにはこれが必要だったの」

自分も彼女の命を救ったかもしれないと、アウレリオは思った。五番街の教会にいたハイエナどもがケーラーを物言わぬ人形に変えてしまった可能性だってあったのだ。「なるほどな。アイク、あんたは今夜、任務はないのか？」

ロンソンがアウレリオと目を合わせたが、その表情は何も語っていなかった。ロンソンはおそらく、いま話している相手がマンハッタンで偽りのSOSに対応したエージェントだということを知らない。だが、ケーラーを発見したあと、これほど早くほかのエージェントに見つかったのが偶然かどうかを疑ってもいるはずだ。それに、もしISACに接続できるようであれば、ロンソンはいつでもアウレリオが最後の任務についた場所を調べられる。「エイプリルがここから南に行った路上で、ライカーズのギャングと同じような連中とやり合っていたところに出くわしたんだ。彼女はひとりでもうまく対処していたが、手を貸すことにした」

アウレリオは、ケーラーがロンソンと一緒にいて落ち着いているのも無理はないと思った。できる限りで最高の第一印象を植えつけるのに成功したわけだ。

「いま彼女の話を聞いていたんだ」ロンソンが続けた。「ちょうど盛りあがってきたところでね」

「そのとおりよ」ケーラーが言った。「せっかく来たんだから、あなたにも聞かせてあげる。話が終わったら、わたしは寝るわ」

アウレリオは近くにあった椅子をたき火のそばに引き寄せた。ケーラーとロンソンとちょうど正三角形を作る位置に腰をおろし、話の続きを促す。「聞かせてもらおう」

「じゃあ話を戻すわね」ケーラーが座り直して完全に上半身を起こし、両肘を膝に置いて手をゆったり組み合わせた。たき火の炎をじっと見つめながら語り始める。「ニューヨークで、夫のビルがブラックフライデー以降に蔓延したウイルスの治療法をもたらし得る新しい種類の抗ウイルス剤の研究に関わっていたかもしれないと聞いたの。そのときに、アナーバーの研究所のチームがそのワクチンを完成させた可能性があるとも耳にした。それは広域スペクトル抗ウイルス剤と呼ばれているのけれど、ドルインフルの変異にも対応できる特殊なものだそうよ。もしそんなワクチンが存在していて、ビルがその開発に関わっていたのなら……」いったん口をつぐみ、心を落ち着かせる。「わたしは夫が知らない人たちに路上で撃たれるのを見たわ。もし彼の仕事の一部が、こんなことが二度と起きないようにするための力になったというなら……それを知ることがわたしにとっては救いになる気がするの」

ケーラーが袖で目元をぬぐい、黙り込んだ。アウレリオの頭脳がこれまで知っていたことと新しく明かされた事実をすり合わせようと、猛烈に回転し始める。彼女は抗ウイルス剤について聞いていた。何者かがアイク・ロンソンに彼女を追わせた。ならば、その何者かもまた抗ウイルス剤について知っているはずだ。そして、ロンソンはその何者かをディビジョンよりも忠誠を捧げる相手としてふさわしいと考えている。

一説明責任も透明性も問われない現状では、抗ウイルス剤の製造と供給を掌握した者は誰であれ、並ぶ者のない絶大な力を手にすることになるはずだ。ウイルスが変異して再度流行してもその者たちは感染しないうえ、抗ウイルス剤の支配権をちらつかせれば誰に対しても優位に立てる。アウレリオはあえてロンソンのほうを見なかった。ロンソンもまた同じくらい頭を働かせ、まったく違う思考をめぐらせているのを知っていたからだ。彼が抗ウイルス剤の存在を前から知っていて、ケーラーがそれを裏づける話をするのを待っていたのかどうかはわからない。ただ、アウレリオの目には、ロンソンが自分と同じくらい驚いているように見えた。たしかに衝撃的な告白ではある。

問題は、ふたりがその話を聞いてどう行動するかだ。

アウレリオは自分の義務を理解している。もし抗ウイルス剤があるのなら、最善の使い方をする人々の手に確実に渡るようにすることこそ最大の責務だ。彼にとってその人々とは政府であり、いまの政府が脆弱《ぜいじゃく》で不完全だったとしてもそれは変わらない。行政機関や立法機関の生き残っている人々は、アメリカ合衆国という国家を維持しようと努力を続けているし、アウレリオもまた同じ目的を自身に課していた。アマーストのウイルスに対する有効な治療法は、国の再建に向けて継続中のあらゆる活動の基礎となるに違いない。

一方で、もし何者かがアイク・ロンソンをそそのかしてディビジョンを裏切らせたのであれば、その連中はまったく違う考え方をしている可能性が高いと考えるべきだろう。

大統領令第五十一号に照らして、アウレリオはいついかなる場所においてもロンソンの頭へ銃弾を撃ち込む権利を持っている。問題は、ロンソンがアウレリオと同じ訓練を積んだディビジョンのエージェントであること。そして、ロンソンがアウレリオと同じように視界の端で相手を監視し続けているに違いないことだ。争った場合の結末はまったく読めないし、ケーラーの安全も考慮しなくてはならない。いまやロンソンは欠けていたか、確認する必要のあった重要な情報を手にした。彼にとってエイプリル・ケーラーはもう必要な存在ではなくなったわけだ。つまり、ロンソンが雑事を片づけようと行動を起こしたときには、アウレリオが彼女の命を守らなければならない。

だからこそ、アウレリオはロンソンをすぐに始末したいという衝動を抑え込み、あえて普通にふるまった。「思ってもみなかったすごい話だ。そのワクチンが存在しているのはたしかなのか?」

「わたしに話した科学者がどう思っているかっていうこと?」ケーラーが背筋をまっすぐに伸ばし、両手で顔をこすった。「彼は存在していると信じているわ。でも、直接的な裏づけは取っていないし、ここの研究所と接触して事実かどうか確認する方法も持ち合わせていない。研究所がJTFの科学部門との緊密な関係を維持して仕事を続けているのは明らかだけれど、結局のところ、研究所はJTFとまったくの別物だから」

「それならおれたちで確かめてみるしかないな」ロンソンが提案し、今度はアウレリオも彼のほうを見た。ロンソンの目は挑むような光と、そのほかにも何かを宿している。その表情を観察しながら、アウレリオはロンソンが何かを訴えかけてきているように感じていた。なんだ？　ディビジョン・エージェント同士の絆か？　それならロンソン自身がデュエイン通りで断ち切ったはずだ。

最後まで話し終えたところで、ケーラーの体力は尽きてしまったらしい。編み細工の長椅子に横になって言った。「明日になればわかるわ」彼女は両目を閉じ、一分もしないうちに眠りに落ちていく。

長い沈黙が続いたあと、ロンソンが口を開いた。「タフな女性だ。たったひとりでニューヨークからここまで来るなんて」

アウレリオはうなずいた。「ああ、長い旅だ。ひどい目に遭っていてもおかしくなかった。あんたに言うまでもないことだろうが」

それを聞いてロンソンが考え込んだ。木片をふたつ火にくべると、椅子をずらしてテラスに横たわった。両手を頭のうしろに回し、じっと夜空を見あげる。「ふたつだけ言っておく。まずひとつ、おまえはおれのすべてを知っているわけではない」

「そうか」アウレリオは尋ねた。「もうひとつは？」

「おれは寝る」ロンソンがそう言って目を閉じた。「殺したければ殺せ。殺さないのなら四時間後に起こしてくれ。見張りを交代するよ」

CHAPTER 37 アイク

アイクが目を覚ますと、すでに夜明け近くになっていた。ディアスとケーラーがいなくなっているのをなかば覚悟して身を起こす。だが、ケーラーまだ長椅子で眠っていて、ディアスはテラスの欄干《らんかん》に寄りかかり、のぼってくる太陽の光が緑豊かなキャンパスの近隣を照らす東の方向を見つめていた。

立ちあがって伸びをしたアイクは言った。「起こしてくれと言ったはずだが」

「三日前に頭を打ってな。それからよく眠れないんだ」ディアスが目も合わせずに返したので、アイクは自分の行動を説明したい衝動に駆られた。デュエイン・パークの人々を死なせるつもりなど毛頭なく、あれはただ作戦が失敗してしまったにすぎない。しかし、どう言い訳したところで、ディアスを納得させられるはずもなかった。マンティスに抗ウイルス剤を渡すのが正しい行為だと信じていると話しても無駄なのと同じだ。

抗ウイルス剤に関するアイクの決断は早かった。政府は機能不全に陥り、ＪＴＦはかろうじて持ちこたえているにすぎない。世界を救う何かがあるのなら、その何かで問題を解決する力のない人々に渡してしまうのは、道端に捨ててしまうのとさして変わらないではないか。

視線をケーラーに戻したアイクは、彼女の勇気と信頼の両方に改めて心を揺り動かされた。真実という夢を追い求めて九百七十キロも旅をするとは、実にたいしたものだ。その途中で彼女を助けたことに、アイクは奇妙な誇りを感じていた。今日という日が終わるまでに何が起きようと、彼女は生きて答えを得る。それは、彼がミランで絶好のタイミングで行動を起こしたおかげなのだ。

実のところ、接触してしばらくは彼女がアナーバー行きの目的を話したがらないのではないかと案じていた。はじめから力ずくで口を割らせるようなまねはしたくなかったし、実際にそんなことができたかどうかわからない。しかし、最終的には力を行使せざると得ない事態を避け、自然の流れで彼女に話をさせることに成功した。尋問の専門家の訓練を受けた経験はないが、情報を得るための最善の道は力で吐かせるのではなく、相手に話をさせ、こちらが関心を持って聞いていると信じさせ続けることだと何かで読んだことがある。驚いたことに、良好な関係を築くやり方がうまくいったのだ。ケーラーが疲れ果て、アイクに感謝していたのも功を奏したのかもしれない。

時刻は午前六時を少し過ぎたところだ。「用を足してくる」アイクは言ったが、ディアスは反応を示さなかった。

アイクは裏路地につながる外階段をおり、途中で放置された建築現場の端を通って歩いた。街のこのあたりは、以前からある三、四階建ての建物が次々と記念碑のようなコンクリートの塔に移り変わっていく途中だったらしい。ひと世代前の大学の街とは大違いだ。

声を聞かれないところまで来ると、アイクはマンティスに連絡を入れた。最後の通信から四十八時間後、予定どおりだ。ただし今回は質問する側ではない。「マンティス、こちらセンチネル」

女性の声がすぐに応答した。「こちらマンティス」

「手短に話そう」アイクは小声で言いながらうしろを振り返り、階段の様子をうかがった。ディアスの姿は見えず、ケーラーは放っておけば昼まででも眠っていそうな状態だった。「エイプリル・ケーラーと接触し、目的を聞きだした。アナーバーにいる何者かがアマーストのウイルスを撃退するワクチンを作ったという噂を追って、ここまで来たそうだ。その噂はJTFも信憑性が高いと考えているらしい。今日はそのワクチンを作っていると思われるところに行く」

「上出来よ、センチネル。ワクチンを確保し、あなたを回収するチームを送るわ」

そんなことをすればかえって事態がややこしくなるかもしれない。マンティスが現場を荒っぽい兵隊であふれさせる前に、ワクチンのサンプルを発見しておかなければならないと、アイクは自分に言い聞かせた。そうしないと組織との約束を果たせなくなるかもしれないし、今回失敗すれば二度と自分を証明する機会はやってこないだろう。

それに、アイクの心はケーラーを――そしてディアスさえも――銃撃戦が始まる前に現場から逃がしておきたいという方向に傾いていた。ディビジョンを裏切ったとはいえ、自分なりの理由があってのことだ。エージェントに死んでほしいなどとは思っていない。

「到着予定時間は？」彼は尋ねた。

「チームをすぐにアナーバー近くの集結地に向けて出発させ、あなたがワクチンの存在を確認し次第、現場に突入させる。あなたからの合言葉は〝殺到する《スタンピード》〟」

それなら問題は解決したも同然だ。「了解、合言葉は〝スタンピード〟」

「マンティス、通信終了」

すべては動きだした。あとは研究所を見つけ、奇跡の薬が本当に存在するのかを確認するだけだ。

アイクが屋上のテラスに戻ると、ちょうどケーラーが目を覚ましたところだった。ディアスはさっきとまったく同じ姿勢のままだ。身を起こして座ったケーラーが言った。

「コーヒーの夢を見たわ」

ディアスが声をあげて笑う。「覚えてないが、コーヒーの夢ならおれも毎晩見ているかもしれないな。おじがグアテマラでコーヒー農園をやっていたんだ。お袋は家で豆を焙煎《ばいせん》していたものだよ。たぶん、おれの体の一部はコーヒーでできている」

「おまえはグアテマラ出身なのか？」アイクは尋ねた。彼自身はコーヒーに入れ込んだ経験はない。

「いいや、ワシントンDC生まれだ。両親がグアテマラから来たんだ。火山に近いアカテナンゴバレーに住んでいたんだが、一九七二年の噴火のあとでアメリカに移ってきた」

「おれよりずっと興味深い身の上話だな」アイクは言った。「おれはニュージャージー出身だ」

たわいもない会話をしながら、三人で朝食をとる。食べ終わると、アイクは火に水をかけて消し、灰をかき回した。ずっと昔、ボーイスカウトで習った作法だ。

「重要な一日だ」ディアスが尋ねる。「どこへ行く？」

「北キャンパスに向かうわ」ケーラーが答えた。「建物の名前は忘れてしまったけれど、フラー・ロードを見つけられれば、そこに通じているはずよ」

キャンパスの端をめぐってフラー・ロードを見つけ、坂をくだって病院の前を通り過ぎる。東に曲がっている道を進んでいくと、左手にすっかり芝が伸びたサッカー場と公営プールが、右手の高台に病院が見えた。サッカー場を通り過ぎてすぐ川を渡ると、在郷軍人病院と北キャンパスへ案内する標識が見えた。

そこからさらに数分歩くと、北キャンパスが視界に入った。建物のうちいくつかはコンクリートの防護柵と鉄条網で防備を強化されており、その合間に設けられた戦闘陣地にJ

TFの兵士たちが詰めている。「これはこれは」ディアスが言った。「どうやらおれたちは、誰かが重要だと考えている何かを見つけたみたいだな」

ディアスを先頭に、三人は駐車場を横切って一番近い検問所へ向かった。ディアスが身ぶりでうしろにいるケーラーとアイクを示し、兵士に声をかける。「エージェント・ロンソンと一緒に重要な情報を持つ民間人を連れてきた。研究責任者のひとりに会わせてほしい」

例のごとく、ディビジョンの装備のおかげで答えを得られた。「それならチャンドラセカール教授ですね」検問所の兵士はそう言うと、守備線の向こう側の五つの建物のうち、一番近くにあるひとつを指さした。その建物の正面はほとんどガラス張りで、メインの入口の上には台形の日よけが張りだしている。建物の中には照明の光と、動いている人々の姿が見えた。「わたしが知る限り、彼女がここのすべてのプロジェクトを仕切っています」兵士が付け加えた。

三人は建物の中に入ってチャンドラセカール教授の居場所を尋ねて回り、三度目にして、ようやく洒落たガラスの入口からはかなり奥まったところにあるオフィスを教えてもらうことができた。オフィスの作りはドアも廊下も実用的で、窓もずっと小さい。そのぴったりと閉じた長方形の窓の向こうは、研究室や備品室になっていた。

カヴィータ・チャンドラセカールは身長が百六十センチくらいの女性で、白髪まじりの髪を地味な髪留めでまとめ、眼鏡を鼻の上と額に二本かけていた。このせまい部屋は壁一面に複合分子の図が貼られ、科学雑誌の積みあがったデスクの上にはノートパソコンが開いた状態で置かれている。ひとつしかない窓は東向きで、そこから大統領の名を冠したフォード図書館が見えた。いまはその窓が半分開いていて、穏やかな春の風が入ってくるようにしてある。アイク、ディアス、ケーラーの三人がドアを開けて姿を見せると、教授はかけている眼鏡を交換して言った。「何か用かしら?」

「お邪魔してすまない、教授」ディアスが言った。「いくつか質問させてもらいたいと思って」ケーラーを身ぶりで示して付け加える。「と言っても、質問があるのは彼女なんだが」

ケーラーが教授に向かって手を差しだした。「エイプリル・ケーラーです」

「あら」教授がケーラーの手を握って応じる。「少し前までニューヨークのチームと一緒にあるプロジェクトに取り組んでいたの。そのチームにケーラーという名の男性がいたわ。よくある名前なのかしら?」

「よくある名前かどうかはわかりません」エイプリルが答えた。「でも、そのケーラーなら、たぶんわたしの夫です」

CHAPTER 38
エイプリル

話せば話すほど、それはエイプリルにとってある種の〝救い〟となっていった。昨夜、まずアイクに、続けてアウレリオに心の内を明かし始めたときもそうだったし、今朝こうしてチャンドラセカール教授に尋ねられたときも同様だった。「本当？　ウィリアム・ギブソン・ケーラーよ？　彼があなたの夫なの？」

前に誰かが夫のフルネームを呼んだのがいつだったか、エイプリルは覚えていなかった。ビル自身も仕事で研究に関する文章を書いたときしか、その名を使ってはいなかった。SF作家のウィリアム・ギブソンにちなんでつけられたと考える人が多かったが、ビルはいつも、生涯ロサンゼルス・ドジャースのファンだった父親が一九八八年のワールドシリーズの英雄、カーク・ギブソンを称えてつけたミドルネームだと言っていた。

「そうです」エイプリルは答え、それからこれまでの経緯を語った。ニューヨークを出てから五回目になるだろうか、六回目だろうか。

彼女の話が終わると、チャンドラセカール教授がアイクとアウレリオを見てきいた。

「この方に話してもいいのかしら？」

アイクは何も言わず、アウレリオだけが答えた。「おれはかまわない」

「わかったわ」チャンドラセカール教授が言った。

「あのウイルスは、広がり始めた段階でパンデミックになるのは明らかだった。そこで上層部がここと近くにあるいくつかの研究所を守る措置を講じたの。JTFは創設時からそれに関わっているし、ディビジョンのエージェントも何人か協力してくれた。すべては、研究のための力と設備を保持するため。オリジナルのウイルスのサンプル採取が最も簡単だったのはニューヨークで、そのウイルスもここやほかの地域で感染が拡大し始めたときには、変異が始まっていた。だから、わたしたちはニューヨークのドクター・カンデルやほかの科学者たちの研究をずっと追いかけていたし、こちらで新しい見解を得るたびに向こうにも伝えてきた。実験を続ける途中で、何度かビル・ケーラーの研究を参考にさせてもらったわ。ほかの科学者たちの研究と同様にね。ブラックフライデーの直後からニューヨークとの連絡が途絶えがちになってしまったから、ビル・ケーラーが殺されたのは知らなかった。とても残念だわ。会ったこともなかったけれど、論文を読み込んだから彼のことは少しばかり知っているような気がする」

コープマンは正しかった。エイプリルはここまで来たのは正解だったと確信した。ひとりではるばるやってきたのは狂気の沙汰だったかもしれない。だが、正しいことだったのだ。悲しみ、後悔、満足、夫とみずからに対する誇り、さまざまな感情が心の中で渦巻き、しばらくは言葉も出なかった。

「ビルの力が役立ったとわかってよかった」エイプリルは会話を再開した。「でも、なぜ夫が殺されたのか、わたしはその理由を知りたいんです」

そのとき部屋の反対側で、アイクの声がした。

「スタンピード」

チャンドラセカール教授がアイクに目をやる。「何か言った？」

「薬が実際に作られて、その製造場所が明らかになれば、人が殺到する《スタンピード》」アイクが答えた。「聞いてくれ。もしサンプルがあるなら、どこか安全な場所に運んだほうがいい。フォート・ノックスのようなところに」

ケンタッキー州にある陸軍基地、フォート・ノックス。そこには、要塞のごとく堅牢な金塊保管庫が存在するという話だ。

「サンプルならあるわ」チャンドラセカール教授が言った。「完成したのは二十四回分。シークエンシングやスプライシングといった基礎的な作業はすべてここで行って、実際の製造は数百メートル離れた別の研究所が担当したの。完成したサンプルは一週間前にワシントンDCへすべて送ったわ。いま頃はエリス大統領の科学顧問が受け取っているはずよ。あと一年もしたら、広く普及するんじゃないかしら」最後の部分を想像したのか、教授が笑みを浮かべる。

「待ってくれ」アイクが言った。「ここにはいないのか？」

アイクの動揺した声を、エイプリルは初めて耳にした。彼女にとっては、BSAVが存在し、ビルがその開発に関わっていたとわかれば、それでじゅうぶんだった。夫は立派な仕事をしてそのために命を落とし、彼女もまたみずからの仕事をやり遂げたのだ。

「ないわ」チャンドラセカール教授が答える。「エリス大統領の顧問がワシントンDCで安全に取り扱うために、合成した抗ウイルスに対する抗ウイルス剤をすべて送るよう要請してきたの。わたしたちはここで変異ウイルスに対する最初の抗ウイルス剤を使った治療法はもう完成して……いまはワシントンDCの政府の手に渡っているはずよ」アイクの渋い表情に気づいた教授は付け加えた。「わたしたちも不安がるべきかしら？　何か間違いでもあったの？」

「あなたが言ったとおり、最近は通信も途絶えがちだ」アウレリオが答える。「それにいまここにいるおれたちはみんな、しばらくワシントンDCを訪れていない。DCの人間であるおれにしても、二月以来一度も戻っていないんだ。何が起きているかはわからない」

「ずっと連絡を取ってきた役人に確認したほうがよさそうね」チャンドラセカール教授がノートパソコンのかたわらにあったノートに字を書き込んだ。「さて、ご覧のとおり、仕事が山積みなの。ほかに何もなければ……」

「あとひとつだけ」エイプリルは言った。「ロジャー・コープマンという男性のことを知っていますか？　彼もニューヨークにいるんですが……」

　チャンドラセカール教授が首を横に振る。

「そうですか……。コープマンはウイルスがばらまかれたブラックフライデーの直後、この分野の研究をしている科学者が何人も殺されたと言っていました。ゴードン・アマーストは予定よりも早くウイルスをまかなくてはならなくなり、ウイルスの一部、とりわけ抗ウイルス剤に対する防御を完璧にする時間もなかった。だからこそワクチンの開発を恐れた。それが殺害の原因ではないかというのが彼の見解です」

「あなたの言いたいことはわかったわ。自分のウイルスを死滅させかねない研究を遅らせるために、アマーストか、アマーストがその分野の人たちを殺させたのね」

「アマーストか、彼の研究を知って自分の目的のために利用しようとした人たちのどちらかです」エイプリルは言った。「コープマンはそう主張していました」

「そんな人たちがいるなんて思いたくないけれど、現にいるのも知っているわ」

　エイプリルは、アイクもアウレリオも口を開く気配すらないのに気づいた。そういえば、ふたりともアイクの〝スタンピード〟という言葉のあとはやけにおとなしい。

　ふとアウレリオのほうへ目をやると、彼のスマートウォッチの盤面が光っていた。アウレリオが視線を落とし、そのまま廊下へ出ていく。

「聞いてくれ。抗ウイルス剤がここにないなら、長居する理由はない」アイクが言った。

「アウレリオとおれは、本来であれば別の任務を遂行している頃だ。エイプリル、きみはここまではるばるやってきた以上、しばらくとどまるつもりなのか？　そうでないなら、これからどうする？」

「ちょっと待って」エイプリルは返した。これは夫を殺した黒いスーツの男たちを差し向けた勢力の全貌を知る唯一の機会だ。逃すわけにはいかない。「教授、そうした組織があるのをご存じなんですね？」

「ええ、残念ながら。いまではここみたいな施設は極めてめずらしいの。ほとんどの施設が破壊されたり、略奪されたり、放棄されたりしてなくなってしまった。わたしたちはこの研究所を守るための手立てを前もって決めておいたけれど、それがうまくいったのはたまたま運がよかったにすぎない。以来、たまになんらかの組織が接触してきて何かを作ってほしいと頼まれるようになったの。もちろん断っているけれど、強く拒絶する必要があれば、ＪＴＦに協力してもらうこともあるわ。まれにディビジョンにもね。どういう意味かはわかるでしょう？」

教授の話は、少なくとも広い意味においてコープマンの話を裏づけている。ウイルスのまかれた時期にそうした組織がすでに活動を開始していたなら、それは何を意味するのだろう？　アマーストの狂った計画を事前に知っていて、そこから利益を得ようと画策した？　いったいどんな狂人がそんなことを考えつくというのだろうか？

答えは、何より権力を欲する人間たちだ。彼らの中にある正当性は、権力を追い求める言い訳でしかない。そうした人々は、自分たちが描いた手前勝手な未来予想図のために平気で人を殺すのだ。

そうした人々がビルを死に追いやったのだ。本人が自覚していようがいまいが、夫は人類の未来を救おうとした。ひとりの狂人が数百万の人々を殺し、さらに数百万を絶望の底に叩き込むのを阻止する薬で。一方で狂人の支持者たちは、自分たちだけが人々の生死を決められる未来を望んだのだろう。

あまりにも感傷的な考えかもしれない。だが、そう考えるのが最も辻褄が合う。それにビルの努力が、生き残った人々に新しい未来を与える治療法の完成にひと役買ったのだと思うと、エイプリルの心は慰められた。

自分の知った真実の重大さに圧倒される。もちろん結局のところ、ビルが死んだという現実は変えられない。

だが、たくさんの無意味な死や、多くの人々が治療も受けられず、気づかれることさえなく苦しみながら死んでいく姿を目撃してきたエイプリルにとって、ビルの死に意味があったという確信は希望につながる。過去と未来のあいだにきちんと線を引き、ひと区切りつけられたのだ。夫を取り戻すことはできないが、それは彼女も愛する者を失った数百万人の中のひとりであることにすぎない。

そうした誰もが、明日に向かって生きていかなければならないのだ。

エイプリルがそこまで考えたとき、アウレリオがチャンドラセカール教授の部屋に戻ってきた。

CHAPTER 39
アウレリオ

　アウレリオをとりわけ腹立たしくさせていたのは、アイク・ロンソンに対する考えが変わりつつあることだった。じきに救いが訪れると――ブラックフライデーのウイルス、ドルインフル、グリーンポイズン、呼び方はなんであれ、それがもうすぐただの苦い記憶となって新しいアメリカの明るい未来に上書きされると――世界に知らしめることは、十四人の死に値するのだろうか。アウレリオにはそんな判断はくだせなかっただろう。アイクにそんなまねができたのかどうかも確信が持てない。それこそが問題だった。マンハッタンではアウレリオの心に迷いはなかった。ペンシルベニアからオハイオ、エリー湖からミシガンに至る道中でも、ゆうべでさえ確信していた。

　だが、今朝はそう言いきることができなかった。もしかするとアイクを見誤っていたのかもしれないと思い始めたせいだ。結局のところ、アイクはエイプリルを救い、ここまで連れてきたではないか。

　ひとつ引っかかっているのは、アイクが誰と通じているのかという点だ。ディビジョンの内部にいて独自の思想で動いている勢力か、それともディビジョンを信頼していない政府の別の機関か、あるいはまったくの外部勢力か。外部勢力だとしたら、狙いはいったいなんなのだろう?

数ある疑問への答えがひとつも見つからない中、アウレリオはみずからの目と耳と勘に頼らざるを得なかった。そして、それらはアイク・ロンソンが誠実であると告げている。

問題は、アイクがどれだけ誠実であっても、デュエイン・パークに近いエレベーターのロビーで十四人もの民間人が死んだという現実は変わらないということだ。アウレリオはまだ自分の知らない重要な情報があると感じた。それがわからない以上、良心にもとづいた行動を取れないだろう。

その情報はヘンドリックス中尉によってもたらされた。アウレリオはエイプリルが教授と話しているあいだに中尉からの呼びだしを受け、廊下で応答した。「ディアスだ」

「エージェント・ディアス、大至急の警告よ。もしあなたがアイク・ロンソンから一・五キロ圏内の場所にいるなら、トラブルが発生するかもしれない」

「いきなり大層な挨拶だな、中尉」

「ロンソンの暗号化された会話の解読をずっと試みているんだけれど、どの会話もひと筋縄ではいかなくて苦労していた。でも、今朝六時二十分にロンソンがマンティスと連絡を取った内容は解読できたの。頼まれても繰り返す時間はないからよく聞いて、エージェント・ディアス。ロンソンがケーラーとワクチン、いまの所在地についてマンティスに報告したわ。マンティスはチームを派遣して、彼女いわく〝ワクチンを確保してあなたを回収する〟らしいわ。あなたというのは当然ロンソンのことよ」

最初に見たときにあのくそ野郎を撃っておくべきだった。アウレリオはそう思いながら言った。「続けてくれ」

「これがすべてよ」ヘンドリックスが答える。「あとは大きなお世話かもしれない忠告がふたつあるくらい。その場所は間もなく戦場になるから覚悟しておきなさいというのがひとつ。ふたつ目は、すぐにアイク・ロンソンを無力化しなさいということ」

中尉が通信を切るとアウレリオはゆっくりと十数え、深呼吸をして込みあげる怒りを抑え込んだ。

できる限り平静を装い、部屋へ戻る。室内では教授とエイプリルが話を続けていて、アイクはアウレリオの右、ドアのすぐ近くで壁に寄りかかっていた。アイクが目を合わせてうなずき、アウレリオもうなずき返した。

次の瞬間、アウレリオはアイクのこれまでの所業と、それがこれから引き起こす惨事に対する復讐心に燃えた怒りを左の拳に込め、強烈なフックを顔面に叩き込んだ。不意打ちを食らったアイクは意識が断ち切られる。頭をドアの枠にぶつけ、声もなくその場に倒れ込んだ。

「何をするの、アウレリオ！」エイプリルが声をあげた。教授も驚いてデスクのかたわらで立ちあがり、目を見開いて片方の手で口を押さえている。

「何か縛るものを持ってきてくれ」アウレリオは言った。「説明はそれからだ」

アイクの意識は二、三分後に戻り始めた。だが、それまでにアウレリオは備品をおさめたクローゼットで三本の延長コードを見つけ、アイクの両手をうしろに回してチャンドラセカール教授のオフィスの椅子の背に縛りつけていた。教授はエージェント同士の衝突から離れて立っていたが、エイプリルはアウレリオのすぐ前にいる。「何をしてるの？　彼がいなかったらわたしはここまで来られなかったのよ」

「それは事実だろう」アウレリオは答えた。「だが、マンハッタンから来たエージェントがアナーバーまであと三十キロというところで偶然きみと出くわし、エスコートを買ってでた理由を自分の胸に聞いてみたらいい」

エイプリルが何か察したのが、表情から伝わってくる。「待って」彼女は反論した。「彼はオハイオやペンシルベニア周辺に派遣されていたと言っていたわ」

「きみに話したときはそうだったんだから、あながち嘘とは言えない。だがこの男は、きみが出発した三日後にマンハッタンを発ったんだ。きみを探せという命令を受けてな」

「命令って、誰からの？」

「こいつが目覚めたら、それを教えてくれるといいが」アウレリオは答えた。「きみも知っていたおいたほうがいいだろうから教えておく。きみを追えという命令――〝接触して援助する〟というのが具体的な内容だ――を受けて、この男は銃撃戦の真っ最中に偽りのＳＯＳを出して姿を消した。どうしておれがそんなことを知っているかわかるか？ そのＳＯＳに応じたのがおれだったからさ。おれはこいつが投げだした任務を終わらせた。こいつが見捨てたせいで殺された民間人の遺体を数えたのもおれだ」

愕然とするエイプリルの表情を見て、アウレリオは少しばかり自分を抑えるべきだと悟った。「聞いてくれ」おだやかな口調に変えて続ける。「これだけの話をいきなり受け入れるのは難しいだろう。アイクはたしかにきみの命を救ったし、ここに来るまでにほかにも人助けをした。だが、裏切り者でもあるんだ。いましがたＪＴＦの情報筋から聞いた話によると、こいつはここを攻撃するチームを呼んだ」

その言葉にチャンドラセカール教授が反応する。「彼が何をしたですって？」

「あなたはここの人たちを早く避難させたほうがいい、教授」アウレリオは告げた。「それから、研究関連で持っていけるものがあれば、持っていくことだ。おれの予想では、この建物は丸ごと、今夜までには吹き飛ばされる」

チャンドラセカール教授は廊下に出る前からすでに大声で指示を飛ばした。その声はガラス張りの建物の正面まで響き渡った。

「おまえの言うことは、たぶん正しい」アイクが言った。

アウレリオがあとずさると、アイクが顔をあげて付け加えた。「すごい一発だったな、アウレリオ。奇襲の一撃にしては力強い」

「人をはめようとするからだ。そういうやつは遅かれ早かれ奇襲を食らう」アウレリオは応じた。「マンティスとは何者だ？」

アイクがにやりと笑ったが、顔面に痛みが走っているのはアウレリオにも見て取れた。

「知らない」アイクが答える。「それから、おまえが尋ねる前に言っておくが、おれはあの女の組織の名も知らない。今日、すべてがわかると思っていたんだ。この件の……」頭を前後に動かして室内の状況を確かめる。建物全体や自分たちの作戦、そうしたすべてを改めて把握しようとしているらしい。発音が少しばかりはっきりしないのは、おそらく先ほどの左フックのせいで顎がうまく動かないからだ。「この件にけりがついたらな」

「やつらはどうやっておまえを仲間に引き入れた？」アウレリオは別の問いをぶつけた。

「どうやってニューヨークで大勢の子どもたちを見捨てさせたんだ？」

「そんなことになるはずじゃなかった。ＤＰＦの連中を怒らせて発砲させ、街を出る目くらましにしようとおびき寄せたんだ。建物の中に民間人が大勢いるなんて知らなかったし、知ったときにはもう手遅れだった。あれは……おれが悪い。ひどい失敗だった」

「そう思っても、結局おまえは脱出した」

「ああ、たしかにそうだ。この作戦に参加する機会は一度しかなく、それがあのときだったからな。もしあそこにいた人々が死ぬことで、百万の命が救われるとしたら……なあ、アウレリオ。おまえはおれが裏切り者であってほしいと願っている。おれを悪役か何かだと思いたいなら、それでもいい。ゆうべも言ったとおり、おれを殺せ。おまえの好きにしたらいい」

アウレリオを見つめていたエイプリルが移動して彼の視界からはずれた。彼女は男たちのゆうべの会話について知らなかった。それがいま、アウレリオがアナーバーに現れたのは、アイクが絶妙のタイミングでミランを通りかかったのと同じく、偶然ではなかったと理解したのだろう。

「あなたたち、わたしを探していたの？」エイプリルが言った。「それをふたりとも隠していたということ？　わたしはチェスの駒か何かなの？」

「おれたちはみんなチェスの駒だ」アイクが答える。「その中には自分がどちらの側についているのか、はっきり自覚している者もいる。おれは、これからものごとがよくなるより先に悪くなっていくのを知っている。おまえだってワシントンDCを見ただろう、アウレリオ。あそこにはリーダーシップなんてものは存在しない。教えてくれ。いますべきことを知りたい人々は誰を頼る？　いま誰がこの国を率いている？　そんな存在はいやしない。それでも誰かが率いなくてはならないんだ。結局のところ、おれもおまえも――きみもだ、エイプリル。それからたぶん教授も――みな、同じ願望を持っている。以前のような世界に戻したい、前よりも少しばかりよくしたいと願っているのさ。おれはディビジョンのやり方でそれを実現しようとしたが、うまくいかなかった。だから、別のやり方でやろうとしているだけだ」

「わたしを追跡するあいだ、自分を正当化する理屈をひねりだす時間はあったようね」激しい怒りのあまり脳が原始的な衝動に乗っとられそうになった人間がよくするように、エイプリルは拳を握りしめている。彼女がアイクに飛びかかったらすぐに止めようと、アウレリオはそばに近づいた。アイクが何をされたところで自業自得だとは思うが、縛られて無抵抗になった者への暴行に加担するつもりはない。

「正当化か。そうかもしれない」アイクが応じる。「だが、昨日ミランにいたときもゆうべ屋上にいたときも、力ずくできみから話を聞きだすこともできたんだ。だが、そうしなかった。それに、JTFだって手を汚さないわけじゃない。ワシントンDCの隔離措置のせいでどうなったか、おまえは知っているだろう、アウレリオ？　いったい何人が死んだ？　同じようなことはほかの場所でも起こっているんだ。おれたちの手はとっくに汚れている」

「まあな」アウレリオは同意した。「たしかにおれたちの手は血まみれだ。だが、誰の血かを選ぶのもまたおれたちだ」

「そうだな。おまえが言ったとおり、おれはニューヨークで大勢を死なせた。紛れもなくおれの責任だ。だが……」アイクが椅子に座ったままもぞもぞと体を動かし、重心を移して血のめぐりをよくしようとした。「いや、もういい。撃つなら撃て。そうでないならおれをここに置いていけ。すでに説明はした。これ以上何を言っても、おまえは聞く耳を持たないだろう」

アウレリオは椅子のうしろに回り込んだ。アイクの体が緊張でこわばったが、彼を傷つけるつもりはない。しゃがみ込んでディビジョンから支給されたアイクのスマートウォッチをはずす。盤面のサークルはまだオレンジ色に光っていた。「おまえにこれはもう必要ない。これもだ」アイクのベルトから手榴弾をはずして取りあげた。

「待って」エイプリルが割って入った。「まさか、撃つつもりじゃないでしょうね」

「撃たないさ」アウレリオはアイクから目をそらさず、エイプリルに言った。「こいつはここに置いていく。おれときみは研究者たちを逃がす手伝いをする。それからデトロイトにSOSを送って、あとは騎兵隊が駆けつけるまで生きていられるよう祈るだけだ」

「早くしたほうがいいぞ」アイクが口をはさんだ。「マンティスの部下たちは機敏だからな。連中は、いまから数週間以内に東海岸の燃料の供給をすべて止めるつもりだ。もう計画はできている。サウスポートランドとニューロンドンを襲撃するのはたしかだが、あとの場所は思いだせない。燃料供給を止めてから数週間後には……正直に言おう。そこから先のことは聞かされていないんだ。だが、状況が一変するような大きな変化が起きると思っていい」

燃料供給を止めようとしているなら、それが意味するところはひとつしかない。マンティスの組織は乗り物を大量に確保しているのだろう。つまり、国じゅうに散らばっている並みの市民軍よりもはるかに統制の取れた勢力だということだ。そして、マンティスの組織が供給を掌握すれば、燃料はJTFに回ってこなくなる。

「どういう意味か、おまえならわかるだろう?」アイクがまたしても、痛みをこらえてにやりと笑う。「そう、おまえにはわかっている。戦争は機動性に勝るほうが勝つ。おれが見届けられるかどうかはともかく、もうこの戦いの勝敗は決しているんだ」目が一瞬うつろになり、まばたきとともにふたたび焦点が合った。「それにしても強烈な一発だった。あ、これはさっき言ったか……?」

アイクは自分が多弁になるのも無理はないと思った。脳震盪のせいで、抑えがきかなくなっている。言葉がはっきりしないのもそのせいだろう。

何もなければ、アウレリオはさらにアイクから情報を聞きだそうとしていたかもしれない。だが、開いた窓から流れ込んだ音が注意を引きつけ、胃を締めあげた。まだ遠いが、急速に近づいてくるその重い響きは、紛れもなくヘリコプターの回転翼《ローター》が空気を裂くときのものだ。

CHAPTER 40
エイプリル

アウレリオがエイプリルをせかして部屋を出ると、建物内の粛然《しゅくぜん》とした雰囲気はチャンドラセカール教授の警告によってすでに打ち壊されていた。美しい建物正面のガラスも攻撃が始まればすぐ、同じように砕け散るだろう。近くにいる人々に、アウレリオは早くも同情した。

「アイクをあのままあそこに置いていくの？」エイプリルはアイクの告白を聞いてもなお、彼を信じたい気持ちを打ち消せずにいた。

「おれの予想では、あと二十分もすればあいつは自由の身になる」アウレリオが答えた。

「縛られていたって、両手がきちんと動いて何かとがったものを見つけられれば、誰でも脱出できるだろう」

エイプリルは、座ったまま椅子を引きずって室内を探し回るアイクの姿を想像した。見つけるのは……はさみだろうか？　「何も見つからなかったらどうなるの？　時間切れになったら？」

「それはやつの問題だ。生き延びる機会は与えたんだ。まだちゃんと息をしている」

建物の外ではＪＴＦの守備隊が防御態勢を整えつつあった。ヘリコプターの音は彼らの耳にも届いており、兵士のひとりが北東の空を指さしている。「マンティスの組織がヘリとパイロット、それに燃料まで備えているとなると、厄介なことになるぞ」アウレリオはこぼした。

「わけがわからないわ。サンプルはここにないのになぜ攻撃するのよ」エイプリルがそう言ったとき、ふたりは建物を囲むフェンスまで到達していた。アウレリオが上空に視線を走らせる。

「サンプルがここにないのを知らないのさ」彼は答えた。「連中にそれを知られる前に、おれたちはここから遠く離れたところまで逃げなくてはならない」

エイプリルの目にも、アウレリオがふたつの任務の板ばさみになっているのは明らかだった。ここにとどまって負ける可能性が高い味方に加勢するか、脱出してＢＳＡＶに関する情報をしかるべき相手――それが誰であるにせよ――に届けるかで葛藤している。

南の方角から放たれた小火器の銃弾がフェンスを襲い、コンクリートの防護柵に当たって跳ね返った。身をかがめたとき、エイプリルが弾の飛んできた方向に目をやると、黒ずくめの兵士たちがフラー・ロード沿いの駐車場に放置された車のあいだを縫うように駆けているのがちらりと見えた。ＪＴＦの兵士たちが反撃を開始する。

そして、ついに三機のヘリコプターが東の木々の上に姿を現した。「ブラックホークだ」アウレリオが言う。「ミサイル発射装置《ポッド》はないらしいな。兵隊を運んできたんだろう。駐車場の兵士たちと合わせたら、敵の数はおそらく五十人はくだらないはずだ。しかも近距離の航空支援つきだ」

エイプリルはヘリコプターを見つめながら応じた。「民間人にもわかるように説明してくれないかしら」

「おれたちはおしまいってことだ」アウレリオが答えた。

彼はスマートウォッチの盤面を指で叩き、続けて耳に装着するイヤピースも同じようにした。「こちらはディビジョン・エージェント、アウレリオ・ディアス、現在地はアナーバーのフラー・ロードとビール大通りの交差点付近。この地区に配備されたＪＴＦがヘリの支援を受けた小隊規模の準軍事組織の攻撃を受けた。大至急、射撃支援を要請する。エージェント全員と動員できるすべての人員もすぐに送ってくれ」

何秒か応答を聞き入り、さらに続けた。「そうだ。ヘリの支援と言った」接近するヘリコプターと駐車場の方角で激しくなる銃撃戦の音に負けないよう声を張りあげる。「違う、こんなときに冗談なんて言うわけがないだろう。そっちにも音が聞こえているはずだ」

またしても言葉を切り、相手の声に耳を澄ます。「もっと急げないのか。そんなに時間がかかったら、こっちは全滅する」

ふたりの背後で流れ弾が建物の正面に直撃し、ガラスが粉々に砕け散った。アウレリオがフェンスから顔を出し、立て続けに二発の銃弾を放つ。「できるだけのことはする」みずからに言い聞かせるように口に出した。

エイプリルは自分が役立たずのように感じた。彼女のショットガンは、この状況下では効果を発揮できない。もし五十人もの敵が建物の中に侵入すれば、そのときもたいして役に立たないだろう。

三機のブラックホークのうち二機が飛ぶ方向を南へ変えた。残りの一機は、その数百メートル後方で待機している。「ここの指揮官と話してくる」アウレリオが言った。「どこかに地対空ロケット砲を大量に保管していないか確認してみる」

アウレリオが頭を低くしたままフェンス沿いを走りだす。彼は土嚢を積んで作った短い壁の向こうで身をかがめ、エイプリルの視界から消えた。数人の兵士たちが駐車場の車のあいだを進んで近づいてくる。彼らは姿を見せては発砲し、ＪＴＦの兵士たちが反撃すると身を隠した。いらだちと恐怖がせめぎ合う中、エイプリルはフェンスの角にとどまり、頭を低くしていた。アウレリオはどこへ行ったのだろう？　彼女の位置からでは、ゲートや建物のビール大通り側に展開したＪＴＦを攻撃する敵に対抗し得るすべもないし、かといって脱出もできない。いまできるのはこの場にとどまり、戦うか逃げるかの機会をうかがうことだけだ。

接近する二機のヘリコプターのうちの一機が建物の入口の南、およそ百メートルの距離まで近づき、高度約三十メートルの上空で停空飛翔《ホバリング》した。機体の側面のドアに据えられたマシンガンが火を噴き、木で作られたＪＴＦ陣営の壁を崩壊する。二機目のヘリコプターはそのうしろから回り込み、正面の入口とエイプリルのいる場所の中間あたりまでやってくると、地面から一メートルもない高さまで下降した。兵士たちがドア付近に集まっているのがエイプリルにも見える。兵士たちの何人かは機体側面で足をぶらつかせ、残りはそのうしろに立っていた。

ようやく行動を起こす機会が訪れた。エイプリルはスーペル90の銃身をコンクリートの防護柵の上に置き、体に力を込めた。ヘリコプターの着陸脚《スキッド》が地面に触れるのと同時に、開いたドアに向かって銃に込めてあった八発をすべて発射した。ヘリコプターとの距離は五十メートルほどあったので弾はかなりの範囲に散ったが、それでも黒ずくめの兵士が何人か地面に倒れるのが見えた。ブラックホークの機体に火花が散り、残った兵士たちがあわててドアから離れる。

不運なことに、この発砲はもう一機のヘリコプターの注意を引いてしまった。マシンガンの銃口がエイプリルのいるほうを向く。彼女はできるだけ身を低くし、コンクリートの防護柵に体を押しつけた。銃弾がコンクリートを砕き、飛び散った破片が体の上に降り注ぐ。ヘリはいまのところ獲物をとらえる位置につけていないが、それも時間の問題だろう。すぐに動かなくてはならない。

マシンガンが標的を変えて掃射を始め、エイプリルはその機を逃さずに立ちあがって建物の西側を駆けた。角を曲がってすぐに壁に張りつき、来た方角をのぞいてその後の成り行きに目を凝らす。頭上の屋根からライフルの発射音が響き、一番近いヘリコプターの正面のガラスに銃弾によるひびがいくつも入った。ほかのＪＴＦの兵士たちも同じヘリに砲火を集中する。狙われたヘリは機体を傾けて南東に後退し、そこから今度はマシンガンの狙いを建物の正面に移して二階分の窓ガラスを粉砕した。

ゲートへの攻撃も激しさを増している。何かがＪＴＦの防衛線に組まれた足場を吹き飛ばし、その直後、四人の黒ずくめの兵士たちがゲートを突破した。ＪＴＦの守備隊が四人を撃ち倒したが、すぐにヘリコプターからの銃撃が守備隊に襲いかかる。数秒後、別の黒ずくめの集団がゲートを突破し、今度は建物の入口までの半分ほどのところへ到達した。そのときゲートの向こう側からアウレリオが姿を現し、敵の三人を仕留めた。残ったひとりが反撃を試みるも、アウレリオはすでにその場を離れて発電機や木箱のあいだを縫うように走り抜け、巨大な鉄像を盾にして弾を込めた。像の陰から出て足を止めずに発砲し、そのままエイプリルの視界から消えていく。

いま黒ずくめの兵士に見つかったら命はない。エイプリルはナイフを一本持っているきりだった。アイク・ロンソンに見つかるのが助かるための最善の道かもしれないという考えが頭をかすめる。だが、そんなものはか細い希望にすぎなかった。なぜなら、エイプリルは彼に見つかったら、ナイフで刺すつもりでいるからだ。そうなったあとでは、アイクもあまり頼りにはならないだろう。

しばらく視界から消えていた三機目のヘリコプターがふたたび姿を見せ、エイプリルの真上を飛んでいった。ヘリは彼女に風を吹きつけながら研究所の上でホバリングし、乗せていた増援の兵士たちを屋上におろした。

エイプリルのいるところと反対の角からアウレリオが飛びだしてきて、壁沿いに彼女のほうへ近づいてくる。半分ほど来たところで止まり、ライフルの銃口をあげた。エイプリルが本能的に地面に伏せた瞬間、アウレリオがその上めがけて発砲する。彼女が横に転がって立ちあがると、黒ずくめの兵士のひとりが草の上に顔から倒れ込むのが見えた。

エイプリルのそばまで来たアウレリオが、身をかがめて彼女に顔を寄せる。「敵に屋上を占拠された。ゲームオーバーだ。脱出するぞ」指先でイヤピースを叩いた。「こちらエージェント・ディアス」頭上でホバリングし続けるヘリコプターのローター音に負けじと、声を張りあげる。「陣地に侵入を許した。大至急、攻撃支援が必要だ。おれは重要人物を連れて現場から離脱する」

イヤピースからエイプリルにまで聞こえるほどの大きな雑音が響き、アウレリオが顔をしかめた。

「くそっ。ＩＳＡＣがいかれた」彼は言った。

「ＩＳＡＣって？」

「おれたちの通信ネットワークだよ。ここ何日か不調が続いていたんだが、とうとう切れてしまったらしい。データベースの一部と短距離の音声通信はかろうじて生きているようだが、あとはだめだ。きみは気にしなくていい。とにかく、いまはきみをここから逃がさないと」

「どうしてわたしが重要人物なの？」エイプリルは尋ねた。

「戦場から出たら教えるよ」アウレリオがあたりを見回し、それから視線を上に向ける。三機目のヘリコプターがゆっくりと前進していき、視界の外に消えた。「連中に建物へ侵入された以上、ＪＴＦは圧倒的に不利な状況だ。おれたちにいまできるのは、アイクがおれたちを探すよう敵に伝える前に、できるだけやつから離れることだけだ」

西には小さな建物が何棟かと大きなソーラーパネルの列があり、その向こうには大学の建物が続いている。北も同じようなものだ。東と南は論外だろう。少なくともエイプリルはそう思ったが、アウレリオが口を開いた。「よし、北西に向かおう」手で方角を示して続ける。「走るんだ。最初の建物を越えたら、そこからすぐ南に方向を変えるぞ。在郷軍人病院の裏に森がある。そこに入ればもう大丈夫だ。それでいいか？」

「ほかのことと同じ程度にはね」エイプリルは答えた。

「そうだ、もうひとつ」アウレリオが自分の撃った兵士の死体に駆け寄り、M16アサルトライフルを拾いあげてエイプリルに渡した。「あとで必要になるかもしれない」

そのときになって初めて、エイプリルはヘリコプターから逃げた際にスーペル90を置いてきてしまったのに気がついた。残念だが、取りに戻る時間はない。そのままアウレリオに続いて建物の壁沿いを北西の角まで進んでいく。いったん足を止めたアウレリオが叫ぶように言った。「三つ数えたら走るぞ。一……二……三！」

そして、ふたりは走りだした。

CHAPTER 41 アウレリオ

敵は完全に研究所の建物へ攻撃を集中させている。ふたりは何に邪魔されることもなくソーラーパネルの列を過ぎ、ふたつの池のあいだの湿った地面を駆け抜けた。

「ここまでは順調だな」アウレリオは言った。ふたつある池のひとつの南側にある藪の中でかがみ込み、ふたりは次の全力疾走に備えて呼吸を整えた。フラー・ロードのすぐ向こうには在郷軍人会病院がそびえている。戦いの流れを変えるにはとても足りない数のJTFの兵士たちが同じ通りを横切り、戦場へと向かっていった。それを迎え撃つため、敵の一部が駐車場に展開する。

「チャンスだ」アウレリオは言った。

先に彼が藪から飛びだし、フラー・ロードを走って横断する。エイプリルもそのすぐあとに続き、病院の駐車場を駆けながら肩越しにうしろを振り返った。

黒ずくめの兵士が六人、いままさに駐車場で始まろうとしていた銃撃戦から離脱する。

「わたしたちを追ってくるわ」エイプリルが乱れた息づかいで言った。

アウレリオはうしろを振り返った。「おれたちと森でかくれんぼでもするつもりかな」

生死のかかった状況にもかかわらず、エイプリルはつまらない冗談に呆れた表情を浮かべてみせた。

「幼稚な軽口のおかげで疫病を生き延びたの?」駐車場に放置された通勤バスのうしろに駆け込むのと同時に、エイプリルがぴしゃりと言った。

「親になると、潜在遺伝子が働きだして幼稚な軽口がくせになるのさ」アウレリオが応じると、エイプリルは押し黙ってしまった。彼に子どもがいるのを初めて知ったからだ。

アウレリオはバスの正面側をのぞき見て敵に発砲した。追っ手は歩をゆるめ、三人ひと組に分かれる。ひと組はふたりと病院の入口のあいだに向かい、もうひと組はまっすぐバスに向かってきた。「少しあいつらを足止めしてくれ」病院の入口を指さして指示する。

「それから、足を前輪のそばから離すなよ」

エイプリルは言われたとおりにした。敵が姿を見せるのをじっと待ち、三人が病院正面のロータリーに現れるのと同時に連射を浴びせる。不意を突かれた敵はいっせいに物陰に飛び込んだ。

完璧だ。アウレリオは内心でつぶやき、ベルトにかけた手榴弾をはずした。「恩に着るぜ、アイク」今度は口に出して言うと、手榴弾のピンを抜き、横手投げで川面に石を跳ねさせる要領でバスの下から投げ、すぐに後輪に身を隠した。

手榴弾が爆発してバスのほとんどの窓が衝撃で吹き飛び、アウレリオの足元でくぐもった音がした。飛び散った破片がタイヤを直撃した音だ。エイプリルのほうを見ると、彼女も下を向いている。彼は慎重にバスのうしろから少し移動した。三人の敵のうち、ふたりが手榴弾によって地面に倒れている。三人目はちょうど病院の横にある立体駐車場の柱の裏から這って出てくるところだ。アウレリオが間を置かずに銃でその男を仕留めると、ほぼ同時にエイプリルがM16を撃つ音が響いた。そちらに目を向けると、ロータリーに現れた別の三人組のひとりが銃弾を受けてよろめくのが見えた。残りのふたりも姿を現してアウレリオを狙っている。その直後、エイプリルの銃の弾が尽きた。

アウレリオは死ぬ気で走り、バスのうしろに戻って叫んだ。「いましかない。行くぞ！」エイプリルを背後に従え、病院の敷地を囲む連絡路を全力で駆けていく。木々の中へ入ったふたりを、ヘリコプターが飛ぶ音とマシンガンの発射音が追いかけてきた。

ふたりはまっすぐ南に向かって大きなアパートメントが並ぶ地区の端を走り、じきにアウレリオが考えていたよりも早く川岸に出た。

「まずいな」彼は言った。泳ぐには荷物が多すぎるし、それを抜きにしても、まだ追っ手がいるのに川を泳いだりすれば、的にしてくれと言っているようなものだ。一瞬、川の真ん中でブラックホークにやられる自分たちの姿が脳裏に浮かんだ。

「そうでもないわ。見て」

エイプリルが指さす川の上流、ここから三十メートルも離れていないところに徒歩専用の橋がかかっていた。橋は向こう岸の木々の中まで続いている。

「さっきの言葉は取り消すよ」アウレリオは言った。「うまくいきそうだ」

ふたりで橋を渡って向こう岸に到達した。いまいるのはギャラップ・パーク・パスウェイという川と線路のあいだを通る遊歩道のようだ。アウレリオは早足で歩き続けた。遊歩道が終わると線路の上に移って一時間以上も移動し、古いダムに差しかかったところでようやく足を止めた。川をはさんだ反対側には製紙工場の跡地が見えた。周囲に人はいないようだ。ふたりの登場に驚いたサギが川岸から飛び立ち、頭上を南へと去っていく。「隣の町に着いたようだな」彼は言った。「イプシランティだ。何か食べて先を急ごう。サンプルがないのをアイクの連絡役が知ったら、おれたちに追っ手を差し向けるぞ」

アウレリオが差しだすMREをエイプリルは黙って受け取った。彼が持っていた最後の戦闘糧食だ。JTFの部隊と接触しない限り、この先しばらく食事は自分たちで調達しなくてはならない。「残って戦うべきだったわ」彼女は言った。

「言いたいことはわかる」アウレリオは応じた。「だが、ブラックホークが出てきた時点でもう戦いになっていなかった。それに、死んだらせっかく手に入れた情報を伝えられない」

「だからわたしのことを重要人物だと？　正直に言うわよ、アウレリオ。いまのわたしは自分に価値があるなんてとても思えない。アイク・ロンソンをあそこへ連れていったのはわたしよ。そのせいで大勢の人が殺されたわ」

「聞くんだ。おれだってきみと一緒にいたんだ。もしおれがゆうべやつを始末しておけば、こんなことにはならなかった。いま、おれたちの前には選択肢がふたつある。座ってぐずぐずと後悔に浸るのがひとつ。もうひとつはこれ以上の死人が出ないよう、何が起きようとしているかを人々に伝えることだ」

エイプリルはしばらく黙り込んでから言った。「あなたは強いのね、アウレリオ」

「いまはそれが必要なときだからな。いいか、たしかに大勢の人が死んだ。それはきみのせいでも、おれのせいでもある。だが、責められるべきはおれたちじゃない。アイク・ロンソンがおれたちを売ったんだ」アウレリオはMREを食べ終え、フォークをズボンでぬぐってからバックパックにしまった。「おれだって人に同情する時間があればいいとは思う。だが、実際そんな余裕はどこにもない」

「わかったわ」エイプリルが深く息を吸い、いったん呼吸を止めてからゆっくりと吐きだした。「これからどうするの？」

「いまから説明する」アウレリオは片方の手を出した。「まずそのM16の弾倉をはずして渡してくれ」

エイプリルが弾倉のはずし方を理解するまでに一分ほどかかった。アウレリオはそのあいだ、まったく手を貸そうとしない。ふたりが離ればなれになれば、彼女はひとりではずさなくてはならないからだ。ようやくリリースボタンを見つけて目的を達した。彼は弾倉を受け取り、話を続けながら弾を込めた。好都合なことに、G36とM16は同じ銃弾を使える。

「まず、きみが重要人物である理由だ。チャンドラセカール教授はおそらく生き残れないし、教授以外に抗ウイルス剤のサンプルがワシントンDCの何者かに送られたことを知っている者も同じだ。つまり、その事実を知っているのはおれときみ、そしてアイク・ロンソンの三人しかいなくなる。ロンソンは組織に報告するだろう。おれたちも味方のしかるべき人間に伝えなければならない」

「ニューヨークに戻れとでも？」エイプリルが尋ねた。「正直、もう二度とあそこには戻りたくないと思っているんだけど」

「戻らなくていい。少なくともいまは。きみにはワシントンDCに向かってもらいたい。サンプルが送られたところへ最初に情報を届ける必要があるからだ。ＩＳＡＣが故障しているいま、長距離の通信はできない。できれば、きみが向かうことを伝えられるんだが」

地域情報と変更のない静的データベースへのアクセスは有効だが、デトロイトの局所信号のおかげだろう。つまり、ＩＳＡＣは完全に遮断されたわけではないものの、極めて限定的な使い方しかできなくなっている。

「ワシントンDCですって？」エイプリルが言った。「知り合いもいないのよ？　大学時代に親しくしていたミラベルという友だちがいたけれど、生きているかどうかも疑わしいわ。それに、そういう報告ならあなたがするべきなんじゃないの？」

「おれはアイクが教えてくれた場所の燃料の保管施設へ向かわなくてはならない。攻撃が迫っているなら、ＪＴＦに前もって情報を伝えて守りを固めさせる必要がある。コネチカット州のニューロンドンに向かうよ。もうひとつのメイン州よりずっと近い」アウレリオが弾を込めた弾倉を返し、受け取ったエイプリルがそのまま銃に装着する。彼はさらに銃弾の入った箱をひとつ、彼女に手渡した。「分けられるのはこれだけだ」

「弾が必要な状況にならないよう祈るわ」エイプリルが不安な表情になった。「わたしは設計管理部署のコンサルタントだったのよ、アウレリオ。図面とデータの管理が主な仕事だったの。そのわたしがいまじゃ……」目を閉じる。「もう自分が何人殺したのかもわからない」

アウレリオもまったく同じことを感じていた。だが、人を殺す事態に備える訓練を受けていないエイプリルのほうが、彼よりも現実を受け入れるのがずっと難しいに違いない。

「きみは殺されて当然の相手しか殺していないよ。相手がそれを選んだんだ」

「頭ではわかっているのよ」

「でも罪悪感が消えない。そうだな？　それはいいことなんだ。罪悪感をまるで覚えないというなら、心が死んでいるのさ。この世界がきみをつらい立場に立たせ、きみはその中で最善を尽くした。それだけだ」

アウレリオは立ちあがって伸びをし、バックパックを背負ってライフルを肩にかけた。

「一箇所に長くとどまるのは危険だ。敵がまだおれたちを探しているかもしれない」

ふたりはその日のうちにデトロイトに入り、人から道を教えてもらってザグ島の交易所がある港に着いた。ルージュ川の水がデトロイト川へ流れ込む場所だ。九百メートルほど離れている対岸のカナダを見渡しながら、アウレリオは隣国の現状がどうなっているのかに思いを馳せた。いつかそれを知る日が来るかもしれない。ふたりは次の日の午前中にクリーブランドまで行き、ＪＴＦの基地で補給をすませたあと、いよいよ別れのときを迎えた。アウレリオはエイプリルのことをＪＴＦに話し、少なくともピッツバーグまでは支援するという約束を取りつけた。ピッツバーグまで行けば、現地のＪＴＦが彼女をワシントンＤＣへ連れていく方法を考えてくれるはずだ。

「向こうへ着いたら」アウレリオは言った。「ディビジョンのエージェントを探してこれを見せろ」アイクから取りあげたスマートウォッチをエイプリルに渡す。「関心を引くのに役立つはずだ。それから、知っていることを全部話せ。おれの名前を出していい。ワシントンＤＣのエージェントには知り合いも多いからな。忘れないでくれ。いまやＢＳＡＶが存在するのを知っているのは、アイク・ロンソンを勧誘した組織と、アナーバー以外の場所でワクチン開発に協力した数人くらいと考えていい。必ずDCにいるディビジョンのエージェントたちに真実を伝え、彼らの戦いが無駄にならないことを教えてやってくれ」

エイプリルはスマートウォッチをバックパックにしまった。「ワシントンDCから来たのはあなたなのに、わたしがそこへ行くなんておかしな気分だわ」

「そうだな。でも、ときにおかしなことは起こるものだ。あともうひとつ頼まれてくれるか？」

「もちろんよ」

「子どもがふたりいるんだ。名前はアメリアとアイヴァン。マンダリン・オリエンタルホテルの避難所にいた。だが、そこの人々はほとんどがスミソニアン・キャッスルにある別の避難所に移ったらしい。キャッスルに行ったことは？」

エイプリルがうなずいた。「ワシントンDCを観光したときに」

「おれは必要とされたからニューヨークに行った。だが、ロンソンの件が片づいたらワシントンDCに戻るつもりだった。それなのに、今度はコネチカットに行かなくてはならない。だからもし可能なら、きみに子どもたちが無事かどうかを……」アウレリオは声を詰まらせた。エイプリルが腕を伸ばし、彼の肩に手を置く。

「任せてちょうだい、アウレリオ。名前はアメリア・ディアスと、それにアイヴァン・ディアスだったわね？」アウレリオがうなずくのを見て、エイプリルは彼の肩をぽんぽんと叩いた。「着いたら真っ先に確認する」

「いいや、ＢＳＡＶの情報をエージェントに伝えるのが先だ」

「こうしましょう。スミソニアン・キャッスルに着く前にエージェントに会ったら、先に情報を伝える。会えなかったら、まず子どもたちの安否を確認するわ。それからエージェントに接触してあなたへの伝言を頼む」

まだ喉がつかえてうまく話せない。アウレリオはうなずいて感謝の意を伝え、それからどうにか言った。「おれは元気だと伝えてくれ」

「わかった」車のクラクションが響き渡り、エイプリルはフットボール場に近い集合場所に目をやった。そこでピッツバーグまで彼女を乗せていく運転手と落ち合うことになっている。「行かないと」

「そうだな。最後にひとつ言わせてくれ」

きびすを返しかけていたエイプリルが動きを止め、アウレリオを見る。

「きみにとって災難続きだったここ数日のことは、もう思いだしたくもないかもしれない。それでも、夫の真実を知ったことで、きみがわずかなりとも心の平穏を得られるよう願っている」

エイプリルが微笑んだ。哀愁が滲んでいるものの、笑顔には違いない。「得られたわよ。思いださせてくれてありがとう。わたしこそ、無事ワシントンＤＣに着いてあなたに心の平穏を届けられることを願っているわ」別れの挨拶に片方の手をあげ、待っているトラックに向かって歩きだした。

おれも心の底からそう願う。

CHAPTER 42 ヴァイオレット

予想されていた攻撃がついに始まったのは真夜中だった。

ヴァイオレットは銃声と銃弾がキャッスルの壁に当たる音で目を覚ました。意識がはっきりするよりも先に体が動き、ベッドから飛びだして床に這いつくばる。ほかの子どもたちが同じように床に伏せたり部屋の隅で身を寄せ合ったりする中、彼女はじっとしたまま乱れた呼吸をつないだ。シェルビーが悲鳴をあげたので、一番近くにいたサイードがかたわらまで行き、銃弾が次々と壁にめり込み続けるあいだ、彼女をしっかり抱きしめていた。下の階からはガラスが割れる音や大人たちが叫ぶ声が聞こえてくる。

じきにキャッスル側の反撃が始まった。

この一週間、キャッスルの人々は多くの仕事をこなしてきた。まわりにめぐらされた壁は強化され、高さもある。窓もしっかりとふさがれていた。キャッスルとふたつの博物館の二階から上には、ジュニーとマイクの指示で土嚢の壁に囲まれた戦闘陣地が何箇所も作られているし、二十四時間体制で見張りにもついていた。

それだけのことをしてきたにもかかわらず、ヴァイオレットは怖くてたまらなかった。

シェルビーが落ち着きを取り戻しても、ヴァイオレットは呼吸もままならず、息苦しい状態が続いた。

はじめのうちこそ敵の銃弾は下の階を狙っているようだったが、徐々に上の階へと移ってきた。ガラスの割れる音が石造りの廊下に響き、残った数少ない窓だったナショナルモールを望む子ども部屋の窓もとうとう破壊された。ガラスを砕いた銃弾が次々と天井に張った板にめり込み、そのうちの一発が板の裏の石に跳ね返ってドアを貫いた。

やがて、ひっきりなしに響いていた銃声がやんだ。下の階ではまだ大人たちが叫んでいるが、キャッスル側も撃ち返すのをやめたようだ。

その直後、ヴァイオレットの耳にセバスチャンの声が聞こえてきた。ナショナルモールの方角から拡声器を使って呼びかけている。「スミソニアン・キャッスルの諸君！　これはきみたちに贈るヒントであり、警告であり、いわば威嚇射撃だ。われわれはここまで辛抱強く諸君と交渉してきたが、忍耐力では望む結果を勝ち取れないと判断し、断固とした行動に出ることにした」

ヴァイオレットは窓に近づいてセバスチャンの姿を見たかった。彼がどこにいるかもわからないまま声だけを聞いているより、そのほうが怖くないような気がしたからだ。だが、床や椅子の上には割れたガラスが散乱しているうえ、靴も履いていない。動けない以上、その声を聞き続けるよりほかにどうしようもなかった。

「われわれは明日、ここに戻ってくる。せっかくだから時間も知らせておこう。そうだな……本来は早朝を予定していたが、今夜は睡眠の邪魔をしてしまったことだし、正午にする。われわれが明日の正午に戻ってくるとき、インディペンデンス大通りのゲートが開いていることを心から願う。ジュニー？　マイク？　この声がきみたちにちゃんと届いていることも願っている。では諸君、ゆっくり休んでくれ」

雑音とともに拡声器の音が途絶える。それから長いあいだ、部屋の中で聞こえる音といえばヴァイオレットをはじめとする子どもたちの息づかいだけだった。しばらくして、アメリアが口を開いた。「わたしたちはどうしたらいいの？」

子どもたちは結局、眠れぬ夜を過ごした。セバスチャンの演説のあと、一時間ほどしてからジュニーが部屋にあがってきて言った。「こうなることはわかっていたわ。わたしたちは戦うしかない。でもね、ＪＴＦの助けがやってくるまで持ちこたえればいいの。あなたたちは安全なところに身を隠していればいいだけよ。さあ、行きましょう」

彼女は子どもたちをキッチンとして使っている二階の広い空間のすぐ近くにある、窓のない部屋へ連れていった。「これからの二、三日で必要なものを取っていらっしゃい。毛布とガラスの破片をかぶっていない必需品はこっちで見つけるわ。いいわね？　急ぐのよ。ここで待っているから」

子どもたちは階段を駆けのぼって数少ない自分たちの持ち物――ぬいぐるみや写真の入った両親の財布、そのほかのいろいろなもの――を集めて回り、数分で戻ってきた。

「いい子たちね」ジュニーが改めて子どもたちを集めて声をかける。「ドアは開けておくから、明るくなったらわかるわ。みんなで朝食を食べて、次にどうするかをまた考えましょう」

ジュニーがいなくなってから、ヴァイオレットは言った。「あの計画を実行しよう」

「本気なの？」アメリアが尋ねる。「ジュニーが正しいのかも。ＪＴＦが来るまで我慢すればいいだけなのかもしれないよ」

サイードが首を横に振った。「来ないよ。セバスチャンたちはぼくたちがＪＴＦを待っているのを知っているからね。きっと邪魔するさ」

その発想はヴァイオレットにはなかった。またしても胸が苦しくなり、どうにかして呼吸をする。

「そんなのわからないわ」アメリアが主張すると、アイヴァンが姉の味方をしてうなずいた。

「きみたちならどうする？」サイードがきく。「もしぼくたちを攻撃する側で、ＪＴＦが助けに来るのがわかっているのに、黙って見ていたりするかい？」

その問いに答えられる者は誰もいなかった。

「やっぱりわたしたちの計画を実行しよう」ヴァイオレットは改めて言った。

翌朝、子どもたちに時間を割く余裕のある大人はいないようだった。ジュニーとマイクは守りの準備を監督し、キャッスルと隣接するふたつの博物館の屋上には双眼鏡とライフルを持った見張りを立たせた。割れたガラスの片づけはほとんど終わり、撃ち抜かれた窓の一部には新たに板が張られている。その中には射撃のためにライフルの銃口を出してかろうじて外が見える程度の小さな穴を開けたものもあった。

ヴァイオレットとノアはキッチンに入り込んで食料を手に入れるのに成功した。ふたりでランチをすませ、余分な食べ物を窓のない部屋に持って帰る。時刻は午前十一時。いよいよ計画を実行しなくてはならなくなったときのために、持ってきた食べ物は荷物の中にしまい込んだ。

先週フォード劇場から戻ってきたあと、ヴァイオレットは子どもたちを集め、キャッスルの状況が悪くなったときのために自分たちだけの脱出計画を立てておかないといけないと訴えた。細かなところをめぐって議論にはなったが、しばらくして計画を完成させた。

そもそもヴァイオレットが考えていたのは、大人たちに内緒で荷物をまとめて逃げるという漠然としたイメージだけで、具体的にどうすればいいのか想像もつかなかった。そこで意見を出したのがサイードとアイヴァンだ。「トンネルがあるのを知らないの?」アイヴァンが言った。

「そうそう」サイードが同調する。「地下室から続くトンネルがあるんだよ」

「どこに行くトンネルなの？」アメリアがきいた。「だいたい、地下室なんかで何をしていたのよ？」

「探検だよ」アイヴァンが答える。「外じゃできないから……」

「建物の中でやったの」シェルビーがにんまりと笑った。つい最近、また歯が一本抜けたばかりだ。

「あなたも知っていたの？」ヴァイオレットは驚いて尋ねた。シェルビーは本来、冒険だの探検だのに参加する性格ではない。

「うん。退屈だったから」

ヴァイオレットはノアとワイリーを見た。「ぼくたちは知らないよ」ワイリーが答える。「ぼくだけかもしれないけど」

「ぼくも知らない。ぼくはばかな弟の世話をしないといけなかったから」ノアが言った。

「いいわ。話を進めましょう。トンネルがあるのはわかったわ。そのトンネルはどこへつながっているの？」ヴァイオレットは尋ねた。トンネルが水に浸かっているとか、そういうことがなければうまくいくかもしれない。

「出口まで行ったことがあるのは、短いトンネルが一本だけだよ。サックラー・ギャラリーの地下室につながってた」サックラー・ギャラリーはキャッスルの敷地内、南西の角にある博物館だ。「ナショナルモールより先まで行ける長いトンネルもあるんだけど、出口までは行かなかったんだ。枝分かれした先に入り込んじゃって、迷ったら困ると思ったから」

こうして、子どもたちの脱出ルートは決まった。状況が悪くなったら、地下から脱出できる……ただし、あくまでもトンネルの先がひどい場所でないのがわかっていればの話だ。サイードとアイヴァンとシェルビーは長いトンネルを使おうと主張したが、ヴァイオレットはトンネルの出口が行き止まりになっていて、しかもキャッスルにも戻れないという状況を恐れた。そこで、子どもたちはまず、サックラー・ギャラリーへとつながる短いトンネルを調べ、間違いなく通れるかどうか確認することにした。

結局、ノアとワイリーとサイードがサックラー・ギャラリーの地下室にあった古いドアの鍵を壊して、このトンネルが通れることを確認した。トンネルのサックラー側は地下三階でかなり深い。子どもたちはトンネルの出口を探して探検して初めて、この博物館は大部分が地下にあることを知った。

上の階から大人が大声で言った。「いったい下で何をしているんだ？」

「何も！」子どもたちはいっせいに同じ言葉を口にした。

それが数日前、子どもたちがまだわずかに楽観的だったときの話だ。いま、セバスチャンの手下たちの攻撃を目の前にして、ヴァイオレットたちもいよいよ楽観的ではいられなくなった。だが、彼女たちには脱出計画という希望がある。

実際に銃撃戦が始まったのは、正午少し前だった。もう戦う以外に選択肢がないことを理解したキャッスルの人々が、セバスチャンたちがやってきて彼が好きなように戦いを始めるのを待つ必要はないと判断したからだ。フリーア・ギャラリーとキャッスルの屋上に配置した狙撃手たちは、セバスチャンたちの最初の一団が現れ、インディペンデンス大通りをわがもの顔で歩き始めたのを見て発砲を始めた。この攻撃で接近してくる敵は混乱して散り散りになった。ナショナルモールに別の一団が現れたときも、キャッスルの塔や屋上に配置された人々がライフルによる射撃を開始した。キャッスル陣営に、ゲートを開ければセバスチャンが生かしておいてくれると考える者はいない。誰もが失うものは何もないと確信していた。

マイクが窓のない部屋に立ち寄って子どもたちに声をかけた。「みんな、始まったぞ。身を潜めて自分の身を守るんだ。ぼくからはそれしか言えない。なあに、きっと大丈夫だ」

マイクが走り去ると、ヴァイオレットは子どもたちの顔を見回した。「一応、準備をしておこう」全員がバックパックを背負い、靴の紐がちゃんと結ばれているかどうか確かめる。まずいときに靴紐を踏んで転んでもいいと思う子どもはひとりもいなかった。

銃声と人間の叫び声――怒りや恐れ、そして痛みの声――がキャッスルの廊下にこだまし、割れた窓からも入り込んでくる。子どもたちは我慢の限界に達するまで部屋にとどまった。

とうとうサイードが口を開いた。「外がどうなってるか見てくるよ」

彼は部屋を出て廊下を左に進み、食堂として使っている大きなホールへ向かった。残った子どもたちが互いに顔を見合わせる。取り残されたい者などいるはずもなく、結局全員でサイードのあとを追うことにした。ゲートが見える南向きの窓の近くに集まり、銃弾が飛んでくる確率の低い横のやや離れたところから外をのぞいてみる。

そこから見えたのは、子どもたちを死ぬほどおびえさせる光景だった。十人以上のセバスチャンの手下たちがインディペンデンス大通りと車の列の向かいにある建物からキャッスルめがけて銃を撃っている。列の中には燃えている車もあった。それだけではなく、庭園の中ではさらに多くの人が互いに撃ち合っている。豆を育てるときの糸の張り方をヴァイオレットに教えてくれた女性がゲートを抜けてくる敵に向かって発砲し、その直後にもんどり打って倒れ込んだ。女性は這って逃げようとしたが、すぐに動けなくなった。庭園の花壇のあいだに置かれた石の上に、血溜まりが広がっていく。

キャッスルの守備隊はサックラー・ギャラリーの入口の内部にも展開し、侵入者たちを迎え撃つ。銃撃戦は地下にある博物館にまで広がっているようだ。「あそこってわたししたちが行くところじゃないの？」アメリアが誰にともなく尋ねた。

「そうだよ」サイードが答える。「でも、ぼくたちが出ていくのは地下の深いところだからね。そこまでは誰もおりていかないさ」

「出ていくって、計画を実行するとすればだろ」ノアが言った。

「うん。もしもの話だ」サイードが同意する。

侵入してきた敵のひとりが立ち止まり、サックラー・ギャラリーの地下へ続く階段に手榴弾を投げ入れた。しばらくすると博物館の建物から煙があがり、庭園のほうへと流れていった。そいつはさらにもう一発投げようとしていたが、キャッスルの屋上にいる狙撃手に撃たれてばったりと倒れ、三秒後に庭園の端で手榴弾が爆発した。こんなときにばかみたいだと思いつつ、ヴァイオレットは庭園を考えなしに破壊する行為に腹を立てずにいられなかった。食べるための野菜なのに、おかげで全部だめになってしまったではないか。

子どもたちは建物の反対側へ駆けていき、外がどうなっているか確かめた。セバスチャンの手下たちがすでにキャッスルに迫っていて、窓に打ちつけた板を蹴破ろうとしている。そのうちのひとりが窓をこじ開けたとたん、血まみれになって仰向けに倒れた。建物の中心の吹き抜けに煙が立ちのぼるのが見え、子どもたちのいるところまでそのにおいが漂ってきた。銃弾が窓に張った板を突き抜ける。キャッスル内部の大人たちはあらゆる方向へ走り、建物の入口を守ろうとしていた。

だが、これ以上は無理だ。

「みんな」ヴァイオレットは言った。「行こう」自分でもびっくりするほど落ち着いた声だ。

子どもたちはできるだけ煙を吸わないようにしながら、階段をおりていった。一階にいる大人たちは冷静なようだ。誰かがダリルに叫んでいるのがヴァイオレットの耳に届いた。「持ちこたえられるぞ。中にさえ侵入されなければどうにかなる。敵は庭園まで入ってきたから、射撃場の的よろしく狙ってやろう」

別の叫び声が東から新たな敵が侵入したことを知らせた。

ヴァイオレットたちは地下までおり、短いトンネルの入口である鉄製ドアの前に立った。「長いトンネルなら完全にここから離れられるけど、そっちじゃなくていいの？」サイードが尋ねた。

「どこに続いているかわからないでしょ」ヴァイオレットは答えた。

「うん。でも、このトンネルの出口はサックラーだよ。あそこは……」サイードが最後まで言う必要はなかった。そこにいる全員がさっきの爆発を目撃している。だが、計画がうまくいけば、戦いの場には近づかずにすむはずだ。

結局、子どもたちは身をかがめて短いトンネルに入った。サイードとヴァイオレットが先頭を進み、アメリアとアイヴァンとシェルビーがあとに続く。一番うしろはノアとワイリーだ。トンネルの内部は暑くて暗かったものの、問題なく出口まで到達できた。サックラーの一番深い地下室に入り、足を止めて耳を澄ます。近くで戦いが起きている気配はまったくなかった。

全員で階段を駆けのぼって一階まで行くと、南に大きなガラス作りの出入口が見えた。だが、そこは完全にふさがれている。かといってほかの出入口を使えば、大人たちが殺し合いをしている庭園に出てしまう。そこで、子どもたちはアジアの美術品が展示されている廊下を駆け、西の壁にある外に面した窓へ向かった。窓の向こうは庭になっていて、そのさらに向こうには十二丁目がある。窓は板が打ちつけられていたが、サイードがキャッスルの地下室から持ってきたバールで引きはがすことができた。次は金属製の窓枠をどうにかしなくてはならない。数分かけて片側を壊し、残りも足で蹴りつける。

窓枠のガラスをすべて割って取り除くと、ようやくくぐり抜けられるようになった。窓の外、子どもたちが作るのを手伝った即席の防御壁の内側から叫び声や銃声が聞こえてくる。「すぐにここを出よう。JTFに知らせないと」サイードが言った。

「JTFが何もしてくれないって言ったのはあなたじゃない」アメリアが指摘する。

「じゃあ、ほかに誰に知らせればいいんだよ?」サイードが言い返した。「ディビジョンか? あの人たちこそ、いつ来てくれるのかもわからないじゃないか」

空が震えるような音がして、子どもたちは上を見あげた。「うわっ、ジェット機だ」サイードが感嘆する。

仰天した子どもたちはジェット機を凝視した。ブラックフライデー以来、飛行機は空からいなくなり、見た者は誰ひとりとしていない。それからほぼ六ヶ月が経ったいま、ジェット機を見るのはドラゴンやUFOを見たのに等しい驚きだった。

子どもたちが目を奪われていると上空にひと筋の煙が走り、ジェット機の右翼のすぐうしろが爆発した。ジェット機が煙と火を噴きながら左に急旋回し、高度をさげていく。ジェット機のうしろで破片が昼の太陽の光をきらきらと反射させながら宙を舞い落ちていく。

ジェット機は上昇しようとしたが、右翼のエンジンのひとつがはずれて落ちると、機体も地面に向かってきりもみ状態で落下し始めた。やがてジェット機は街の反対側にあるビルの向こうに消え、しばらくするとその方角から煙の柱が空に向かって伸びていった。

「すごい」アイヴァンが言った。「あの飛行機、誰かに撃ち落されたのかな？」

「たぶんね」ヴァイオレットは答えた。ミサイルの煙をたどろうとしたが、風が強くて煙が広がってしまい、発射位置はもうわからなくなっていた。

「クリスマス以来、初めて見たジェット機だったのに、撃ち落されちゃったね」ワイリーが陽気な声で言った。どうも撃たれてからというもの、彼のユーモアのセンスは少しおかしくなってしまったようだ。

インディペンデンス大通りの角から誰かが叫ぶ声がする。子どもたちがいっせいに声のしたほうを見ると、セバスチャンの手下の集団がいた。その中のひとりが子どもたちを指さし、四人がいっせいに走りだす。

「大変だ」アイヴァンが言った。「早く逃げないと」

「逃げるってどこに?」シェルビーが甲高い声をあげる。

いい質問だ。ヴァイオレットは内心で思った。大人の脚からは逃げきれない。逃げたところで、すぐに追いつかれるに決まっている。そして、つかまったが最後、間違いなくセバスチャンの手下たちに殺されてしまうだろう。彼女たちはセバスチャンの申し出を拒絶した側の人間なのだ。ヴァイオレットはまだ十一歳とはいえ、この世の中には拒絶を受け入れるよりも殺してしまうほうを選ぶ人間がいるのを知っていた。

ノアとワイリーはまだ窓をくぐり抜けているところだ。ワイリーが顔をゆがませながらようやく窓を抜けた。だいぶよくなったといっても、まだ無理をすると傷が痛むのだ。ヴァイオレットはそのあいだも、近づいてくる男たちに目を向けていた。こんなとき、ああいう人たちにどう声をかければいいのか、さっぱり思いつかない。向こうはいったい何をするつもりなのだろうか?

男たちのひとりが銃を構えて叫んだ。「動くな!」

子どもたちがその場に凍りつく。みんなの心の声を口に出したのはアメリアだった。

「わたしたちは子どもよ！　助けて！」

その言葉は近づいてくる男たちを阻むことはできなかったが、少なくとも銃を構えていた男は銃口をさげた。「そこにいろ！」男が命じる。「動くんじゃない」

ヴァイオレットは駆けだしたい衝動に駆られた。ここにとどまったら絶対に後悔するという確信がある。でも、恐怖で足がすくんで動けなかった。計画は失敗してしまったのだ。

そのとき、ヴァイオレットの視界の端で何かが動いた。そちらに目を向けると、ディビジョンのバックパックを身につけた赤毛の女性の姿が見えた。女性はサックラー・ギャラリーの敷地と十二丁目を隔てる低い壁に銃身を置いてライフルを構え、ひと言も発せずに発砲した。

女性の最初の連射で、近づいてくる手下たちのうちふたりが倒れた。残ったふたりが走る方向を変えるあいだに、女性がさらに銃声を響かせる。さらにもうひとりが倒れ、最後に残った男は身を隠そうと物陰に飛び込んだ。女性が壁を飛び越え、子どもたちのほうへ駆け寄ってくる。「ついてきて」彼女は言った。「通りを渡ってナショナルモールの方向よ。急いで！」

子どもたちは女性と一緒に走った。彼女が十二丁目の真ん中で振り返り、サックラー・ギャラリーの角から出てきたセバスチャンの手下たちに連射を浴びせる。「行きなさい！」女性が叫ぶのと同時に、彼女の足元で銃弾が次々と跳ねた。ヴァイオレットは流れ弾が当たった標識が揺れるのを見ながら、ほかの子どもたちと一団になって走った。女性の体がふらついたが、子どもたちは足を止めずに駆け続けた。

博物館の角から、さらにセバスチャンの手下たちが飛びだしてきたものの、キャッスルの二階より上にいた大人たちが異変に気づいて銃撃を開始した。セバスチャンの手下たちが物陰に隠れるか倒れていくあいだに、赤毛の女性はライフルを投げ捨てて子どもたちとともに走り、ジェファーソン大通りを渡ってナショナルモールの広大な敷地を駆け抜けた。ワシントン記念塔で足を止めるまでには、子どもたちは女性のやや先を走っていた。女性は足を引きずっていたからだ。子どもたちは記念塔の下に集まり、女性が追いつくのを待った。

女性は記念塔の下までやってくると白い大理石の壁に寄りかかり、そのままずるずると座り込んだ。ズボンの左腿あたりに血が滲んでいる。彼女はバックパックをおろし、立ちあがろうとして顔をしかめた。

ヴァイオレットはキャッスルの方角を振り返った。あとを追ってくる者はいない。戦いはまだ続いているが、とりあえず戦場からは離れられたみたいだ。

ほかの子どもたちと一緒に、ヴァイオレットも女性に近づいた。「あなたはディビジョンのエージェントですか？」サイードがきく。

「いいえ」女性が答えた。「あなたたちを助けようと思っただけよ」

「ディビジョンのエージェントみたいだ」アイヴァンが言った。

女性はアイヴァンに視線を向け、ゆっくり立ちあがった。「違うわ。これからエージェントを見つけるのよ。あなたたちも一緒にね。でもその前に……」いったん言葉を切って荒い息をつき、塔に寄りかかる。「その前に、あなたたちの中にディアスという苗字の子がいるかどうか教えて」

CHAPTER 43 エイプリル

「ふたりいます」年長の少女たちのひとりが指さして答えた。「アメリアとアイヴァン」

大当たりだ。脚の痛みのせいでまともに考えるのも難しかったが、子どもたちをどこか安全なところに連れていかなくてはならないことだけはエイプリルにもわかっていた。脚に力を入れてみたが、自分の体重を支えることすらままならず、銃弾が貫通してできた傷の痛みがありありと感じられた。左の太腿の外側だ。

そういえば、十二月からいろいろな危機に直面してきたにもかかわらず、本当の意味で負傷したのはこれが初めてだった。

ワシントン記念塔に寄りかかりながら、スミソニアン・キャッスルの方角から聞こえてくる銃声に耳を傾ける。すべてが現実でないような気がしたが、そんな考えが浮かぶのは銃弾による傷がもたらすショックのせいだ。やるべきことはまだあとひとつ、いやふたつ残っている。

アメリアとアイヴァン・ディアスは七人の子どもたちの中で隣り合って立っていた。子どもたちはみな、次に何をすべきか指示されるのを期待し、エイプリルを見つめている。

彼女はホワイトハウスのある北に目を向けた。ワシントンDCのJTF本部基地はそこのはずだ。そちらでも戦いが続いている。これでは本部基地からの救援は期待できないだろう。南に視線を戻す。キャッスルを攻撃しているのが誰にせよ、戦いは攻め手有利に展開しているらしい。攻撃側の兵士たちは集団で物陰に身を隠し、銃撃戦は峠を越えて激しさが薄れつつある。彼女は訓練を受けた兵士ではないが、攻める側の動きが攻撃から占拠に変わるときにはわかるくらいの経験は積んでいた。いまの状況は、まさにそのときを迎えているように見える。

ホワイトハウス周辺の戦況は、キャッスルよりいくらかましらしい。JTFの兵士たちが踏ん張りを見せているのだろう。エイプリルは自分がひどく無防備になった気がした。しかも、脚がずきずきと痛むせいで、まともに考えられない。七人の子どもたちをいったいどこに連れていけばいいのだろう？

重要なのは、この子たちをどこかへ連れていくことだ。「動き続けないと」エイプリルは口を開いた。「行くわよ。ホワイトハウスのうしろに回り込んで、助けてくれる人を探すの」

「待って」子どもたちのひとりが言った。十歳か十一歳くらいの黒髪の女の子で、ひどく真剣な表情を浮かべている。「ワイリーは憲法庭園の池で撃たれたわ」

「その池はどこにあるの？」エイプリルが尋ねると、女の子が指を差した。「わかったわ。そこまで行かないでホワイトハウスを目指しましょう」

エイプリルは子どもたちを連れ、ナショナルモールを北に横切って楕円形の庭エリプスの向こう側へ向かった。ホワイトハウスの敷地の端で行われていた戦闘は終わったようだ。南に目を転じると、スミソニアン・キャッスルのほうも同じ状況らしい。キャッスルに近い建物のひとつから煙があがっているが、中がどうなっているかまではわからなかった。いまエイプリルの頭の中にあるのは、子どもたちを安全な場所へ連れていき、情報を届けるという思いだけだ。

ホワイトハウスの敷地の西端、アイゼンハワー行政府ビルの南――標識にそう書いてある――までたどり着き、エイプリルは足を止めた。「話があるの」子どもたちに語りかける。「ディアスという苗字の子は？」

ふたりの子どもが手をあげた。おそらく姉と弟だろう。年齢が何歳か上の女の子のほうがアウレリオに似ているようだ。「お父さんから元気でやっているとあなたたちに伝えてほしいと頼まれたの」

「パパと話したの？」男の子がきいた。彼の名前はアイヴァンだ。

エイプリルはうなずいた。「任務で一緒だったの。ええ、任務と呼んでいいわよね。とにかく、あなたたちのお父さんは元気よ。間もなくワシントンＤＣに戻るつもりだと言っていたわ」

アイヴァンが声をあげて泣き始め、姉の腕の中に飛び込んだ。彼女は気丈に、弟の背中を撫でている。エイプリルは姉のアメリアに同情せずにはいられなかった。彼女も弟と同じ気持ちに違いない。それでも姉でいなくてはならないのだ。「アメリア」エイプリルが声をかけると、アメリアが弟から視線をあげた。彼女の目は涙でうるんでいる。「ちゃんと弟の面倒を見て、勇敢だったわね。お父さんは無事よ。もう少し我慢すれば、きっと帰ってくるわ」本当にそうなるかどうか、エイプリルにはわからない。だが、ほかに何が言えただろう？

アメリアがうなずいた。アイヴァンはまだ姉の胸に顔をうずめたままだ。エイプリルはほかの子どもたちの顔を順番に見た。「ごめんなさい。あなたたちの両親については何も知らないの」

「わたしたちに両親はいないから」ワイリーが撃たれたという話をした女の子が答える。

「あなたの名前は？」

「ヴァイオレットよ。あなたは？」

「エイプリル」エイプリルは周囲を見回し、ＪＴＦの基地にこの子どもたちを連れていこうと決意した。衝動的に飛び込んでしまった戦いがどのようなものだったのかはわからないが、いまはとりあえず終わっているようだ。「行きましょう。ＪＴＦに話して、あなたたちの避難場所を見つけるのに力を貸してくれるかどうか確かめないと」

「このあいだ、フォード劇場に移ろうとしたんだ」アイヴァンや双子――ひとりはワイリーだ――より年上に見える男の子のひとりが言った。「でも断られた」

「わかったわ。あなたの名前は？」

「サイード」

「サイード、フォード劇場がだめなら、またほかの場所を探せばいいわ」

エイプリルは子どもたちを連れ、ホワイトハウスの中庭サウスローンを囲むJTFの陣地に近づいた。「助けが必要な子どもたちを連れてきたわ」守衛に告げ、自分の脚を見て付け加える。「わたしも助けが必要みたい」ズボンを濡らす血は、いまや足首まで達していた。

エイプリルと子どもたちは守衛の許可を得て陣地の中に入った。みんなで固まって基地の外周フェンスのかたわらで少しだけ休みながら、エイプリルは周囲を見回した。いままでホワイトハウスを訪れたことはない。最後にワシントンDCに来たとき、友人のミラベルから観光ツアーに参加するよう勧められたが、そのときはずっと前から予約が埋まっていた。

そんなことを思いだしているうちに、ホワイトハウスのバスケットボールのコートとサウスローンの中央にある噴水のあいだに設けられた指令所からディビジョンの女性エージェントが出てくるのが見えた。「すみません」エイプリルは声をかけた。

エージェントが振り返り、子どもたちに囲まれているエイプリルのほうを見た。彼女が背負うバックパックを目にして、表情を変える。またただと思いつつ、エイプリルは近づいてきたエージェントに言った。「わたしはディビジョンの一員じゃないわ。このバックパックを持っているだけよ。説明すると長くなるし、いまはそれよりもずっと重要な話があるの」

ディビジョンのエージェントが疑わしげな表情を浮かべた。「あなたがなぜエージェントの装備を持っているかよりも重要な話ですって？」

「そうよ」エイプリルは答えた。「でも、話す前にこの子たちを安全な場所に連れていってくれないかしら？」

「あなたはそこで待っていて」

「脚に穴が開いているのよ。どこへも行かないわ」

エージェントは少し離れたところへ子どもたちを連れていった。連絡路がサウスローン沿いにカーブを描く場所に、半円状のプレハブ兵舎が立っている。子どもたちと一緒に兵舎に入ったエージェントが二、三分するとひとりで外に出てきた。エイプリルは脚の痛みを必死にこらえていたが、もはや耐えがたいほどだった。エージェントが近寄ってくると、彼女は言った。「スミソニアン・キャッスルから脱出してきた子どもたちと偶然行き合ったの。逃げるのに手を貸したんだけど、何者かに撃たれてしまったわ」

「その話はあと回しよ」エージェントが返した。「まず、どうやって装備を手に入れたのかを教えて」

エイプリルはズボンのポケットに手を入れ、アイク・ロンソンのスマートウォッチを出した。「装備ならここにもあるわ。これはアイク・ロンソンというエージェントのものよ。彼はディビジョンを裏切り、ミシガンでわたしとわたしの友人を敵に売ったの。その友人もディビジョンのエージェントで、アウレリオ・ディアスという名よ」

エージェントがエイプリルを待たせ、そのあいだに情報を確認する。「いいわ」一分ほど経ってから彼女は言った。「アウレリオ・ディアスはわたしの知り合いよ。アイク・ロンソンもディビジョンの記録にあった。ロンソンは死んだの？」

「わからないわ」エイプリルは答えた。「最後にわたしが見たときには、アウレリオに椅子に縛りつけられていたから。三人でミシガン大学の研究所にいたんだけど、ヘリの攻撃を受けてわたしとアウレリオは脱出したの。ところで、あなたの名前は？」

「あなたの名前を先に聞かせて」

「エイプリル・ケーラー」

「わたしはアラニ・ケルソよ」

「おかしなこともあるものね。イニシャルが同じだわ。わたしの話をしてもいいかしら？」

「すぐ終わるなら」

「そうはいかないかもしれないわ」エイプリルは言った。「でも約束する。聞くだけの価値がある話よ」

話を終える頃には、エイプリルは脚の傷のせいですっかり弱り果てていた。ＪＴＦの衛生兵が来て包帯を巻いてくれたが、目を閉じれば、この場で眠ってしまいそうだった。衛生兵は最後にようやく痛み止めを注射してくれた。

「要するに」ケルソが言った。「ウイルスの治療法があるのね」

エイプリルはうなずいた。

「このワシントンＤＣに」

もう一度うなずく。

「でも、誰が持っているのかはわからないし、ミシガンから運ばれる途中で行方不明になったかもしれないわけね」

「そうよ」

ケルソが考え込んだ。「わかったわ。わたしのほうで確認する必要があるのは理解してもらえるわよね？」

「ええ」エイプリルは答えた。「わたしの話が信じられないなら、アウレリオに連絡して」

「クレイジーな話だけど信じるわ。あなたはわたしにワクチンの情報を伝えるためにミシガンからやってきたのね？」

「ええ。とにかく誰かに伝えるためにね。子どもたちはどこへ？」

「あの子たちなら、いまのところ安全よ。キャッスルはまだ持ちこたえているわ。われわれの少しばかりの支援を受けて攻撃に耐え抜いたの。でも、しばらくは危険だからあそこには戻さないわ。ほかの避難場所を見つけられなかったら話は別だけど」

「お願いしてもいい？　あの子どもたちの中にふたり、アウレリオの子どもがいるの。彼に子どもたちは無事だと伝えてくれる？」エイプリルの頭は朦朧としていて、考えるのも難しい。だが、どうにか重要なことに集中しようとした。

「わかったわ」ケルソが応じた。「彼はコネチカットで何をしているの？」

「それは本人にきくべきだと思うわ。彼と話すときには、わたしが子どもたちと会って無事を確認したと伝えてね」

「伝えるわ。アウレリオが喜びそうね」

「それから、ワクチンのことを誰かに伝えて。ここワシントンDCにあるって」

アラニ・ケルソがしばらくエイプリルをじっと観察した。「正直に言わないといけないわね。常軌を逸している話だわ。でも、常軌を逸しているできごとが実際に起こったのよね。情報をしかるべき筋に伝えることは約束するわ」

「ありがとう」エイプリルはJTFの医療テントの外に座ったまま礼を言い、この五ヶ月、というより六ヶ月近くで自分の身に起こったすべてを――いや、自分がしてきたすべてを思い返した。ケルソに肩を叩かれ、自分が意識を失いかけていたことに気づく。

「ワシントンDCに知り合いはいるの？」ケルソが尋ねた。

「いたわ。でも、生きているか死んでいるかもわからない」エイプリルはミラベルのことを考えた。そういえば、彼女の家はここからそう遠くないところにあった。

「なら、ここに何日か滞在すればいいわ。脚が回復したら、それからどうするかを考えましょう」

エイプリルは考えた。これからのこと？　十二月の最初の週以来、起きている時間はすべてビルの身に何が起きたのかを知るために費やしてきて、その答えにはたどり着いた。ドルインフルの治療法に関する重要な情報は、たしかにディビジョンに伝えた。ニューヨークから四百八十キロも離れたところにいて、もう戻る必要はない。左の腿には銃弾を受けた傷を負っている。そうしたすべてが、彼女を奇妙なまでにおだやかな気分にさせていた。思えば、ずっと任務を背負わされていたような気がする。深く関わるまで、それが任務だとは気づかなかっただけだ。そして、その任務をやり遂げた。ビルのしていたことはわかったのだ。アメリカ合衆国の未来をかけた戦いはまだ終わっていないが、エイプリルは自分の役割がひとまず終わったと感じていた。

「少し休みたいわ」彼女は言った。

「それも当然ね」ケルソが答える。

エイプリルは思った。世界はきっとよりよい場所になる。そのための役目は果たしたのだ。

訳者あとがき

二〇〇一年、ブッシュ大統領政権時に、アメリカで天然痘を用いた細菌テロが起きた場合を想定し、軍事シミュレーションが行われた。〈ダーク・ウィンター〉と名づけられたこのプロジェクトでは、国家の脆弱性が浮き彫りになり、連邦政府と州政府間でもテロやその余波への対応が異なること、また対立さえあり得ることが判明した。その後、二〇〇七年に制定されたのが大統領令第五十一号だ。これは国家の破滅的な非常事態に、議会などを経ずに大統領から発令されるものだが、内容的にはさまざまな憶測を呼ぶ結果となった。例えば、大統領令のもと、特定の組織や部隊にほぼ無制限の権限が与えられる。あるいは、即応部隊が設立された……などという極秘特例が含まれていたのではないか、とささやかれているものの、真偽のほどは明らかになっていない。

二〇一六年に発売されたゲーム、『ディビジョン』では、前述のシミュレーションと同じく、ニューヨークで天然痘ウイルスによるテロが起きた場合に起こり得る危機的な事態と、それに対応する架空の部隊、ディビジョンの活躍が描かれる。ディビジョンは国家的な非常事態にのみ活性化されるスリーパー・エージェントの部隊であり、平時は一般人に紛れて普通の暮らしを送っている。それゆえエージェントの装備も服装もさまざまだが、腕につけたスマートウォッチとバックパックの肩の部分で輝くオレンジ色のサークルがエージェントの目印だ。また、エージェントが裏切りを働き、ローグエージェントとなった場合には、サークルがオレンジ色から赤に変わる。残された社会、秩序、人々を守るため、彼らは〝規則はなし《ノー・ルール》、限界はなし《ノー・リミット》〟で戦う。

さて、このゲームの続編『ディビジョン2』では、ウイルスの爆発的流行からおよそ半年の歳月が流れ、舞台はニューヨークからワシントンDCへと移る。本作はその導入部分に当たると言っていいだろう。ゲームを未プレイの方のためにも、まずは時間をさかのぼり、ニューヨークで最初にいったい何が起きたのかから見ていこう。

十一月末、最近では日本でもおなじみになった、ブラックフライデー当日、安売りを目当てに大勢の買い物客が商店に殺到した。年間で最もドル紙幣が使用されるこの日を狙って、科学者ゴードン・アマーストはウイルスを付着させたドル紙幣をニューヨークの百貨店で使った。ウイルスはまたたくまに広がるが、最初はただのインフルエンザだと思われていたために対応が遅れ、人々はばたばたと倒れていく。ようやくそれが謎の新型ウイルスであることが判明すると、それ以上の感染拡大を防ぐべく、感染者はマンハッタンの一部に集められて隔離された。しかし、事態の収拾はまったくつかず、バリケードで囲まれたこの一帯はのちにダークゾーンと呼ばれる無法地帯と化した。結局、マンハッタン島全体が隔離され、ライフラインの停止と都市機能の麻痺により、一部の市民は暴徒化し、ライカーズ刑務所からの脱獄囚や、火炎放射器でウイルスもろとも人々を焼き殺す集団、クリーナーズも加わって、ニューヨークは地獄のような様相を呈する。ディビジョンのエージェントたちは、治安を取り戻すべく、ＪＴＦと呼ばれる警察や州兵などの連合部隊とともに、中央郵便局を本部として活動し、さまざまな任務を遂行していく。

そして現在。通称ドルインフルの活動も終息へ向かい、ニューヨークの一部では治安が回復している。だが、大統領が病死したワシントンＤＣではいまだ政治の混乱が続いていた……。

『ディビジョン２』の導入部分となる本作では、長く苦しい冬を越えて、春を迎えたニューヨークとワシントンＤＣの姿が描かれる。また、『ディビジョン』のストーリーの鍵を握る人物、エイプリル・ケーラーが再登場する。

ここから先は物語の中でも徐々に明かされていく内容なので、先入観なしにストーリーを読んでいただいてもいいし、『ディビジョン』のゲーム内で公表済みの情報のまとめとして、目を通していただくのもいいだろう。

エイプリル・ケーラーは『ディビジョン』のゲームに登場した民間人の女性だ。ゲーム中では、彼女がつけていた日記の断片を集めると、ドルインフルの事件の背景がわかる仕組みになっている。彼女はマンハッタン島が隔離されたその日、夫のビルを探して街へ行き、ビルが車からおりてきた男たちに射殺されるのを目撃する。そこから彼女はひとりでニューヨークの混乱を生き延びるはめになるが、夫から誕生日にプレゼントされた本、『ニューヨーク崩壊』という都市災害のサバイバルガイドが大いに役立つこととなる。

エイプリルは本の余白に日記をつけて、その時々の状況を記録した。だが、彼女はガイドブックのアドバイスがあまりに的確で、まるでいまの事態を予測していたかのようだと疑念を抱き、本の内容を詳しく調べるようになった。すると、〝AVOID ANY CASH（すべての現金は避けろ）〟などと、メッセージが隠されていることがわかる。

彼女は本の謎を解く一方で、友人ふたりと合流することに成功する。しかし、コンドミニアムで食料を探していた三人は、ライカーズの脱獄囚と鉢合わせ、とらえられてしまう。幸い、ライカーズを追跡していたディビジョンのエージェントにより、エイプリルは救出されるが、友人ふたりとエージェントは死亡した。

エイプリルはガイドブックの手がかりを追って、とある住所を発見する。そこはストリートギャングが支配する危険な地区であったが、エイプリルはなんとかその住所にたどり着いた。しかし、そこはもぬけの殻で、ドアには人探しのポスターが一枚貼られていた。ポスターには〝この女性を見ませんでしたか？〟という言葉とともに、彼女自身の顔写真が載っていた。エイプリルは自分が監視されていたことに気づき、ポスターに残されていた暗号を解いて、ダークゾーン内のとあるビルへ向かった……。

と、ここまでが前作で明らかになっている内容だ。ちなみに、カナダやアメリカ、ヨーロッパ各国ではエイプリルの書き込み入り『ニューヨーク崩壊』が実際に出版されている。これがわざわざボロボロの装丁になっていて、中にはエイプリルの手書きの文字がびっしり書き込まれ、おまけとして彼女の人探しのポスターまでついてくる。ゲームの世界観を深める凝った作りがファンに大受けしたことは言うまでもないだろう。

本作ではダークゾーンへ向かったエイプリルのその後が描かれ、彼女は夫ビルが殺されたのはドルインフルと無関係ではなかったことを知る。ゲーム同様、ニューヨークとワシントンＤＣの街がそのままリアルに描かれており、グーグルのストリートビューなどで実際の風景を見ながら読み進めるのも面白いだろう。もちろん、『ディビジョン２』でドルインフル後のワシントンＤＣがどのように描かれているのかも楽しみだ。

２０１９年２月

北川由子

ディビジョン ブロークンドーン

TOM CLANCY'S THE DIVISION BROKEN DAWN

2019年3月22日 初版第一刷発行

著者 アレックス・アーヴァイン
翻訳 北川由子
編集協力 阿部清美
DTP組版 岩田伸昭
装丁 坂野公一（welle design）

発行人 後藤明信
発行所 株式会社竹書房
〒102-0072
東京都千代田区飯田橋 2-7-3
電話 03-3264-1576（代表）
03-3234-6301（編集）
http://www.takeshobo.co.jp

印刷所 凸版印刷株式会社

ISBN978-4-8019-1807-8 C0197